LORENZO SILVA

# Tödlicher Strand

*Buch*

Es ist Sommer im Ferienparadies Mallorca, doch die Stimmung wird durch einen Mord getrübt: Die bildschöne österreichische Touristin Eva Heinrich ist erschossen und aufgeknüpft in ihrem Haus gefunden worden, als Tatmotiv wird Eifersucht vermutet. Die Ermittlungen des bärbeißigen Sargento Bevilacqua, genannt Vila, und seiner jungen, attraktiven Kollegin Chamorro aus Madrid führen das ungleiche Duo zu Evas Clique: Es gab Streit wegen einer Liebschaft Evas mit einem Mann, ihre Freundin Regina ist spurlos verschwunden, und es taucht eine Tatwaffe mit Fingerabdrücken auf. Der Fall scheint so gut wie gelöst, doch das Blatt wendet sich: Als Reginas Versteck aufgespürt wird, tauchen neue Spuren auf, und es gibt eine befangene Zeugin, die die Aussage verweigert. Nun müssen Vila und Chamorro zu etwas außergewöhnlicheren Mitteln greifen, um diesen Fall doch noch zu lösen, damit dem Genuss des sommerlichen Strandlebens nichts mehr im Wege steht …

*Autor*

Lorenzo Silva, geboren 1966, lebt in Madrid. Der Autor und Rechtsanwalt hat bisher zwölf Bücher veröffentlicht und wurde mit mehreren Preisen ausgezeichnet. Seine Romane wurden ins Russische, Französische, Griechische, Italienische und Deutsche übertragen.

Lorenzo Silva

# Tödlicher Strand

Roman

Aus dem Spanischen
von Claudia Wuttke

GOLDMANN

Die Originalausgabe erschien 1998 unter dem Titel
»El lejano país de los estanques«
bei Ediciones Destino S. A., Barcelona

*Umwelthinweis:*
Alle bedruckten Materialien dieses Taschenbuches
sind chlorfrei und umweltschonend.

1. Auflage
Deutsche Erstausgabe Januar 2004

Umschlaggestaltung: Design Team München
Umschlagfoto: Photonica/Hall
Satz: deutsch-türkischer fotosatz, Berlin
Druck: GGP Media, Pößneck
Titelnummer: 45629
Redaktion: Nike K. Müller
NM · Herstellung: Sebastian Strohmaier
Made in Germany
ISBN 3-442-45629-0
www.goldmann-verlag.de

Für Jacinta und Carlos,
dank deren Gastfreundschaft
dieses Buch entstand

Und dies ist der Stein, der alle anderen mahlt, der sie durchbohrt und sie schneidet, und keiner kann sich ihm widersetzen. Und mehr noch, was dieser Stein vermag: Reibt man ihn gegen die anderen, werden sie zu Pulver; es gibt aber eine Art von Blei, im Arabischen *Azrob* genannt, im Lateinischen *Zinn*, das diesen Stein zu brechen versteht, wozu man das Blei um den Stein herumlegen und mit dem Hammer darauf schlagen solle. Ist er dann erst entzwei, wird er mit Mörtel und Stößel zerstampft und zu feinem Staub zermahlen.

ALFONSO X, *Lapidario*

# 1. Kapitel

»Wow, sind das Möpse!«, sagte Perelló und presste sich das Taschentuch fest vor den Mund.

»Wenn Sie meinen«, erwiderte Satrústegui beflissen. Auch er atmete flach durch ein Taschentuch, um sich vor dem Gestank zu schützen.

»Mann, Satrústegui, nicht genug, dass du Baske bist, du hast auch noch Wasser in den Adern. Wie hast du es eigentlich geschafft, bei uns aufgenommen zu werden?«

»Ich stelle lediglich fest, dass dieses Mädchen hier nicht in allerbester Verfassung ist.«

»Das ist ja das Schlimme. Stell dir die mal am Strand vor. Wie sie in der Sonne brät. Uh!«

»An der Fantasie liegt's nicht. Oder glauben Sie, dass es in ganz Amurrio einen zweiten Idioten gegeben hätte, der unbedingt ein *txakurra*, ein Bullenschwein, werden wollte?«

»Sei's drum, Satrústegui, aber um auf die Sache zurückzukommen, habe ich schon ab und an davon geträumt, so einen Körper vor mir zu haben. Dreißig Dienstjahre. Nicht mehr lange und sie schieben mich aufs Altenteil.«

Satrústegui schüttelte den Kopf.

»Sie ist tot. Und sehen Sie sich an, wie sie zugerichtet worden ist. Was für eine Schweinerei. Wie abgebrüht muss man eigentlich sein, um sich so etwas auszudenken.«

»Sterben müssen wir alle, Satrústegui. Die Kunst besteht darin, das Leben zu ködern.«

Auf ihre Art hatten sie beide Recht.

Die Frau war nackt und an beiden Handgelenken gefesselt

aufgehängt. Jemand musste den Körper aufgerichtet haben, bevor er den Strick über einen Balken, der dem Apartment eine rustikalere Note geben sollte, geworfen und die Seilenden am Knauf der Tür zum Salon festgebunden hatte. Die Zehenspitzen schwebten etwa vierzig Zentimeter über dem Fußboden. Sie hatte eine Schussverletzung am Hals und eine zweite oberhalb der linken Schläfe. Die Schüsse waren aus größerer Distanz abgefeuert worden und hatten nicht übertrieben viel Blut hinterlassen. Auf den ersten Blick entdeckte man keine weiteren Spuren von Gewaltanwendung, nur die Gelenke der Frau waren wund gerieben. Der Körper hatte sich bereits gelblich verfärbt, war aber noch straff genug, um Perelló problemlos über die Schönheit des Opfers spekulieren zu lassen. Die Gerichtsmedizin würde am nächsten Morgen bescheinigen, dass der Tod einige Stunden vor dem Fund der Leiche eingetreten war. Entdeckt wurde sie von den Nachbarn, die nicht die Stille alarmiert hatte – dergleichen war in einem Apartmenthaus am Meer, das während der Saison vermietet wird, nichts Ungewöhnliches –, sondern der Geruch. Im Umkreis der Leiche stank es in der Tat bestialisch. Es war August, und in der Meeresbucht staute sich die Feuchtigkeit hartnäckig.

»Was vermuten Sie über die Tatwaffe?«

Perelló sah sich die Einschüsse aus der Nähe an. Er rieb sich die Stirn und sagte entschieden: »Selbst für einen Dorfpolizisten wie mich gibt es da keinen Zweifel. Da hat jemand eine 22er benutzt. Und ich könnte schwören, es war ein Revolver. Genau das wird später irgendein Idiot auch herausfinden, nachdem er sich das Ding minutenlang unter dem Mikroskop angesehen hat. Ich stelle eine Vermutung auf, er aber wird den Beweis liefern. Deswegen hänge ich in diesem elenden Kaff, und er kommt aus Palma oder Madrid.«

»Das Kaliber leuchtet mir ein. Aber warum ein Revolver?«

»Es könnte auch ein Gewehr gewesen sein. Nur dass man

es schlechter verstecken könnte, und die Kugeln wären mit größerer Kraft eingetreten. Von schlimmeren Verletzungen ganz zu schweigen, hätten sie mit Sicherheit den Hals durchdrungen. Eventuell handelt es sich auch um eine Wettkampfpistole, aber die sind ziemlich selten. Es gibt Länder, da werden die 22er-Revolver im Supermarkt verkauft. Gleich neben den Tütensuppen.«

»Damit haben wir schon ein mögliches Täterprofil. Soll uns noch mal jemand nachsagen, wir hätten die ersten zehn Minuten unserer Untersuchung nicht produktiv genutzt.«

»Bleib auf dem Teppich, Satrústegui. In den zehn Minuten, die uns noch bleiben, werden wir den Mörder nicht schnappen. Der Untersuchungsrichter taucht hier jeden Augenblick mit seinen Leuten auf, Fotografen kommen mit der Spurensicherung, dann die Leute, die sich vor Neugier die Nase an den Scheiben platt drücken. Uns stellen sie solange vor die Tür, um die Schaulustigen fern zu halten. Genieß lieber noch mal die Aussicht. Für die Gerechtigkeit sind andere zuständig.«

»Ich verstehe einfach nicht, wie Sie das genießen können.«

»Wenn du erst so einen dicken Panzer hast wie ich, Satrústegui, dreht sich dir der Magen nicht mehr so leicht um. Alles eine Frage des Umfangs.«

Eine Viertelstunde später kam die Untersuchungsrichterin. Eine blässliche, neunundzwanzig Jahre alte Frau mit Sommersprossen. Ihr voran schritt gleich einem Schutzschild, stets entschlossen und hemdsärmelig, Capitán Estrada. Er war zwei oder drei Jahre älter als die Richterin und offensichtlich davon überzeugt, bei ihr hoch im Kurs zu stehen. Perelló fand das Gehalt der Richterin deutlich begehrenswerter als sie selbst; sie war ihm zu schlicht. Estrada hingegen ließ keine Möglichkeit aus, seine spezielle Beziehung zu ihr durchscheinen zu lassen – ob nun aus taktischen Gründen oder aus Überzeugung. Sie ließ ihn gewähren, maßregelte Estrada jedoch mit einer gewissen Barschheit, wenn er zu dreist wurde.

»Capitán.« Perelló stand im Hauseingang und nahm Haltung an.

»Ich grüße Sie, Perelló. Veranlassen Sie bitte Ihre Männer, uns die Schaulustigen vom Hals zu halten.«

»Du hast es gehört, Satrústegui.«

»Habe ich«, erwiderte dieser klaglos.

»Was ist mit dem Opfer?«, fragte der Capitán.

»Mausetot ist es«, entgegnete Perelló lakonisch.

»Verarschen kann ich mich selbst.« Abrupt wandte sich Estrada lächelnd an die Richterin. »Verzeihen Sie vielmals.«

Das Lächeln erstarb, als er erneut seinen Gesprächspartner wechselte. »Ich meinte eigentlich eher, ob sich die Leiche in einem üblen Zustand befindet.«

Perelló seufzte und zuckte mit den Schultern. »Das kommt darauf an, was Sie darunter verstehen.«

Estrada gab auf. »Gehen wir rein, Euer Ehren?«

»Dafür sind wir hier, wenn ich Sie erinnern darf«, sagte die Richterin spitz. Estrada räusperte sich und errötete, während sie ihn herausfordernd anlächelte. Es ärgerte die Richterin, dass Estrada sie ständig wie ein Schulmädchen behandelte, obwohl sie nach der Hierarchie seine Vorgesetzte war. Andererseits war sie spürbar nervös. Es war ihr erster Mordfall, und die Unsicherheit war ihr deutlich anzumerken.

Perelló führte sie in das Zimmer. Er wies teilnahmslos auf den Leichnam. Den Schinken in einer Vorratskammer hätte er ihnen womöglich mit mehr Elan gezeigt.

»Da haben Sie sie.«

Die Untersuchungsrichterin trat beiseite und erbrach ihr Mittagessen – vom Kaffee bis zum Aperitif.

»Um Gottes willen, dieser Gestank«, beklagte sich Estrada, der sich fehl am Platz vorkam. Er wartete, bis die Richterin sich erleichtert und mit einem Taschentuch vor dem Mund wieder aufgerichtet hatte, bevor er zu ihr ging und seine Hilfe anbot.

»Fühlen Sie sich besser?«

»Wie neugeboren«, murmelte Perelló zu sich.

»Entschuldigen Sie bitte«, flüsterte die Richterin. »Es ist schrecklich.«

»Möchten Sie vielleicht einen Moment an die Luft?«

»Machen Sie sich keine Sorgen, Estrada. Es geht schon wieder.«

Die Richterin besah sich die Leiche. Da sie viel zu blass war, um beim Anblick des nackten toten Körpers noch zu erröten, verzog sich ihre Miene zu einer Grimasse, deren Ausdruck man nicht mehr deuten konnte. Sichtbar unkonzentriert untersuchte sie die beiden Einschusslöcher, wagte einen kurzen Blick auf die Geschlechtsteile, die Perelló so gut gefallen hatten, sah sich den Unterleib an, bis ein weiterer Brechreiz sie zur Seite trieb, wo sie sich nun vom Frühstück und dem Abendessen des Vortages verabschiedete.

Estrada warf Perelló einen unruhigen Blick zu, der an dessen unerschütterlicher Miene abprallte, ohne eine Spur zu hinterlassen. Die Stille wurde nur von dem krampfartigen Würgen der Richterin unterbrochen. Niemanden wunderte, dass sich auch das Gesicht Estradas allmählich verfärbte. Der Geruch des Todes und die aufsteigenden Dämpfe des Erbrochenen ergaben eine Mischung, von der sich lediglich ein Magen wie der des Brigadas unberührt zeigen konnte.

Als aus ihrem Magen wirklich nichts mehr rauszuholen war, wischte die Richterin sich den Mund ab und ging schwankend auf Estrada zu. Dieses Mal nahm sie von einem weiteren Blick auf die Leiche Abstand.

»Capitán«, presste sie deutlich mitgenommen hervor. »Sorgen Sie dafür, dass niemand den Raum betritt, bis die Spurensicherung und die Gerichtsmedizin hier waren. Sobald die fertig sind, schaffen Sie sie hier weg – knüpfen sie los und nehmen sie mit.«

»Wie Sie wünschen, Euer Ehren.«

»Und jetzt gehe ich wirklich an die frische Luft.«

»Soll ich Sie begleiten?«

»Wenn es Ihnen nichts ausmacht, möchte ich lieber einen Moment allein sein.«

»Natürlich«, sagte Estrada verständnisvoll.

Die Richterin verschwand, und während Estrada in einer angedeuteten Verbeugung verharrte, änderte sich nichts an Perellós entspannter Haltung, dessen Hände ineinander verschränkt vor seinem Bauch ruhten.

»Sie haben es gehört.«

»Was?«, fragte Perelló und löste seine Hände.

»Dass niemand rein soll.«

»Selbstverständlich. Ich helfe Satrústegui draußen, wenn Sie erlauben.«

Estrada antwortete nicht. Er wusste nicht, was er tun sollte. Der Richterin konnte er nicht nachgehen, aber mit seinen Magenkrämpfen wollte er auch nicht allein bleiben. Perelló, dem niemand verboten hatte, den Ort zu wechseln, blieb beharrlich: »Capitán.«

»Hauen Sie schon ab.«

Eine Viertelstunde war Estrada mit der Toten allein, bis der Forensiker zusammen mit dem Gerichtssekretär auftauchte. Beide wohnten in derselben Siedlung, hatten dasselbe Alter, fünfzig aufwärts, und hießen Coll. Sie waren Vettern ersten Grades.

»Das Blut hat sich partiell im rückwärtigen Teil des Körpers gesammelt. Ich denke, sie war bereits tot, als man sie aufhängte«, mutmaßte der Gerichtsmediziner, nachdem er die Leiche kurz untersucht hatte. Estrada und der Sekretär standen neben ihm. Etwas weiter hinten wartete leicht verunsichert die Richterin. Am Rand Perelló, der in diesem Moment den Kopf darüber schüttelte, wie man eine solche Anreise auf sich nehmen konnte, nur um festzustellen, dass die Frau vermutlich nicht aufgehängt und mit einem Pappkameraden verwechselt worden war. Dann aber kam die überraschende Schlussfolgerung des Gerichtsmediziners.

»Es ist mehr: Sie haben vermutlich einige Stunden gebraucht, um die Leiche aufzuknüpfen. Machen Sie bitte Fotos!«

Die Aufforderung galt Perelló, den Estrada gebeten hatte, die Kamera aus dem Streifenwagen mitzubringen. Sie hatten in Palma schon Bescheid gegeben, aber es würde noch mindestens eine halbe Stunde dauern, bis Verstärkung aus der Hauptstadt käme, und Estrada wollte die Leiche ganz im Sinne der Richterin so schnell wie möglich loswerden. Unwillig erledigte der Beamte seinen Auftrag, den er bereits vorhergesehen hatte, obwohl er mitnichten für Kapitalverbrechen zuständig war. Natürlich hatte er auch früher schon Leichen fotografiert, seit zehn Jahren aber beschränkte er sich darauf, das abzulichten, was nach Verkehrsunfällen übrig geblieben war. Trotzdem gab er sein Bestes. Er verknipste einen ganzen Film und fotografierte nicht nur die Leiche, sondern auch die Stellen, an denen das Seil entlanglief.

Nach den Aufnahmen untersuchte der Mediziner die Verletzungen an den Handgelenken, die Position der Arme und Beine, dessen Ergebnisse er zur Vervollständigung der Akte routiniert dem Sekretär diktierte. Als er fertig war, hob er kurz die Schultern. »Ohne Skalpell war's das hier, wenn ich mich nicht dreckig machen will.«

Die Augen nicht auf die Richterin, sondern auf den hervorstechendsten Körperteil der Toten gerichtet, fragte der Sekretär mit jener abweisenden und gelangweilten Unterwürfigkeit, die er im Laufe seiner mehr als dreißig Dienstjahre perfektioniert hatte: »Soll ich sonst noch etwas aufschreiben, Euer Ehren? Ich meine, möchten Sie eine weitere Untersuchung an der Ermordeten vornehmen?«

»Beschreiben Sie die Position der Leiche im Raum, setzen Sie die Zeit drunter, und holen Sie die Unterschriften«, antwortete die Richterin so kühl wie möglich, wobei sie aus ihrer Abneigung gegenüber dem Sekretär keinen Hehl machte. Erneut fixierte sie die Leiche, als wäre sie das Pendel eines Hypnotiseurs.

Als alle offiziellen Vorgänge abgeschlossen waren, streckte die Richterin die Hand aus, und der Sekretär reichte ihr die Akte samt Klemmbrett, auf dem er geschrieben hatte. Hastig setzte sie in auffallend runder Schrift ihre Unterschrift auf den Bericht und zog einen Strich unter den Namen. Dann fragte sie: »Ist der Krankenwagen schon da?«

Perelló ging hinaus, um nachzusehen. Er kehrte mit der Nachricht zurück, dass die Ambulanz bereits vor der Tür wartete.

»Sie sollen sie mitnehmen«, ordnete die Richterin mit unterdrückter Wut an, die Estrada nicht verstand, die beiden Colls geflissentlich ignorierten und die Perelló, ohne zu zögern, einer gewissen Beleidigung der weiblichen Würde zuschrieb. Eine Würde, die, sichtbar eingeschrieben in das Fleisch der Toten, aller Wahrscheinlichkeit nach ein Mann mit Füßen getreten hatte und die durch die unvermeidlichen Blicke der männlichen Kollegen jetzt eine weitere Verletzung erfuhr, die sich zudem herausnahmen, sie selbst damit abzuwerten, sie, die Hauptverantwortliche der Justiz in dieser Angelegenheit.

Ich muss dazu sagen, dass Perelló Letzteres etwas vager ausdrückte, aber sinngemäß waren es seine Worte.

Für den Brigada war mit der Ankunft der Leute aus Palma, angeführt von Comandante Zaplana, die Sache zwanzig Minuten später mehr oder weniger erledigt. Er hatte mit seiner Prophezeiung Recht behalten, denn er, Satrústegui und vier seiner insgesamt sieben Beamten wurden um das Haus herumpostiert: Die beiden, die eingetroffen waren, als Perelló auf den Gerichtsmediziner gewartet hatte, patrouillierten am Strand. Zwei weitere waren wenig später von der Wache gekommen. Und die beiden verbleibenden Männer sollten sich auf Abruf bereithalten. Vor dem Ferienhaus hatten sich etwa vierzig bis fünfzig Leute versammelt, hauptsächlich Kinder. Einer der Beamten, ein Typ von etwa zweiunddreißig Jahren mit rosafarbenem Gesicht, rief aufgeregt: »'ne nackte Frau mit 'ner Kugel im Kopf. Wie in Los Angeles. Nicht schlecht für so 'n ödes Kaff.«

»Halt die Klappe, Barreiro«, tobte Perelló, »und pass auf das Kind auf. Wann begreifst du endlich, dass die grüne Kluft, die du anhast, eine echte Uniform ist, verflucht.«

Und etwas leiser, aber doch so, dass Satrústegui es hören konnte, murmelte er: »Mir wäre es lieber gewesen, er hätte wie all seine Landsleute eine Karriere als Drogendealer angestrebt. Dann hätte ich ihn wenigstens umlegen können.«

Perelló war in einem Dorf ganz in der Nähe geboren worden, in dem seine Familie gelebt hatte, solange er denken konnte. Wenn aber einer seiner Landsmänner ihn in Rage brachte, was nicht oft vorkam, dann kannte er auch keine Gnade, sie allesamt zu verteufeln. Dann waren sie schlicht *diese verfluchten Bauern*.

Der Trupp aus Palma hielt sich etwa eine Stunde lang im Haus auf. Zuerst verschwand die Spurensicherung mit ihrem Team, danach der Gerichtsmediziner und zum Schluss gingen Zaplana, Estrada und die Richterin. Estrada schien an der Seite seines Vorgesetzten etwas geschrumpft zu sein, und die Richterin sah aus, als wäre sie die letzten zwölf Stunden mit gesenktem Haupt durch russisches Gebirge geklettert. Dem Comandante, ein braun gebrannter Mann von athletischer Statur, stand seine schlechte Laune ins Gesicht geschrieben. Obwohl Perelló ihn grundsätzlich für einen eingebildeten Schwätzer hielt, gestand er ihm doch erheblich mehr Sachverstand zu als Estrada. Es war nicht das erste Mal, dass er ihn mit so finsterer Miene sah, und Perelló nahm an, dass Estrada etwas gesagt oder getan hatte, das ihm deutlich missfallen haben musste. Er konnte sich sogar vorstellen, was es war. Seine

Vermutungen bestätigten sich, kurz bevor Zaplana in seinen Wagen stieg und die Richterin anfuhr: »Wenn Sie wollen, dass wir etwas herausfinden, dann lassen Sie sich das nächste Mal ein bisschen mehr Zeit. Und wenn Ihnen schlecht wird, trinken Sie einen Kamillentee.«

»Ich dulde nicht, dass Sie so mit mir reden«, verteidigte sich die Richterin nervös. Estrada hatte so viel Spucke im Mund, dass er sich fast an ihr verschluckte.

»Dulden Sie, was Sie wollen. Ich sage Ihnen nur, wie die Dinge liegen. Und ich habe diese Nachhilfestunden mächtig satt.« An Estrada gewandt fügte er hinzu: »Wir beide reden noch.«

»Es gibt nichts zu reden. Der Capitán ist nur meinen Anordnungen gefolgt.«

»Genau deswegen, Ehrenwerteste.«

»Für Sie immer noch Euer Ehren. Ganz neutral.«

»Zu Befehl, Euer Ehren. Ich hoffe, es geht nicht bald das Gerücht um, dass hier alle Spuren sofort verwischt wurden. Dann würde nämlich jeder hierher kommen, um jemanden umzubringen.«

»Ich werde mich bei Ihren Vorgesetzten beschweren.«

»Nur zu. Vielleicht versetzen sie mich dann endlich nach Bosnien.«

Bisweilen überlegte Perelló, ob der Comandante nicht eine zu romantische Vorstellung von dem hatte, was die Guardia Civil war. Für ihn lag die Sache auf der Hand. Sein Vater, und vor ihm der Vater seines Vaters, hatten ihre vergleichbar dicken Bäuche auf der Jagd nach Schmugglern und geklauter Salami durch diese Gegend getragen. Niemals hatte er den Landstrich mit Hollywood verwechselt. Perelló konnte sich Errol Flynn beim besten Willen nicht mit einem Dreispitz auf dem Kopf vorstellen. Victor Mature schon eher.

# 2. Kapitel

Jenen verfluchten August verbrachte ich damit, meine leichtfertige Idee zu büßen, entsprechend meiner Dienstjahre erstmals am Monatsanfang vierzehn Tage Urlaub genommen zu haben.

Mit keiner Silbe hatte mein Vorgesetzter seinen Unmut darüber geäußert, denn hätte er es getan, hätte ich mich seinem Willen wie üblich gebeugt, ihm die Mühe erspart, sich kleinere Repressalien für mich auszudenken, und mir die Energie, sie zu ertragen.

Meine derzeitige Strafarbeit bestand in der Aufklärung ziemlich belangloser Mordfälle, bei denen es kaum noch Hoffnung auf eine Lösung gab und es auch niemanden interessiert hätte (sieht man von dem Interesse zweitrangiger Parteien, also solchen, die kaum medienwirksam sind, ab), wenn sie ungesühnt blieben. Vor mehr als einem Jahr kamen in einer landwirtschaftlich relativ wohlhabenden Gegend zwei Landstreicher im Abstand von jeweils fünfzehn Tagen auf die gleiche Weise ums Leben: Sie wurden überfahren. Natürlich hatten wir die Reifenmarke identifiziert; sie passte zu mindestens acht unterschiedlichen Wagentypen. Wir hatten in sämtlichen Werkstätten der Umgebung die reparierten Blechschäden untersucht: nichts als Schrammen oder unverdächtige Auffahrunfälle. Wir hatten eine Art Statistik mit all den Personen erstellt, die irgendwelche Vorbehalte Bettlern gegenüber hatten: Wir kamen auf Hunderte, wenn nicht Tausende. Zeugen gab es selbstverständlich auch keine, da die Morde sich nachts auf wenig befahrenen Straßen ereignet hatten. Ein Motiv zu finden war Aufgabe der Fantasie. Und um die Beziehung der beiden zueinander herauszufinden hätte man zwanzig Jahre zurückgehen müssen, so lange nämlich vagabundierte der Jüngere der beiden bereits am Rand der Gesellschaft. Dummerweise verfügen wir nur über wenige gute Archäologen, aber auch sie hätten uns nicht weitergebracht. Meiner persönlichen Überzeugung nach wurden die zwei Opfer eines Verrückten während einer sommernächtlichen Spritztour, oder jemand, der in einem Bezirk mit anständigem Pro-Kopf-Einkommen kein Gesocks haben wollte und dem die Skrupel fehlten, die den Rest der Menschheit davon abhalten, jedem Gelüst nachzugeben, hatte sie auf dem Gewissen. Wenn ein Verbrechen so schlicht, so spontan und logischerweise so überflüssig ist, läuft jede deduktive Ermittlungstechnik ins Leere. Hier braucht es einen Bullen mit übernatürlicher Spürnase, doch die sind alle damit beschäftigt, in New York Filme zu drehen.

Dem Comandante schwebte vor, dass ich mich als Landstreicher verkleidete und, bevorzugt bei Nacht, in der Gegend herumtrieb, um herauszufinden, ob sich der Mörder noch immer dort aufhielt und bereit war, sich die Vorderfront seines Autos von den Knochen eines Christenmenschen zerbeulen zu lassen. Das war kein schöner Job, egal wie man es drehte und wendete. In der gut einen Woche, die ich jetzt dabei war, hatte ich weder etwas herausgefunden, noch hatte mich jemand zu überfahren versucht, nur meine Kollegen, die von den durch meine Anwesenheit gestörten Nachbarn gerufen wurden, haben mich dreimal angehalten, und in vier Fällen bin ich von angetrunkenen Jugendlichen wüst beschimpft worden. Auch auf die Gefahr hin, dass sie meine Waffe sahen und sie mir entreißen konnten, fühlte ich mich gezwungen, sie einem der Jungs an die Schläfe zu halten und ihm deutlich zu machen, dass, selbst wenn seine Mutter im Prozess weinend beschwor, was für ein guter Junge ihr Sohn doch gewesen und ich hingegen nur ein mieser Mörder sei, er selbst bereits seit ein paar Monaten von Würmern zerfressen unter der Erde liegen würde, ohne ihre Worte noch hören zu können. Im Großen und Ganzen verlassen sich die meisten Jugendlichen auf die Stimuli, die ihnen ihr ausgefeiltes Reiz-Reaktions-Schema vorgibt, welches etwa vom Aufheulen der Motoren bis zum Dosenbier reicht, so dass ein brutaleres Vorgehen manchmal ratsam sein kann, wenn sie einen verstehen sollen. Fügt man dieser Erkenntnis die Folgen einer berufsbedingten, anhaltenden hygienischen Unterversorgung hinzu, kommt man unterm Strich zu dem Schluss, dass dieser Job absoluter Mist war.

Ausgerechnet Gómez und Hermida, die Streifenpolizisten, die mich nach den Beschwerden aus der Nachbarschaft regelmäßig festnahmen, befreiten mich eines Nachmittags auch aus dieser Situation. Gómez übrigens hatte schon angefangen zu sticheln, weil er die Jungs identifiziert hatte, mit denen ich Räuber und Gendarm gespielt hatte und die mich nun allesamt mit einem überlegenen Grinsen ansahen. Es überraschte mich keineswegs, dass der Bengel einen völlig unangemessenen Weg gefunden hatte, sich vor seinen Kumpels aufzuspielen.

»Steh auf, Drecksack«, spuckte Gómez.

»Du bist der Letzte, der mich beleidigen darf, Arschloch.«

»Was hast du gesagt?«

»Beleidigst du mich, beleidige ich dich. Auch mir stehen Rechte zu, und ich habe niemandem etwas getan. Verstanden?«

»Schon gut. Papiere?« Gómez biss sich auf die Lippe.

Als wir Minuten später im Auto saßen, veränderte sich der Ton der Unterhaltung.

»Was ist es diesmal?«, fragte ich. »Wieder eine Alte mit schnellen Fingern, nehme ich an.«

»Nein«, antwortete Gómez. »Es ist Pereira. Er will Sie sofort in Madrid sehen.«

»Wozu?«

»Mehr weiß ich nicht.«

»Könnten Sie mir wohl einen unendlichen Gefallen tun, Gómez?«

»Schießen Sie los.«

»Bringen Sie mich irgendwohin, wo es eine Dusche gibt und einen Eimer mit irgendetwas zum Dreck abschrubben. Seife, Waschmittel, Essigreiniger. Egal was.«

Drei Stunden später saß ich rasiert und in Uniform im Büro des Comandante in Madrid.

»Sie gestatten?«

»Komm schon rein, Vila, beweg deinen Hintern«, begrüßte mich Pereira energisch, aber ohne die Stimme zu heben; er hob selten die Stimme. »Meine ganze Familie sitzt schon am Pool und erwartet mich seit zwei Stunden.«

»Zu Befehl.«

Vila ist die Abkürzung meines Nachnamens, gern benutzt von Vorgesetzten, Freunden und sogar Untergebenen. Nach eigenen statistischen Untersuchungen übersteigt die volle Länge, Bevilacqua, die durchschnittlichen linguistischen Fähigkeiten meiner Mitmenschen. Doch was soll's. Niemand ist freiwillig der Sohn eines Uruguayers italienischer Abstammung. Ich will hier keine ermüdenden Vorträge über meine Wurzeln halten, weil ich dann auch erklären müsste, warum meine Mutter 1962 in Montevideo weilte, was, wie sie mir seit 1969, dem Jahr, in dem sie mit mir an der Hand in ihre Heimat zurückgekehrt ist, immer wieder empört zu verstehen gegeben hat, bis heute niemand aus ihrer Familie so recht begriffen hat.

»Irgendwas Neues bei den Landstreichern?«, erkundigte sich Pereira, ohne mich anzusehen.

»Ja. Seit zwei Tagen hat mich niemand mehr belästigt. Ich fürchte, dass ich in der Nacht, in der ich mich gegen die Lynchjustiz behaupten musste, meinen Status als Vagabund verspielt habe.«

»Bravo, Vila. Wenn du dich das nächste Mal als Bettler verkleidest, lass die Pistole zu Hause.«

»Mit Verlaub, das halte ich für nicht besonders klug. Hätte ich sie nicht bei mir gehabt, hätte das *Clockwork Orange* Brei aus mir gemacht.«

»Das was?«

»Das *Clockwork Orange*. Haben Sie den Film nicht gesehen?«

»Welchen Film?«

Im Moment der Frage fiel mir ein, dass Pereira religiös erzogen worden ist und dass der Film, an den ich ihn zu erinnern versuchte, lange verboten war und die Kirche ihn bis heute als bedenklich einstufte. Obwohl der Kontakt mit der Welt der Gestrauchelten das Vokabular Pereiras erweitert und seine Überzeugungen bis zu einem gewissen Grad aufgeweicht hatte, blieben da doch ein paar unvermeidlich blinde Flecken.

»Schon gut. Nichts von Bedeutung.«

»Wenn du dich setzt und mir eine Minute schenkst, erzähle ich dir eine niedliche Geschichte, die dieses Wort verdient. Lassen wir die Landstreicher vorerst ruhen. Du fährst nach Mallorca.«

»Bei allem Respekt, ich verstehe nicht, warum es immer mich trifft. Hätte ich gewusst, dass Sie die vierzehn Tage Urlaub derart stören, ich hätte sie niemals genommen, das schwöre ich.«

»Hör schon auf mit dem Quatsch. Es wird dir Spaß machen, und es ist nicht so, wie du denkst. Du sollst nicht als Kellner im Club Náutico arbeiten, keine Bange. Es ist noch nicht einmal in Palma. Ich schicke dich in eine nette Bucht an der Ostküste der Insel.«

»Wen hat es erwischt?«

Pereira nahm sich Zeit. Acht Uhr war schon durch, und er sollte nach einem langen Tag die Nase gestrichen voll haben, aber jetzt kam der Punkt, an dem er zu genießen begann. Er gehörte zu der Sorte Mensch, die sich zu Tode langweilten, bis ein aufregender Fall reinkam, und sich vor wem auch immer in der Position sahen, die begierig erwarteten Details wohl dosiert weiterzugeben. Ich muss zugeben, dass auch mich die aufregenden Fälle anziehen und dass ich nach zehn Tagen der annähernd totalen Langeweile mein Interesse nicht verhehlen konnte.

»Die Tote ist Österreicherin, Touristin vermutlich. Achtundzwanzig Jahre und *was* für eine Braut!«

Pereira warf mir einen Umschlag mit Fotos zu. Sie zeigten die Tote aufgeknüpft an dem Strick und auf dem Autopsietisch. Pereiras Kommentar, wenngleich respektlos, traf ohne Abstriche zu. Von all den Aufnahmen, die ich je von Leichen gesehen habe, haben keine derartige Empfindungen in mir ausgelöst. Die Schönheit dieser Frau überlebte den Schrecken des Todes. Die beiden Einschusslöcher waren so klein, dass man bei leicht abgewandtem Blick den Eindruck gewinnen konnte, das Foto einer in gewisser Hinsicht zugegeben makabren Skulptur zu betrachten, die aber dennoch zu ungeahnten Gefühlsregungen verleitete. Die Haut der Toten war von einer außergewöhnlichen Blässe. Wie wir später von verschiedenen Zeugen in Erfahrung bringen konnten, bestach sie schon immer durch diese vermeintliche Blutarmut, die keineswegs medizinische Ursachen hatte. Auffallend für eine Österreicherin war ebenfalls ihr pechschwarzes, fast ins Bläuliche schimmernde Haar.

»Wann?«, wollte ich wissen.

»Vor drei Tagen. Ihr Name ist Eva Heinrich, und sie kam vor ein paar Wochen auf einer Yacht aus Italien. Das Schiff segelte letzte Woche in seinen Hafen zurück, und sie blieb in dem Haus, wo wir sie sorgfältig als Pendel aufgehängt fanden. Sie haben sie mit einem stinknormalen Seil an dem Deckenbalken aufgeknüpft, keiner dieser maritimen Stricke. Gemietet wurde das lauschige Plätzchen von einer achtundfünfzigjährigen Schweizerin namens Regina Bolzano, die mit einem Flieger aus Mailand auf die Insel kam und unseres Wissens auch noch dort sein muss. Sie ist am Tag des Verbrechens Hals über Kopf verschwunden.«

»Weiß man etwas über die beiden?«

»Wenig, aber dafür ist die Information umso pikanter. Drei Stunden nachdem wir sie gefunden hatten und noch bevor wir jemand informierten, hat das österreichische Konsulat bei uns angerufen. Auf Drängen des Vaters. Er betreibt von Wien aus irgendeinen internationalen Handel und ist offensichtlich millionenschwer. Die österreichische Polizei hat nichts gegen ihn vorliegen.«

»Jetzt sagen Sie mir nicht, die vom Konsulat wussten schon, dass sie tot war.«

»Nein. Der Vater machte sich Sorgen, weil seine Tochter nicht mit dem Boot zurückgekommen ist und ihn auch nicht angerufen hat.«

»Was haben die vom Schiff dem Mann denn erzählt?«

»Nichts Ungewöhnliches. Dass der jungen Dame die Insel gefallen und sie ein paar Leute kennen gelernt hat.«

Wie schon einige Male zuvor bemerkte ich, dass Pereira mich prüfte. Wo er mich schon in das Wespennest stechen lassen wollte, war er natürlich bereit, mir alles zu erzählen, aber es machte ihm Spaß herauszufinden, ob ich in der Lage war, ihm die Informationen zu entlocken, die er mir geben musste. Ich arbeitete jetzt schon drei Jahre mit ihm zusammen, und er hatte keinen Grund, sich zu beschweren. Er verdankte mir eine Auszeichnung und einen guten Teil der lobenden Erwähnungen, die sich in seiner Personalakte anhäuften und ihm langsam den Weg zum ersehnten General ebneten. Trotzdem gefiel es ihm, mir bei jeder passenden Gelegenheit zu zeigen, dass er mir nicht traute.

»Und die Schweizerin?«

»Verbringt regelmäßig mehrere Monate auf Mallorca. Sie mietet immer dieses Haus an und ist in der Nachbarschaft bekannt. Probleme mit ihr hat es nie gegeben, obwohl sie auch nicht sonderlich beliebt zu sein scheint. Die Schweizer fühlten sich bemüßigt, uns wissen zu lassen, dass sie Gynäkologin war oder ist und weder Verwandte noch Familie hat. Das ist alles, danke.«

»Und es gab niemanden, der über ihr Leben in dem Ferienhaus Auskunft geben konnte? Über ihre Aktivitäten oder Vorlieben?«

Pereira sah mich mit einer Mischung aus Anerkennung und Herablassung an. Die Sache mit der Herablassung ließ mich weitgehend kalt, weil er jeden so ansah. Auf dem Foto, auf dem der Justizminister ihm den Orden ansteckte, hatte er auch diesen Blick.

»Sieht man von Spaziergängen oder Strandbesuchen ab, wissen wir wenig bis nichts über ihre Freizeitgestaltung. Wenn sie nachts ausging, dann blieb sie nicht in ihrem Viertel. Die Einkäufe erledigten die jungen Mädels, die bei ihr wohnten. Die schienen ihre größte Leidenschaft gewesen zu sein, und unsere gute Eva war offensichtlich die Letzte. Eine sehr flüchtige Romanze von allerdings unübersehbaren Konsequenzen.«

»Die Waffe war kleinkalibrig, eine 22er vielleicht«, schätzte ich, über die Fotos gebeugt. »Man hat sie gefunden, und sie gehört der Schweizerin, stimmt's?«

»Keine Ahnung, wem sie gehört, es stand nämlich kein Name drauf. Es stimmt aber, dass sie von ihren Fingerabdrücken übersät war. Sie tauchte im Müll auf, die Trommel leer. Nicht gerade professionell, was?«

»Dann bleibt mir jetzt nur noch eine Frage.«

»Ich höre.«

»Warum schicken Sie mich noch hin? Damit ich die Kerzen auf der Torte anzünde?«

»So in etwa. Der Kollege Zaplana hat uns um Hilfe gebeten. Der Vorfall ist unbequem und der Zeitpunkt schlecht. Auf der Insel grillen sich die Teutonen. Die Sache hat in der Presse für mächtigen Wirbel gesorgt, in der deutschen Presse, will ich sagen. Es handelt sich zwar nicht um eine Bombe, die würde mehr Schaden anrichten, aber es geht um eine von ihnen, fast jedenfalls. Wir müssen den Fall so schnell wie möglich vom Tisch haben und eindeutig klarstellen, dass der Bösewicht aus ihren Reihen stammt und den Kopf verloren hat. Um bloß keine Skepsis aufkommen zu lassen, sollen sie wissen, dass das Problem hausgemacht und dass die Justiz in diesem riesigen Luftkurort, der sie so liebt und so dringend braucht, funktioniert.«

»Nun gut, wenn die Dinge so einfach liegen, ist es mit ein paar zusätzlichen Beamten auch getan.«

»Nun spiel hier nicht die Diva, Vila. Zaplana hat sich irgendwie festgefahren. Er kann einen Spezialisten, der den Karren aus dem Dreck zieht, gut gebrauchen, sagt er. Und ich glaube nicht, dass seine Leute dazu in der Lage sind. Auf jeden Fall wollen seine Vorgesetzten saubere und schnelle Arbeit sehen. Die brauchen einen Haufen Beweise, in die sie die Tante dann gut eingewickelt dem Richter und der Presse übergeben können. Das Vaterland wird es dir danken.«

»Sicher. Kann ich wenigstens mit etwas Freiraum für meine Ermittlungen rechnen?«

»Kaum. Zaplana hat einen Plan, und wir haben ihn akzeptiert. Übrigens, sei vorsichtig bei ihm. Der Mann ist nicht dumm, aber er hat etwas von einem Legionär, was gelegentlich zu Irritationen führt. Ihm wurden drei Gesuche abgeschlagen, als Blauhelm in die finstersten Krisengebiete zu gehen.«

Ich fragte mich, was Pereira dazu verleitet haben konnte, auch nur eine Sekunde anzunehmen, dass ich an diesem Unterfangen Gefallen finden könnte. Einen Moment lang sehnte ich mich nach dem Dreck und den Prügeleien aus erfahrungshungrigen Jugendtagen zurück. Wenigstens wäre ich an der Küste, tröstete ich mich und bemühte mich nach außen um eine resignierte Miene.

»Ich brenne darauf, diesen Plan kennen zu lernen«, sagte ich.

»Wir haben dir ein Häuschen gemietet. Dort wirst du dich bei den Leuten etwas umhören und an den Orten herumtreiben, wo die Verdächtige und das Opfer ihre Zeit verbracht haben könnten. Ich gebe dir maximal zehn Tage. Zaplana hat sich verpflichtet, die Alte bis dahin geschnappt zu haben. Um deine Tarnung perfekt zu machen fährst du mit einer anderen Beamtin. Ihr tut so, als wärt ihr ein liebeshungriges Paar und tummelt euch dort, wo Zaplana die beiden vermutete. Es scheint, als wären sie echte Nachteulen gewesen, die sich in zweifelhaften Kreisen bewegt haben.«

»Sie wissen, dass ich lieber allein arbeite.«

»Und du weißt, dass das hier die Guardia Civil ist, Vila. Du fährst mit Chamorro.«

Ich war fassungslos. Chamorro war ein Küken von vierundzwanzig Jahren, das sich in alter Familientradition bei sämtlichen Militärschulen beworben hatte, abgelehnt wurde und sich zähneknirschend schließlich in den Dienst der Guardia Civil begeben hatte. Nun sah sie nicht schlecht aus, groß und mittelblond, wie sie war, aber durch den Eifer, mit dem sie ihrem Ziel nachjagte, war sie dank einer unwesentlichen Buchstabenumstellung zu einem Spitznamen gekommen, der in der Tat gewisse – von niemandem wirklich zu erahnende – sexuelle Neigungen unterstellte, der ihr aber, ich schwöre!, nicht deswegen anhaftete, sondern schlicht, weil sich ihr Name für solche Spielereien anbot. Auch wirkte sie nicht maskulin, vielleicht etwas spröde und ziemlich schüchtern. Ihre guten Noten und die vielen akademischen Auszeichnungen rechtfertigten diese Aufgabe zwar, aber sie hatte noch nicht mal ein Jahr Erfahrung.

»Wenn Sie mir erlauben, einen Vorschlag in dieser Richtung zu machen, würde ich lieber mit Salgado arbeiten.«

»Alle wollt ihr Salgado. Soll sie doch endlich einen von euch heiraten, dann geht ihr mir damit wenigstens nicht mehr auf die Eier.«

»Verstehen Sie mich bitte nicht falsch. Salgado ist nicht nur erfahrener und abgehärteter als Chamorro, sie ist außerdem bedeutend gewandter und hübscher. Wenn man sich in einer Umgebung zwielichtiger Gestalten tummeln soll, gibt es keine Bessere als sie.«

»Und wenn man sich in einer Umgebung von Rillenstrieglerinnen tummeln soll, ist Chamorro Ihr Partner«, polterte Pereira ordinär.

»Vorausgesetzt, man bekommt es mit der einen oder anderen zu tun, haben die Lesben bei Frauen die gleichen Vorlieben wie Sie und ich. Überlegen Sie, welche von den beiden eher die Aufmerksamkeit auf sich zieht. Sehen Sie, so wird es denen auch gehen.«

Pereira runzelte die Stirn. Ich fürchtete schon, zu weit gegangen zu sein.

»Wenn Sie meinen, dass sie nicht genug hermacht, sagen Sie ihr eben, wie sie sich schminken soll, suchen Sie ihre Kleider aus, und empfehlen Sie ihr eine Kosmetikerin. Ich sehe einfach nicht ein, dass eine Kollegin mit ihren Fähigkeiten in die Wüste geschickt wird, weil diese Barbie im grünen Kostümchen meinen Männern den Kopf verdreht. Und der Fall hier ist eine gute Gelegenheit, Chamorro einzufahren. Eine runde Sache.«

Pereiras Stimme hatte unvermittelt einen ausgesprochen süßen Tonfall angenommen, und er war sogar zum Sie übergegangen. In seiner eigenwilligen Psychologie gemahnte es mich daran, dass er die Unterhaltung als beendet betrachtete, und wenn ich auch nur im Mindesten Interesse an meinem Gehalt und Dienstgrad hatte, beides bescheiden, zum Überleben allerdings recht wertvoll, tat ich besser daran zu schweigen und zu gehorchen.

»Zu Befehl, Comandante«, sagte ich schmissig.

Im zivilen Leben kennt man die Vorteile nicht, die der hierarchische Umgang einem verschaffen kann. Das ist eine Sache, die in dem Maße mehr und mehr in Vergessenheit gerät, wie die soziale und moralische Verunsicherung voranschreitet. Innerhalb hierarchischer Strukturen aber bieten die Distanzen untereinander, erst recht, wenn man jemanden über sich und jemanden unter sich hat (wie es beim Militär eigentlich immer der Fall ist), einen angemessenen Schutz und einen entscheidenden Grad an persönlicher Freiheit. Genau das zu tun, was dem Chef gerade in den Sinn kommt – und das gilt für die bezahlten Amtshandlungen genauso wie für die vielen unbezahlten Gefälligkeiten –, ist innerhalb des Korps ein unumstößliches Gesetz. Hat man diesen Umstand erst einmal begriffen, gibt es nirgendwo im zivilen Leben ein System, in dem die eigene Persönlichkeit und das individuelle Gewissen so geschützt wären wie beim Militär. Wenn jemand seinen Vorgesetzten aus drei Meter Entfernung pflichtgemäß mit ›Zu Befehl‹ begrüßt, dann hat er genug Abstand, um im selben Moment und aus tiefster Seele das Gedächtnis an die Mutter zu beschmutzen, die ihn geboren hat. Pereira war kein schlechter Mensch, und ich bin nie so weit gegangen, wäre ich aber weniger verständnisvoll gewesen, hätte ich das gut und gerne tun können, solange ich ihm dabei treu geblieben wäre.

»Zaplana wird dich mit den restlichen Details versorgen«, schloss Pereira, nun wieder mit der üblichen, leicht abweisenden Haltung. »Triff dich morgen in aller Herrgottsfrühe mit ihm. Euer Flug geht um halb drei. Charter. Erschrick nicht, wenn auf dem Flughafen jemand Krawall schlagen sollte; das sind dann vermutlich die zwei, denen wir die Plätze weggenommen haben.«

»Zu Befehl«, wiederholte ich.

»Ich habe dir ein echtes Filetstück überlassen, Rubén. Du hast dich in einer Nacht- und Nebelaktion verlobt und brauchst jetzt nichts weiter als eine plausible Geschichte dazu. Bist du schnell, wird das registriert, und du nimmst was mit. Selbstverständlich haben wir schon schwierigere Aufgaben gelöst. Dennoch, unterm Strich kommt es darauf an, die von oben zufrieden zu stellen. Du hast in den letzten Jahren gute Arbeit geleistet. Ich warte schon länger drauf, dass mir so etwas in die Finger kommt, um es dir zu überlassen. Versau's nicht, wer weiß, wann du wieder die Gelegenheit hast, dich so unter Beweis zu stellen.«

Kopfschüttelnd verließ ich Pereiras Büro. Es war das erste Mal in drei Jahren, dass der Mann mir in dieser Weise entgegenkam. Und vor allem sprach er mich das erste Mal in drei Jahren mit meinem Vornamen an.

## 3. Kapitel

Ich habe mich mit Chamorro auf dem Flughafen getroffen. Zur Begrüßung gab ich ihr den üblichen Kuss auf die Wange, den sie in etwa so erwiderte, als hätte Nosferatu ihr mit blutiger Zunge über das ganze Gesicht geleckt.

»Entspannen Sie sich, Chamorro, wir sind schließlich ein Paar.«

»Tut mir Leid, Sargento.«

»Im Beisein von anderen erinnerst du dich hoffentlich, dass ich Luis heiße.«

»Verzeihung.«

»Hast du alle Angaben über die beiden im Kopf?«

»Was meinen Sie mit alle?«

»Alle, an die man sich normalerweise erinnert. Die Sozialversicherungsnummer zum Beispiel wird niemand von dir verlangen. Die Leute kennen ja nicht einmal ihre eigene. Es wird dir auch keiner den Kopf abreißen, wenn du die Nummer von meinem Personalausweis vergisst. Behalten solltest du allerdings meinen neuen Nachnamen, wo ich arbeite – solche Sachen.«

»Selbstverständlich.«

»Gut. Dann lass uns jetzt das Gepäck einchecken.«

Chamorro war relativ schlicht, wenngleich auch nicht unpassend gekleidet. Nur dass sie Seidenstrümpfe trug. Bevor wir den Abfertigungsschalter erreichten, hielt ich sie kurz zurück: »Wenn wir das Gepäck los sind, gehst du auf die Toilette, ziehst die Strumpfhose aus und schmeißt sie in die Toilette.«

»Bitte?«

»In die Toilette. Die Strumpfhose. Hast du schon mal jemanden gesehen, der mit Strumpfhosen in den Sommerurlaub fährt? Wenn du nicht besser aufpasst, bekommen wir echte Schwierigkeiten, Frau Kollegin.«

»Tut mir Leid.«

Chamorro war ein ausgesprochen pingeliger Profi, und es verletzte sie, wenn man sie verbesserte. Außerdem war sie prüde, und es konnte ihr nicht gefallen, wenn ein Mann sie auf ihre Beine ansprach, noch dazu auf ihre nackten. Aber je eher sie sich darauf einstellte, dass sie nicht in einer Welt voller wohlerzogener Galane gelandet war, wie sie sie vermutlich auf der Marineschule angetroffen hätte, desto besser waren die Chancen, dass sie sich bei unserem Fall keinen Schnitzer erlaubte.

Unser Flugzeug startete pünktlich. Das Gute an diesen frühen Flügen ist, dass es selten zu Staus im Luftraum kommt. Sie hatten uns Plätze in einer Zweierreihe zugewiesen, und die Leute um uns herum schliefen schon wieder. Während wir zum sternenübersäten Firmament aufstiegen, wandte ich mich Chamorro zu: »Ich nehme an, du bist auf dem Laufenden.«

»Ich habe mir die Berichte durchgelesen, die heute Morgen aus Palma kamen.«

Dass Chamorro ausgesprochen beflissen war, bezweifelte ich keine Sekunde. Aber das hatte ich nicht gemeint. Bewusst derb erklärte ich: »Alles weist darauf hin, dass die Alte die Tote gebürstet hat oder umgekehrt. Die Reihenfolge ändert nichts am Ergebnis. Solche Beziehungen sind nicht unproblematisch, vor allem, wenn dann noch der Altersunterschied dazukommt. Außerdem trägt die Tatwaffe Spuren von der Alten. Wir sind also mit einer Hypothese unterwegs. Weißt du, was das heißt, Chamorro?«

Sie errötete. »Ich glaube schon«, sagte sie zögernd.

»Das heißt, dass es am wahrscheinlichsten ist, dass sich die Dinge so zugetragen haben, wie es scheint, dass sie sich zugetragen haben, aber nicht, dass sie sich nicht auch anders zugetragen haben könnten. Nicht mehr und nicht weniger. Sollten wir also nicht noch über etwas ganz Eigentümliches stolpern, ist die Alte die Mörderin, und wir bringen sie vor Gericht. Kommt uns aber etwas Eigentümliches vor die Füße, sollten wir uns hüten, weiter zu denken, dass es die Alte ist, die wir vor den Kadi zerren wollen. Dann haben wir ihr einmal vor den Koffer geschissen, aber das war's.«

»Glauben Sie nicht, dass sie es war?«

»Im Moment, Chamorro, habe ich keinen einzigen Hinweis, der mir erlaubte, an jemand anderen zu denken. Mehr noch, ich wette neunundneunzig zu eins, dass es die Alte war und wir in einer Woche wieder auf dem Rückweg sind. Es ist nur so, dass ich mir bislang noch keinen persönlichen Eindruck verschaffen konnte. Wir sind bei der Militärpolizei, und die Disziplin ist unsere höchste Tugend, aber das bedeutet noch lange nicht, dass wir mit der Nase eines anderen riechen müssen. Man muss den eigenen Spürsinn schärfen, und das geht nur, wenn man das Offensichtliche anzweifelt.«

»Aber der Comandante …«

»Genau das wollte ich wissen, wie weit du das Terrain mit den Pflöcken absteckst, die Pereira dir an die Hand gegeben hat. Ich wage es, dir einen Rat zu geben, der nichts mit meinen Sternen am Revers zu tun hat, sondern einfach mit meinem Alter. Versuch immer, genau herauszufinden, was deine Vorgesetzten von dir wollen, und reiß dir den Arsch auf, es zu erreichen, aber erreiche es so, wie es dir und nicht wie es ihnen am besten erscheint. Die Vorgehensweise ist innerhalb des Rahmens, den sie uns vorgeben, unsere Sache.«

Ich hatte den Eindruck, dass Chamorro daraus die falschen Schlüsse zog.

»Denk in Ruhe darüber nach. Es geht allein darum, sich nicht vor der Zeit zurückzulehnen und zu meinen, dass alles in trockenen Tüchern ist. Das gehört zur geistigen Hygiene. Die zwei, drei Mal, die ich wirklich bis zur Hüfte im Dreck stand, kamen zustande, weil ich mir selbst getraut habe.«

»Ich verstehe.«

»Gut. Davon abgesehen gibt es noch einen weiteren wichtigen Punkt.«

»Welchen?«

»Stehst du auf Frauen, Chamorro?«

Meine Untergebene, die im Verlauf der Unterhaltung ohnehin schon an Farbe gewonnen hatte, errötete noch mehr. Sie öffnete den Mund, brachte aber keinen Ton raus.

»Eigentlich ist es mir egal, ob du auf Frauen stehst oder nicht«, berichtigte ich mich. »Ich werde dich nicht danach beurteilen. Ich will nicht einmal, dass du mir jetzt antwortest. Ich würde es allerdings begrüßen, dass, sollte dir jemand diese Frage stellen, du dieser Person ins Gesicht sehen kannst und einen – ob nun erfundenen oder wahren – Satz dazu rausbringst, ohne rot zu werden. Rot wirst du überhaupt nur dann, wenn die Person dich aus irgendeinem Grund interessiert. Wir versuchen, das Umfeld des Opfers zu erschließen, und vielleicht musst du dafür lesbische Neigungen zur Schau stellen. Sollte es dazu kommen, bist du jedenfalls am Zug, denn bei mir wäre es wenig glaubwürdig. Keine Sorge, du musst mit niemandem schlafen, es sei denn, du hast Lust dazu und es gefährdet die Ermittlungen nicht.«

Chamorro schluckte.

»Spuck's aus. Nur keine Hemmungen.«

»Mit wem ich schlafe oder auch nicht, ist ganz allein meine Sache.«

»Na, das ist doch ein Anfang. Wenn du jetzt auch noch lächelst, nimmt dir jeder deine Rolle ab. Du bist ein Bulle, Chamorro, keine Priesterin.«

Ich gebe zu, dass diese Bemerkung bewusst ein bisschen gehässig gemeint war. Ich bin mir nicht mehr sicher, wie verbürgt die Aussage war, aber jemand hatte mal erwähnt, dass Chamorro, bevor sie sich zum Militärdienst berufen fühlte, Gitarre gespielt hatte und in ihrer Gemeinde aktiv gewesen war. Ihrem Gesichtsausdruck nach bin ich geneigt, dem Gerücht Glauben zu schenken.

Wie vereinbart standen wir pünktlich um halb acht in Zaplanas Büro. Der Comandante hatte sich das Gesicht gewaschen und die Haare feucht nach hinten gekämmt, aber man sah ihm die Spuren der letzten Nacht, die offensichtlich nicht seine beste gewesen war, deutlich an. Entsprechend finster war auch seine Laune.

»Da Sie mir als Experte empfohlen worden sind, muss ich Ihnen ja wohl nicht sagen, was Sie zu tun haben. Ich werde Ihnen lediglich erzählen, was wir bis zum jetzigen Zeitpunkt herausgefunden haben. Der Fall liegt ziemlich klar, wir müssen nur noch die einzelnen Teile zusammenfügen. Hier kommen Sie ins Spiel. Nur wenn Sie sich inkognito da herumtreiben, wo sich auch die beiden Frauen aufgehalten haben, können wir hoffen, dass sich die Zunge eines gewissen Personenkreises löst.«

»Weiß man schon etwas über die Beziehungen der Verdächtigen oder des Opfers?«

»Wir haben herausbekommen, welche Läden die beiden aufsuchten und wann sie ausgingen. Was das Opfer angeht, die Frau war verrückt nach Strand. Zuerst ging sie noch dorthin, wo auch die Familien badeten, aber aufgrund ihrer Bikiniallergie kam es zu ein paar Zwischenfällen, und sie hat sich entschieden, den Ort zu wechseln.«

»Wollen Sie damit das sagen, was ich vermute?«

»Ich will damit sagen, dass das Mädel sich splitterfasernackt auf den Grill gelegt hat und zwischen den Typen, die sie mit Blicken verschlangen, und den Frauen, die den Kopf über sie schüttelten, irgendwann beschlossen hat, an einen FKK-Strand zu wechseln.«

»Hm.«

»Ihr Nachtleben war ziemlich bunt. In der Anlage, in der sie wohnte, gibt es zwei Lokale, und in beiden war sie, im Gegensatz zu der Alten, bekannt. Die kannte man nur in einem Club, der zu einem anderen Touristenkomplex im Osten der Insel, etwa zwanzig Kilometer entfernt, gehört. Der Name sagt einiges: *Abrakadabra*. Das Gesicht der Toten schien den Leuten etwas zu sagen, aber sie waren meinen Männern gegenüber nicht besonders gesprächig. Wir wissen schon lange, dass die Schweinereien machen und geschmuggelte Zigaretten verticken, allerdings nicht in großem Stil. Wir haben versucht, durchblicken zu lassen, dass uns das, pardon«, entschuldigend wandte er sich an Chamorro, »scheißegal ist, aber für sie scheint es wichtig zu sein.«

»Was für Schweinereien?«

»Pillen, Designerdrogen und ein paar Tage im Jahr vielleicht auch Kokain. Wenn wir alle diese Läden dichtmachen wollten, könnte man nirgendwo auf der Insel noch einen Drink nehmen. Wir sind gar nicht so fies, aber erklär das denen mal.«

»Sie könnten sie zwingen, indem Sie Ihnen klar machen, was Sie wissen, und ihnen nahe legen, mit uns zusammenzuarbeiten, wenn sie keine Schwierigkeiten bekommen wollen. Das würde Sie nicht viel kosten.«

»Da mache ich mich lieber gleich zum Affen. Außerdem

weiß ich auch nicht, ob ich etwas rauskriegen würde, und mit dem, was hier gerade los ist, werde ich den Teufel tun und mich auf etwas einlassen, bei dem Drogen im Spiel sind, und sei es auch nur ein viertel Gramm.«

»Die Verdächtige ging also nur ins *Abrakadabra*«, nahm ich den Faden wieder auf. »Haben Sie sich auch an anderen Plätzen in der Anlage nach dem Opfer umgehört?«

Zaplana nickte.

»Ja. Es ist inzwischen bestätigt, dass die Yacht, mit der sie kam, dort vor Anker ging, und dass die Frau viel mit den Leuten vom Boot, italienische Pärchen, unterwegs war. Später wurde sie dann einige Nächte auch allein gesehen.«

Ich hatte den Eindruck, dass Zaplana sich für die Details, die nicht in direktem Zusammenhang mit seinen Vermutungen standen, wenig interessierte, aber ich musste ihnen nachgehen: »Es wäre gut zu wissen, wo die Leute von der Yacht in der Mordnacht waren – nur um das Terrain wirklich abzustecken.«

»Die Yacht ist genau an dem Morgen in ihrem Hafen in Italien eingelaufen. Das ist registriert.«

»Ich meine auch die Besatzung, nicht das Schiff.«

»Wir werden das überprüfen«, stimmte Zaplana lustlos zu.

»Es gibt da noch etwas«, sagte ich.

»Schießen Sie los.«

»Was haben Sie bei den weiteren Befragungen über das Opfer in Erfahrung bringen können?«

Zaplana seufzte. »Eva war kein Kind von Traurigkeit. Es scheint so, als habe sie sich mit so ziemlich jedem eingelassen, egal was er oder sie zwischen den Beinen hatte. Nicht, dass sie sich verzweifelt darum bemühte. Sie war einfach erfolgreich. Konnte sich die Partner aussuchen. Und ihre Vorlieben änderten sich von einer Nacht auf die andere. Trotzdem hat sie weiter bei der Alten gewohnt. Die kam ihr wohl auf die Schliche und konnte es nicht ertragen.«

Ich überlegte, was ich darauf erwidern sollte.

»Das heißt aber auch, dass gerade die Vielfalt ihrer Beziehungen für Unannehmlichkeiten gesorgt haben könnte.«

»Ich kann Ihnen nicht ganz folgen«, entgegnete Zaplana unbehaglich.

»Wir haben einen Revolver mit Fingerabdrücken, die auf eine einzige Person hinweisen, was uns die Dinge erleichtert. Auf der anderen Seite aber haben wir ein bisexuelles Opfer, was uns nicht ganz so gelegen kommt, weil es auf eine gewisse Anzahl Leute hindeutet, die ihm vielleicht nicht alle wohl gesinnt waren.«

»Mit den anderen hat sie nicht gelebt. Sie hat mit der Alten gelebt.«

»Das ist nicht das Entscheidende.«

Jetzt war Zaplana wirklich verwirrt, aber ich merkte, dass es nichts mit mir, sondern mit dem Leben im Allgemeinen und seiner Aufgabe darin im Besonderen zu tun hatte. Es war seinerseits ein purer Akt der Höflichkeit, dass er sich zusammenriss und sich nicht an mir ausließ, was er ohne jede Konsequenz gut hätte tun können.

»In Ordnung«, sagte er müde. »Sie haben Recht. Ich werde Ihnen nicht vorschreiben, wie Sie Ihre Arbeit zu erledigen haben, und ich kann Sie auch nicht zwingen, Spuren außer Acht zu lassen, die Ihnen beachtenswert erscheinen. Ich will Ihnen lediglich sagen, dass wir eine gute Erklärung haben, und ich gestehe, dass ich Ihnen dankbarer wäre, wenn Sie uns diese bestätigen könnten, statt mir detektivspielenderweise auf den Sack zu gehen. Dass wir uns richtig verstehen: Ich will Ihnen nicht drohen. Aber wenn Sie den vorgegebenen Weg verlassen wollen, sollten Sie verdammt sicher sein, dass Sie gute Gründe dafür haben.«

»Ich denke, die Botschaft ist angekommen.«

»Bestens. Dann lassen Sie uns jetzt das Organisatorische klären.«

Er holte ein paar Schlüssel hervor und legte sie auf den Tisch.

»Hier haben Sie die Autoschlüssel und die für Ihr Quartier. Der Wagen steht unten, und im Handschuhfach finden Sie die Wegbeschreibung zu dem Haus. Von hier aus brauchen Sie etwa eine Stunde. Lebensmittel finden Sie in der Wohnung, das Nötigste jedenfalls. Wenn Sie die nicht wollen oder wenn es nicht reicht, kaufen Sie, was Sie wollen. Bevor Sie in Ihrem Domizil absteigen, machen Sie an der Wache im Dorf Halt. Der Kollege Perelló lotst Sie dann. Ein guter Mann, der die Gegend kennt wie seine Westentasche. Er ist dort geboren. Lassen Sie sich nicht verunsichern, Sie können ihm vertrauen und jegliche Unterstützung von ihm erwarten. Seine Männer sind noch ziemlich jung und nicht alle sofort auf Zack, aber sie benehmen sich anständig.«

»Wir werden versuchen, uns möglichst wenig auf der Wache aufzuhalten.«

»Machen Sie sich darüber keine Gedanken. Das Dorf liegt etwas weiter im Landesinneren, und die Bewohner haben mit denen vom Strand wenig zu tun. Ich bezweifle, dass Sie auf der Wache jemanden treffen, der Sie später in Teufels Küche bringen könnte, weil er Sie wiedererkennt.«

Zaplana hatte uns schon verabschiedet, als er mich, nachdem er kurz unschlüssig gezögert hatte, noch einmal allein zur Seite nahm. »Es gibt ein paar Leute, bei denen Sie aufpassen sollten. Eine von ihnen ist die Richterin. Eine dumme Kuh, die sich zwei Jahre lang durch die Bücher geackert hat und jetzt glaubt, jemand zu sein. Die hat von Tuten und Blasen keine Ahnung. Offiziell sind wir ihr unterstellt, aber ich entscheide, was wir sie wissen lassen. Für die Untersuchung des Tatortes hat sie die Leiche entfernen lassen, bevor wir dort waren. Es hat ihr wohl mächtig den Magen umgedreht.«

»Es gibt doch die Fotos. Und in dem Bericht steht, dass der Gerichtsmediziner die Leiche untersucht hat.«

»Die Fotos taugen nicht viel. Perelló hat sie gemacht, und er hat keine Erfahrung damit. Was der Forensiker gefunden hat, hätte auch meine Großmutter sehen können. Der andere, vor dem man sich in Acht nehmen muss und der wirklich gefährlich ist, ist Estrada. Gehen Sie ihm aus dem Weg, halten Sie sich nur an Perelló. Estrada ist ein Unglück, ein Idiot, den ich schlucken musste, weil es außer mir in der gesamten Guardia Civil offensichtlich niemanden gab, den man so prima in den Arsch kneifen konnte. Sagen Sie mir sofort Bescheid, wenn er aufmuckt. Er hat in diesem Fall keinerlei Befugnisse, und ich habe viel Zeit darauf verwendet, ihm das klar zu machen, aber es würde mich nicht wundern, wenn er mich nicht verstanden hätte.«

»Zu Befehl. Ich werde es mir merken.«

Zaplana sah mich weiter unverwandt an. Ich versuchte herauszufinden, was ihm durch den Kopf ging, kam aber zu keiner Lösung.

»Hören Sie, Bevilacqua«, erlöste er mich schließlich. »Ich möchte nicht indiskret sein, aber wie zum Teufel kann man nur Bevilacqua heißen?«

Es passiert mir höchst selten, dass jemand meinen Namen zweimal hintereinander im Abstand von zwei Sekunden relativ locker über die Lippen bringt. Trotzdem erzählte ich Zaplana dasselbe, was ich jedem erzählte, eine kurze, nicht ganz präzise Geschichte, deren grundlegender Vorteil es war, dass der Interessierte die Lust verlor weiterzufragen.

»Mein Vater war Uruguayer. Er hat uns verlassen, als ich anderthalb war.«

Zaplana hob die Brauen. »Oh, das tut mir Leid.«

»Schon gut.«

»Also dann, eine allerletzte Sache.« Ein wenig verlegen wechselte er das Thema. »Was ist von dem Mädel zu halten?«

»Chamorro? Sie war Zweitbeste ihres Jahrgangs. Ihr Vater ist Coronel bei der Marine«, fügte ich hinzu, weil ich wusste, dass Zaplana diese Information nicht kalt lassen würde. »Sie können ihr vertrauen. Sie wird ihre Sache gut machen.«

»Mir ist sie ein bisschen jung. Und unter uns, mich überzeugt die Idee noch nicht, Frauen in Uniformen zu stecken. Wir haben hier eine, bei der sich der Slip unter der Hose abzeichnet. Das bringt die ganze Truppe durcheinander, und ich verwette meinen Arsch, dass sie das genießt. Aber sicher darf man keine Vorurteile haben. Wenn Sie sagen, Ihre taugt was, wird es so sein. Außerdem kann ich mir vorstellen, dass nur die Besten nach Madrid geschickt werden. Viel Glück, Bevilacqua.«

»Danke.«

Ich traf mich wieder mit Chamorro. Während wir die Stufen zum Auto hinuntergingen, versuchte ich, sie etwas aufzumuntern.

»Das nächste Mal darfst du ruhig den Mund aufmachen, gute Frau. Wir haben es mit einem Vorgesetzten zu tun und nicht mit einem Menschenfresser. Hattest du denn keine Fragen?«

»Ich hielt es nicht für angemessen, mich einzumischen.«

»Jetzt sind wir unter uns. Was denkst du?«

Sie sah mich an, wurde rot, fasste sich dann ein Herz und eröffnete mir, was ihr durch den Kopf ging.

»Ich glaube nicht, dass die Verdächtige es war.«

»Sieh an. Das überrascht mich. Und warum nicht?«

»Das Opfer war einsfünfundachtzig und wog fast siebzig Kilo. Entsprechend der Beschreibung ist die Verdächtige kaum größer als einsfünfundsechzig, und sie ist fast sechzig Jahre alt. Das Opfer war schon tot, als jemand es durch den Raum geschleift und aufgehängt hat. Nach den Blutspuren in den Zimmern muss sie fast zwanzig Meter durch das Haus gezogen worden sein. Das ging mir durch den Sinn, während Sie mit Zaplana sprachen. Als ich den Bericht las, hatte ich keinen Zweifel, dass die ältere Frau sie umgebracht hat. Ich kam auf gar keine anderen Gedanken. Aber jetzt, wo sich auch noch andere Möglichkeiten auftun, scheint es mir ziemlich unwahrscheinlich.«

»Wir wissen nicht, wie kräftig sie ist und wie es um ihre Gesundheit bestellt ist. Man wundert sich, zu welcher körperlichen Hochform ein Mensch in einer Notsituation auflaufen kann.«

»Trotzdem.«

»Nun gut. Nehmen wir an, es war nicht Regina. Es war jemand anders, der nichts dagegen hat, dass wir Regina verdächtigen. Punkt eins: Warum hat er die Leiche aufgehängt, wo uns doch, wie du zu Recht ausgeführt hast, Zweifel kommen können, dass die vermeintliche Täterin dazu in der Lage ist? Punkt zwei: Warum ist Regina verschwunden?«

Chamorro dachte angestrengt nach. Es würde sich bald zeigen, dass dies ihre typische Art des Grübelns war.

»Wenn besagter Jemand mit Regina unter einer Decke steckte, könnte sie ihn gebeten haben, etwas zu tun, das sie entlastet.«

»Sicher, wie zum Beispiel das Opfer mit einer Pistole umzubringen, die mit ihren Fingerabdrücken übersät ist.«

Chamorro suchte nach einem Ausweg. »Man darf nicht vergessen, dass die Verdächtige unauffindbar ist. Vielleicht handelt sie gar nicht so freiwillig.«

»Du willst andeuten, dass sie womöglich tot oder entführt worden ist. Beides scheint mir ziemlich unwahrscheinlich. Sollte sie tot sein, hätten wir sie neben Eva aufgeknüpft gefunden. Und Entführer statuieren nicht so ein Exempel, wie sie es bei der Österreicherin getan haben.«

Chamorro gab auf. »Wahrscheinlich ist es noch zu früh, um so weit reichende Schlüsse zu ziehen.«

»Nein, Chamorro. Es ist völlig richtig, dass du zu jedem Zeitpunkt versuchst, bis ans Ende zu sehen. Dein Bemühen ehrt dich. Für mich passt es auch nicht, dass Regina unsere große, blasse Eva aufgeknüpft haben soll. Das ist allerdings auch das Einzige, was sich nicht reimt, und ich werde mich bemühen, eine mehr oder weniger plausible Erklärung dafür zu finden. Sollten wir aber auf weitere Ungereimtheiten stoßen, wird es mit den Lösungen schwieriger. In diesem Fall werden wir unseren Chef etwas ärgern müssen. Für den Moment jedoch halten wir uns an Zaplanas Rat. Bete, dass wir Regina Bolzano schnell und ohne große Anstrengungen überführen können.«

»Haben Sie Ihre Meinung schon geändert?«

»Bete, habe ich gesagt. Mein sechster Sinn, mit dem ich das Unglück schon von weitem kommen sehe, sagt mir, dass wir uns auf etwas gefasst machen können. Ich fürchte, dass diese Eva Heinrich zu jenen Personen gehörte, die ein Händchen dafür haben, alles um sich herum in den Abgrund zu reißen.«

## 4. Kapitel

Perelló war ein verhaltener Typ mit schütterem, streng nach hinten gekämmtem Haar, dessen Gesten von einer Verbindlichkeit waren, die einen außergewöhnlichen Menschen auszeichnen. Es gibt nicht mehr viele dieser Spezies, und wahrscheinlich dauert es auch nicht mehr lange, bis sich die Erinnerung an ihre aufrechte Haltung verloren hat. Schon allein die Art, wie sie ihre Hand heben, sei es, um sich die Mütze aufzusetzen, ein Glas Rotwein zu trinken oder, eine Träne unterdrückend, ihre Enkel zu verabschieden. Wäre die Welt in den Händen von Männern wie Perelló, könnte man sich kaum noch vorstellen, dass Kinder verhungern und die Übeltäter braun gebrannt und selbstgefällig durchs Leben laufen.

»Sehr erfreut. Darf ich vorstellen: Sargento Bevilacqua und seine Assistentin Chamorro.«

»Sargento wie?«

»Bevilacqua. Ein italienischer Name. Wenn Sie wollen, nennen Sie mich Vila. Ich bin es gewohnt. Es vereinfacht die Dinge.«

»Bist du Italiener?«

»Ich nicht. Meine Urgroßeltern, glaube ich.«

Perelló hatte das Zimmer des Dienststellenleiters verlassen, um uns zu begrüßen. Am Eingang hatten wir einem seiner Beamten, Barreiro, unsere Papiere gezeigt. Er kannte Chamorro noch von der Akademie. Auch Satrústegui war anwesend, ein eher wortkarger Mensch, wie mir schien. Mit kaum wahrnehmbarer Geste bedeutete Perelló mir, dass er und ich uns allein unterhielten. Normalerweise hätte ich es vorgezogen, meiner Assistentin keine Informationen vorzuenthalten, die auch ich bekomme, unter diesen Umständen aber und bei dieser speziellen Kollegin schien mir der Vorschlag Perellós opportun, und ich stimmte ohne Protest zu. Chamorro unterhielt sich weiter mit Barreiro, und ich folgte Perelló in sein Büro. An der Längswand hing ein ausgeblichenes Foto des Königs, und in dem gesamten Raum gab es keinen einzigen persönlichen Gegenstand.

»Setz dich doch, bitte. Wenn es dir nichts ausmacht, Sargento, duze ich dich. Und wenn du Lust hast, duzt du mich auch. Du und ich, wir haben die Unteroffizierslaufbahn eingeschlagen, das heißt wir sind das Rückgrat der Guardia Civil. Hast du noch nie darüber nachgedacht, wo das Rückgrat endet?«

»Doch. Mehrfach.«

»Na also. Wir sind diejenigen, die im Dreck wühlen, warum also Zeit mit überflüssigem Getue verschwenden? Woher kennt das Mädel Barreiro?«

»Die beiden waren im selben Jahrgang. Tauschen Geschichten von der Schlacht aus.«

»Sei vorsichtig mit ihm. Er ist ein Spinner. Vertraust du deiner Assistentin?«

»Ich sag's dir ehrlich, Perelló, sie hat wenig Erfahrung. Sie ist nicht dumm, ganz im Gegenteil, und es fehlt ihr auch nicht an Ehrgeiz, aber ich hätte sie mir nicht ausgesucht.«

»Na dann.«

»Ich gebe mir alle Mühe, dass sie schnell lernt.«

Perelló zuckte mit den Schultern. »Seitdem der Tanz hier losging, kriege ich nur noch Druck. Zaplana dreht total durch, und Estrada, mein direkter Vorgesetzter, macht sich vor Angst in die Hosen.«

»Zaplana hat gesagt, Estrada ist raus aus dem Fall.«

»Ach, hat er das gesagt? Mir ist nicht ganz wohl dabei, aber so kann ich dich wenigstens einweihen. Wie hat Zaplana auf dich gewirkt?«

Hat man ein Problem zu lösen, kommt irgendwann der Moment, in dem man sich entscheiden muss, wem man vertraut. Ich gebe zu, dass es mir nach einem Sekunden währenden Blick in Perellós verhangene Augen nicht besonders schwer fiel, mich für ihn zu entscheiden.

»Zu instabil. Schlechter Direktor in diesem Zirkus.«

»Da sind wir schon zwei. Zuerst hat er noch geglaubt, dass es mit ein paar grünen Uniformen getan wäre, die ausschwärmen, ein bisschen die Gegend durchkämmen und den Fall im Handumdrehen lösen. Aber meine Männer sind für solche Sachen noch nicht hartgesotten genug, und die aus Palma, die denken, dass sie es wären, kamen zu schnell, und was ihnen fehlte, war Glück. Zwar heißt es noch immer mit einer gewissen Erleichterung, dass wir nach einem durchgeknallten Ausländer oder einer Ausländerin suchen, für mich aber stellt sich die Situation doch etwas verworrener dar, als uns lieb sein kann. Euch anzurufen war für Zaplana eine Kröte, die er schlucken musste. Ich bin mir sicher, dass er lieber darauf verzichtet hätte. Aber für uns ist der Schuh einfach eine Nummer zu groß. Das Mädel konnte sich in nicht mal fünfzehn Tagen durch die halbe Anlage vögeln. Wären da nicht die Spuren auf der Pistole und die Frage, warum die ältere Frau verschwunden ist, hätte sie für meinen Geschmack jeder umbringen können.«

»Diese Information hat Zaplana uns verschwiegen, sowohl meinem Vorgesetzten als auch mir. Er will, dass wir Bolzano zu fassen kriegen.«

»Vielleicht leider, vielleicht Gott sei Dank, aber früher oder später wird sie auftauchen, und ich verwette meine Orden, dass, sobald wir sie verhören, Zaplana seine Theorie über Bord werfen kann.«

»Hast du eine eigene Interpretation der Angelegenheit?«

Perelló sah in Gedanken vertieft zur Decke.

Eine weit verbreitete und oftmals vorschnelle Ungeduld verleitet die Menschen gern dazu, die Ausführungen einer Person, die sich Zeit zum Nachdenken nimmt oder sich mit Bedacht äußert, nicht mehr abzuwarten. Wir leben in einer Welt der Blender und übersehen dabei allzu leicht, dass sich hinter dem Blendwerk immer etwas verbirgt, das in dem schönen Schein nicht ganz aufgehen will.

»Meine Interpretation ist«, sagte er, »dass es einem Glücksspiel gleichkommt, Interpretationen zu liefern, wo nichts ist. Ich habe das Mädchen gesehen, Vila, und ich werde es bis zu meinem Tod nicht mehr vergessen.«

Im zweiten Schritt gab Perelló mir seine minutiöse Beschreibung des Fundortes und der Leiche. Als er damit fertig war, fügte er hinzu: »Ich bin kein Fachmann, aber ich sage dir zweierlei. Erstens: Es mag ja sein, dass auch ein Blinder den Hals getroffen hätte, aber der Schuss in die Schläfe war zu präzise. Soweit ich weiß, hat der Gerichtsmediziner festgestellt, dass die Schüsse aus sieben oder acht Metern Entfernung abgefeuert wurden – Kunststück, dazu musste man sich ja nur die Wunden am Körper ansehen. Und noch etwas: Es gab kein einziges Loch in der Wand; ein Treffer besser als der andere, aber immerhin auf Anhieb zwei Treffer. Sicher, nichts spricht gegen eine sechzigjährige Frau, die sich eine Waffe besorgt hat, weil sie, sagen wir mal, im Haus allein Angst hat, und die wie John Wayne schießt, aber ich darf mich doch wohl noch wundern. Zweitens: Das junge Mädel war aufgehängt, und zwar gut aufgehängt. Die Knoten waren bombenfest, ich weiß es, weil ich sie losgemacht habe. Wenn das die Verdächtige oder überhaupt eine Frau gewesen ist, sollten wir uns warm anziehen, denn sie würde uns beide mit einem Schlag umhauen.«

In keinem der Berichte, die die vermeintlichen Spezialisten geschrieben hatten, konnte ich diese genauen Beobachtungen finden. Ich hielt es für angemessen, seine Präzision lobend hervorzuheben.

»Ich bin nicht gerade begeistert zu merken, dass der Fall schwieriger zu sein scheint, als es meinem Vorgesetzten lieb ist, aber trotzdem tröstet es mich zu sehen, dass es Menschen gibt, die sich das Denken noch nicht abgewöhnt haben.«

»Nimm's ihm nicht übel. Ich habe viel Zeit. Wir leben hier auf dem Land, und da wird nur alle dreißig Jahre eine Frau umgebracht.«

»Gleichwohl gibt es da noch ein interessantes Detail, was Bolzana betrifft«, betonte ich.

»Welches?«

»Wenn es ihre war, hat sie die Waffe illegal besessen. Entweder hat sie sie ohne spanische Zulassung hier gekauft, oder sie hat sie sich in einem anderen Land besorgt und dann hergeschmuggelt.«

»Und was schließt du daraus?«

»Dass sie kein Feigling ist.«

»Na ja, nicht unbedingt. Nichts ist einfacher, als eine Waffe im Ausland zu kaufen und sie mit aufs Schiff zu nehmen. Ich würde dem auch nicht viel Bedeutung beimessen. Warst du jemals auf den Kanaren?«

»Ja.«

»Hast du etwas gekauft?«

»Eine Musikanlage.«

»Eine Musikanlage ist um einiges größer als ein Revolver, und ich bin ziemlich sicher, dass du keinen Cent Zoll gezahlt hast.«

»Das ist etwas anderes.«

»Nein. Es gehört weniger dazu, einen 22er-Revolver nach Mallorca zu schmuggeln. Ich will damit nicht sagen, dass es nichts heißt, dass diese Frau eine Waffe besaß, vorausgesetzt, es war ihre. Aber um den Schlaf bringt es mich nicht. Finde heraus, wer die Waffe hergebracht hat. Am Ende sogar das Opfer selbst.«

»Das fehlte noch.«

Perelló schnaubte aufgebracht.

»Dieses Mädchen war etwas ganz Besonderes, mein Freund. Die Touristen, die hier Urlaub machen, sind selten von einem anderen Stern. Bei uns geht es nicht so zu wie an anderen Orten. Die meisten der Besucher sind Spanier, viele kommen sogar von der Insel. Keine besonders fortschrittlichen Leute, eher Menschen wie ich. Wenn du Zeit hast, geh zum Strand und überzeug dich selbst. Und dann kommt da jemand mit prallen Möpsen, reißt sich alles vom Leib und tänzelt wie über einen Laufsteg zum Wasser. Nach ein paar Tagen kannte die jeder. Ich bedaure zutiefst, dass keiner sie angezeigt hat, denn so, wie sie tot anzusehen war, wäre es eine Freude gewesen, sie am Leben zu wissen.«

»Wenn ich mir den Einwand erlauben darf: Nacktbaden ist kein besonders schwer wiegendes Vergehen.«

»Dann hätte der Richter sie eben freigesprochen. Die Sache ist doch die, dass sie ihren Bikini hier zum letzten Mal ausgezogen hat. Neulich nachts hat sie sich in weniger als einer halben Stunde gleich zwei der Gauner aus der Bar gegriffen. Als der eine dachte, er hätte sie so weit, zog sie mit dem anderen ab, und als sie sie dann zusammen abfüllen wollten, ging ihnen auf, dass sie es mit einem Kind von siebzehn Jahren zu tun hatten. Mit Fußtritten haben sie sie davongejagt, und das Mädel hat sich totgelacht darüber. Wir haben noch mehr Zeugenaussagen über ähnliche Zwischenfälle, alle aus der Anlage, in der sie wohnte. Ich sag's noch mal, Vila: Jeder kann sie umgebracht haben. Eine Nacht an den Falschen geraten, und das war's. Jetzt bist du am Zug, die Feinarbeit zu leisten. Wenn du etwas brauchst: immer und jederzeit. Egal was es ist, wir sind da. Aber wenn du anfängst, mir Leid zu tun, ist Schluss.«

»Danke. Aber du weißt ja, dass wir möglichst versuchen wollen, allein zurechtzukommen. Dennoch habe ich das Angebot gehört.«

Wir verließen das Büro. Im Vorzimmer unterhielten sich Chamorro und Barreiro über etwas, das den Mann offensichtlich sehr amüsierte, während meine Assistentin kaum die Lippen zu einem zustimmenden Lächeln verzog.

»Und, geht man bei uns auch anständig mit Ihnen um, Chamorro? Ich hoffe, die Kollegen sind zu Ihnen etwas netter als zu unserem Galizier«, scherzte Perelló. »Nun sehen Sie mich nicht so an. Sie wissen doch wohl, wie ich das meine, oder?«

»Ja. Ich kann mich nicht beklagen.«

»Ihr Chef hat mir gesagt, dass Sie mit Köpfchen unterwegs sind. Vielleicht schneiden Sie dem Galizier eine Scheibe davon ab. Aber bitte auch nicht zu viel, sonst enttäuscht er uns noch.«

Barreiro hatte aufgehört zu lachen. Betreten sah er zu Boden und spielte dabei auf genau die Art mit der Gewehrsicherung, vor der schon auf Seite eins des Handbuchs zum Schusswaffengebrauch nachdrücklich gewarnt wurde.

Bevor er uns verabschiedete, wiederholte Perelló diesmal direkt an Chamorro gewandt seine Bereitschaft, uns jegliche Unterstützung zu gewähren.

»Rufen Sie an, wenn Sie in Bedrängnis sind. Sagen Sie mir,

wer es ist, und ich schicke Quintero los. Sie kennen ihn nicht, ein Bulle von einem Kerl, kommt aus Córdoba und tut jetzt hier seinen Dienst. Wir verdanken ihm schon fünf Anzeigen wegen Nötigung. Er sieht viel fern, und später kann er dann nicht mehr unterscheiden.«

Während wir zu unserem Haus fuhren, tauschten Chamorro und ich unsere Eindrücke aus.

»Was weiß dein Kollege zu berichten?«

Chamorro seufzte.

»Nichts, was man sich nicht auch schon vorher erzählt hätte. Perelló war etwas hart zu ihm, aber er ist wohl dran gewöhnt. Die Akademie hat er mit Ach und Krach geschafft. Er stand an vierhundertster Stelle. Wenn das die letzte war. Nach zwei Tagen war er bekannt wie ein bunter Hund.«

»Ach ja?«

»Er hat versucht, sich in eine weibliche Truppe einzuschleichen. Daraufhin hat der Teniente ihn vor versammelter Mannschaft aus dem Glied treten lassen und gesagt, dass, sollte es noch jemanden geben, der seinen Dienst mit einem universitären Schwof verwechselte, jetzt seine Lektion lernen könnte. Barreiro hat es acht- oder neunhundert Kniebeugen, hundert Hofrundgänge und eine Verwarnung eingebracht. Nach den Prüfungen bat er, vielleicht, weil er sich besonders engagiert zeigen wollte, vielleicht aber auch wegen des Geldes, um eine Versetzung in den Norden, aber das Gesuch wurde abgelehnt.«

»Und was hat er dir über unseren Fall erzählt?«

»Dass die Tote gigantisch war und dass es die Ältere gewesen sein muss, denn er hat den Revolver mit den Spuren gefunden.«

»Wunderbar. Mehr nicht?«

»Er hatte Spaß daran, mir von den Eskapaden zu berichten, die sie am Strand veranstaltet hat. Ihm lief dabei das Wasser im Mund zusammen, und ich nehme an, er hätte ein Jahr seines Lebens gegeben, um sich das Spektakel anzusehen.«

»Und Satrústegui?«

»Hat nicht viel gesagt. Aber er hört zu, als ob er einem nicht trauen würde. Weder Barreiro noch mir.«

»Lass dich davon nicht beeinflussen. Wenn du und ich leisten, was sie nicht leisten können, respektieren sie dich auch.«

Chamorro schwieg nachdenklich.

»Ich versuche schon seit einem Jahr, mir Respekt zu verschaffen«, sagte sie schließlich leise, »aber bis heute ist mir das noch nicht besonders gut gelungen.«

Jetzt hätte man wohl ein aufmunterndes Wort von mir erwartet. Ich bin nicht herzlos oder ein unverbesserlicher Macho, und mich stört es auch nicht, wenn die Menschen Schwächen zeigen, solange sie das nicht als Sport betreiben. Aber ich war immer allein für mich verantwortlich, bevor ich beim Militär zum Ermittlungsdienst ging, innerhalb und außerhalb meiner Arbeit. Ich glaube, dass niemand die grundlegenden Dinge im Leben mit jemandem teilen kann, und es stört mich, wenn man mich in eine Situation bringt, in der ich eine herrschende Strömung verteidigen oder angreifen soll. Chamorro über ihre spezifischen Schwierigkeiten als Frau hinwegzutrösten hätte in hohem Maße bedeutet, sich in eine ärgerliche, dumme und unnötige Schlacht zu einem Thema zu werfen, das ich nicht besonders reizvoll fand. Viele meiner Kollegen innerhalb des Korps waren gegen die Zulassung von Frauen. Anderen wieder gefiel es, mit jemandem auf Streife zu fahren, der Monica hieß und ein anderes Parfüm benutzte. Ich suche die Frauen nicht in dem Topf, aus dem ich esse, und die Unterteilung nach Freund und Feind mache ich auch nicht von der Position abhängig, in der sie pinkeln. So gesehen schlug ich mich in dieser Angelegenheit auf niemandes Seite und erfuhr niemandes Gunst. Trotzdem sagte ich zu Chamorro: »Du bist gescheit und von Anfang an mit dem Kopf dabei. Als Zaplana seine ersten elf Monate hinter sich hatte, konnte er marschieren und die Hacken zusammenschlagen. Wenn er heute Comandante ist, kannst du es mindestens bis zum Brigadegeneral schaffen. Es kommt nur darauf an, nicht vor der Zeit in Selbstmitleid zu verfallen.«

»Darf ich Ihnen eine Frage stellen?«

»Auch zwei, wenn dir danach ist.«

Chamorro suchte nach den geeigneten Worten.

»Haben Sie darum gebeten, ich meine, war es Ihre Idee, dass ich Sie in dieser Sache begleite?«

»Nein«, gab ich sofort zu.

»Ich verstehe.«

»Nein, du verstehst nicht«, berichtigte ich sie. »Erstens: Ich ermittle lieber allein. Ein Tick, eine Marotte, nenn es, wie du willst. Zweitens: Jetzt, wo ich sehe, wie die Dinge liegen, denke ich unabhängig von meinen Vorlieben, dass es gar nicht schlecht ist, eine Frau im Team zu haben. Drittens: Ich hätte Salgado vorgezogen, weil sie mehr auffällt und mehr Erfahrung hat. Viertens und letztens: Pereira wollte dir eine Chance geben, und wenn ich seinen Stern auf der Schulter tragen würde, hätte ich genau dasselbe getan, weil es keinen Grund zu der Annahme gibt, dass du schlechtere Ergebnisse lieferst als deine Kollegin, aber um das zu zeigen, muss man dich auch lassen. Mehr gibt es in dieser Angelegenheit nicht zu sagen. Und du kannst mir jetzt vorwerfen, was du willst, aber sag nie, ich hätte dir nicht offen und ehrlich geantwortet.«

»Natürlich.«

»Vielleicht solltest du noch wissen, dass, solange du mit mir zusammenarbeitest, jeder, der sich über das, was du machst oder wie du es machst, mokiert, mir direkt ins Gesicht spuckt. Und ich schwöre dir, dass ich im Rahmen dessen, was ich mir leisten kann, keine Gnade kenne, wenn mir jemand ins Gesicht spuckt. Ich glaube, das fasst deine derzeitige Situation vor mir und vor allen anderen ganz gut zusammen.«

»Verstanden. Ich werde nicht mehr davon sprechen.«

Wir schwiegen eine Weile. Ich ging davon aus, dass Chamorro den Zuspruch bekommen hatte, den sie brauchte, und einmal mehr hatte ich einen Weg gefunden, ohne viel lügen zu müssen, meine Pflicht zu erfüllen. Wenn ein Mensch zur Lüge greifen muss, um seine Pflicht zu erfüllen, kann er sicher sein, dass er sich in dem täuscht, was er für die Wahrheit oder für seine Pflicht hält.

Wir fuhren bereits zwischen den ersten Häusern der Ferienanlage hindurch. Das Bild wurde von einer sanften Hügellandschaft geprägt, die an das Meer grenzte. Wie Gischtspritzer schmiegten sich die weißen und sandfarbenen Häuser mit den stets grünen Fensterrahmen in unterschiedlicher Dichte zwischen die Kuppen. Die Straßen waren in relativ schlechtem Zustand, und von einigen Ausnahmen abgesehen wirkten auch die Gebäude eher schäbig. Das Ganze vermittelte den Eindruck, vor dreißig Jahren errichtet worden zu sein. Etwas weiter hinten verschmolzen die Hügel zu einer Felswand, die schroff ins Meer abfiel. Stellenweise war die Steilküste von dunklen Schluchten unterbrochen, an deren Ende man eine der Badebuchten, den Strand also, erahnen konnte.

Meine Landschaftsstudien unterbrechend, nahm Chamorro das Gespräch wieder auf.

»Und was hat Perelló gesagt? Ich meine, wenn ich das wissen darf.«

»Selbstverständlich darfst du das wissen. Es ist sogar wichtig, dass du auf dem Laufenden bist. Perelló ist ein großer Mensch, und er weiß Bescheid.«

»Worüber Bescheid?«

»Dass es Regina nicht war.«

»Warum?«

Ich fasste ihr die Überlegungen zusammen.

»Und was werden wir jetzt tun?«

»Unsere Arbeit. Wir fangen von vorne an und warten ab, wohin uns der Weg führt. Das Haus, das sie für uns gemietet haben, liegt in derselben Straße, in der auch der Mord passiert ist. Ich habe mit Perelló verabredet, dass wir uns morgen in aller Frühe, wenn uns niemand bemerkt, dort ein wenig umsehen. Heute liegt der ganze Tag noch vor uns. Wir gehen zum Strand, essen in einem Restaurant, gönnen uns eine Siesta, drehen dann eine Runde im Pub der Anlage, bevor wir losfahren, um uns das *Abrakadabra* anzusehen. Mehr kann ich im Moment nicht planen. Wie es weitergeht, das weiß der liebe Gott, und wenn du gedacht hast, ich bin wie Pereira, möchte ich klarstellen, dass Vorschläge der Assistentinnen durchaus gestattet sind. Und um auch das aus der Welt zu schaffen, hör endlich auf, mich zu siezen. Entweder wir finden da eine einvernehmliche Lösung, oder es bleibt beim Sargento, noch wenn du mich um die Sonnencreme bittest.«

»Wie du willst.«

Chamorro trug das Haar jetzt offen. Das Fenster war heruntergekurbelt, und eine Strähne wehte im Wind. Ich will nicht behaupten, dass sie wie ein Popsternchen aussah, aber immerhin erinnerte sie auch nicht mehr an die Verwaltungsangestellte. Einige ihrer Gesten verrieten sogar den Hauch einer zaghaft angedeuteten, überraschenden Sinnlichkeit. Zum Beispiel: Chamorro knabberte am kleinen Finger ihrer rechten Hand, als sich unvermittelt, ich nahm an, es war Unachtsamkeit, ihre Zungenspitze zwischen den Zähnen hindurchschob.

Der Sommer übt einen merkwürdigen Effekt auf die Menschen aus. Als ob sie in dem Maße, in dem sie sich der Kleiderbündel entledigen, die sie im Winter geschützt haben, auch ein wenig von dem moralischen Korsett befreien. Darunter nämlich war Chamorro – ihrer Umsicht und ihrer Tendenz zum Erröten zum Trotz und im Widerspruch zu einem gesellschaftlichen System, das ihr die Uniform übergestülpt und sie in den Dienst der Gemeinschaft gestellt hat und die die Sitten der Toten scharf verurteilte – Eva Heinrich, der unglückseligen Verführerin reifer Gynäkologinnen, Bademeister, Luden und verwirrter pubertierender Mädchen viel ähnlicher, als man hätte meinen sollen.

Und in diesem Moment spürte ich, dass meine Assistentin durchaus in der Lage sein würde, sowohl Opfer als auch Täter zu verstehen, und begann zu begreifen, dass es durchaus möglich war, dass sie mir helfen konnte, die Fäden eines Falles zu entwirren, den man mir in einer dunklen Stunde aufgebürdet hatte.

## 5. Kapitel

Als wir unser Haus in Besitz genommen hatten – Chamorro bekam das große Schlafzimmer, ich den kleineren Raum, in dem eine Art Feldbett stand, damit sie mir ja nicht nachsagen konnte, ich würde aus meinem Rang Kapital schlagen –, beschlossen wir, an den Strand zu gehen. Von der Terrasse hatte man einen herrlichen Blick auf die Bucht, so herrlich, dass ich mich fragte, was Zaplana angestellt haben musste, um uns mitten im August ein solches Objekt zu mieten. Da das aber nicht meine Sorge sein musste, unterdrückte ich meine Verwunderung und schaltete auf Vergnügen um.

Während Chamorro sich umzog, warf ich einen Blick auf die Lage der Häuser ringsum. Sie standen so weit auseinander, dass die Bewohner das Schnarchen ihres Nachbarn nicht wahrnahmen, und vielleicht nicht dicht genug, um einen Schuss in der Nacht zu hören. Unmöglich jedoch, dass zwei Schüsse überhört werden konnten. Nach dem derzeitigen Ermittlungsstand hatte niemand etwas bemerkt. In der fraglichen Nacht hatte in der Anlage eine Feier stattgefunden (genauer gesagt findet in solchen Anlagen den ganzen August über irgendwo in dem einen oder anderen Gebäudekomplex eine Feier statt), und auf dem Programm hatten ein Feuerwerk sowie das Konzert einer Gruppe Schlagersänger mit recht leistungsstarken Lautsprechern gestanden. Trotzdem, diese Straße lag etwas abseits von der Zone, in der die Musik spielte. Nun macht ein 22er-Revolver nicht so viel Krach wie eine Granate, aber ohne jeglichen Schalldämpfer ist die Detonation ziemlich laut.

Morgen würden wir uns das Haus ansehen können. Mich interessierte die Anordnung der einzelnen Zimmer, angefangen bei dem, in dem die Schüsse vermutlich abgefeuert wurden bis hin zu dem Salon, in dem man Eva aufgehängt fand. Auf einmal kam mir in den Sinn, dass es ratsam sein könnte herauszufinden, ob die Tat woanders stattgefunden hatte, als wir glaubten, und ob die Reise der Toten nicht vielleicht ein bisschen länger gewesen war.

An diesem Punkt meiner Gedanken trat Chamorro umgezogen aus ihrem Zimmer und überraschte mich nicht wenig. In dem einen oder anderen unkonzentrierten oder freimütigen Moment hatte ich sie mir in einem marineblauen Badeanzug mit rundem Ausschnitt, angemessener noch wäre zu sagen ohne jeden Ausschnitt, vorgestellt, etwa in der Art, wie ihn die Frauen auf den Fotos der dreißiger Jahre tragen, abgesehen vielleicht von den kurzen Hosenbeinen, die inzwischen als schon wieder modernes und deshalb eitles Detail galten. Nun aber hatte ich sie in einem ziemlich knappen Bikini mit kaum sichtbaren Trägern und Jeansshorts vor mir, die knapp über ihren Hintern gingen.

»Ich bin fertig«, sagte sie in aller Selbstverständlichkeit.

Sie war vielleicht etwas blass, aber ihre Figur, der man den Sport ansah, war makellos. Obwohl die Hervorkehrung muskulös geschwungener Frauenkörper bedauerlicherweise sicher schon auf das Konto der ästhetischen Wortführer der Klassik zurückzuführen ist, hat man sich doch erst aufgrund der Jogurtwerbung oder anderer gesundheitsfördernder Produkte, mit der sie einen bombardieren, so an dieses Schönheitsideal gewöhnt, dass es schwer fällt, die spontane Bewunderung zu unterdrücken, wenn einem in Gestalt der Ermittlungsbeamtin Chamorro ein solches Exemplar leibhaftig gegenübersteht. In den ganzen Monaten, die ich sie nun kannte, hätte ich nicht im Entferntesten auch nur eine Sekunde vermutet, dass sich unter Chamorros Uniform oder ihrer zivilen Kleidung Anzeichen eines nahezu perfekten Topmodels bzw. eines modernen Erzengels verbargen.

»Ist was?«

Auf diese Frage starrte ich sie weitere zehn oder fünfzehn Sekunden an, ohne einen Ton herauszubringen. An sich schien mir das noch nicht anstößig. Ist es doch ebenso irrig, die Kompetenz einer Untergebenen von der Festigkeit ihres Hinterns abhängig zu machen, wie zwanghaft zu ignorieren, dass der eine Hintern einfach besser ist als der andere. Die Sache war allerdings, dass Chamorro sich unbehaglich fühlen konnte und dass ich nicht dazu angetreten war, meine oberste Regel selbst zu brechen, indem ich von den Sinnenfreuden träumte, die meine Assistentin in der Lage war wachzurufen.

»Nein, nichts. Ich war in Gedanken.«

»Findest du blöd, was ich anhabe? Ich musste den Koffer so schnell packen. Ich habe das Erstbeste reingestopft, was mir in die Finger kam.«

»Es passt gut, Chamorro. Ich würde sagen, geradezu verwegen.«

Sie senkte den Kopf.

»Ernsthaft«, betonte ich mit Nachdruck. »Und, Entschuldigung.«

»Wofür?«

»Dass ich abgelenkt war. Sehe ich denn aus wie ein Tourist?«

Chamorro ließ sich mit der Antwort Zeit.

»So eine Badehose hatte man vor fünf oder sechs Jahren an«, entfuhr es ihr schließlich.

»So lange ist das schon her?«, fragte ich ungläubig.

»Mindestens. Die Farbe ist nicht schlecht. Ein bisschen schrill vielleicht.«

Angesichts des knallig fuchsiafarbenen Stoffes hatte sie noch eine sehr milde Formulierung gewählt. Die Hose reichte mir bis zu den Knien, und dass ich ihr so lange treu geblieben bin, hatte viel damit zu tun, dass sich keine andere dem langsamen, noch moderaten, aber dennoch unübersehbaren Anwachsen meines Bauchumfanges derart anpasste. Eine bedauerliche Tatsache, der man mit zwanzig, wenn man sich noch für unverwundbar hält, keine ausreichende Beachtung schenkt.

Der Strand bot gut und gern Platz für hundertfünfzig, zweihundert Zerstreuung suchende Gäste. Wenn man allerdings berücksichtigte, dass der Pächter der Strandbar, der, wie wir bald erfuhren, auch die Liegestühle und Tretboote vermietete, mit seiner Erwerbsfläche etwa drei Viertel des vorhandenen Raumes für sich vereinnahmte und schätzungsweise um die dreihundert Menschen den Strand bevölkerten, dann hatte man eine ungefähre Vorstellung von der ölsardinenartigen Anordnung der Badenden, wobei es besonders schlecht jene getroffen hatten, die nicht bereit waren, astronomische Summen für einen Liegestuhl auszugeben. Das nächste Mal würden wir die entsprechende Summe von dem Etat abziehen, den sie uns bewilligt hatten, um Anteil zu haben am Lebensgefühl der überwiegend aus dem Ausland stammenden Privilegierten. Am ersten Tag aber mischten wir uns unter jene, die auf einfachen Bastmatten auf dem Boden lagen, und zwängten uns mühsam hinein in das Puzzle aus Handtüchern, in das sich der schmale Streifen Strand der Einheimischen verwandelt hatte.

Chamorro ging auf meinen Wunsch hin direkt nach unserer Ankunft baden. Als sie sich ihre Shorts auszog, zwang ich mich unter enormen mentalen Anstrengungen zu einer möglichst gleichgültigen Haltung, und bis auf die winzige Inkonsequenz, bei der ich mich ertappte, als ich beobachtete, wie sie Hüften schwingend Richtung Wasser marschierte, was weniger an ihr, als an dem Sand lag, der unter ihren Füßen nachgab, hatte ich Erfolg damit. Doch obwohl es Sommer war und meine animalische Seite sich etwas unkontrollierter zeigte als gewöhnlich, würde ich das schon in den Griff bekommen. Ich war seit jeher davon überzeugt, dass ein Polizist sich von einer Verbrecherin angezogen fühlen kann und teilweise vielleicht sogar angezogen fühlen sollte, solange er die Sache im letzten Moment reguliert, indem er die Frau wie Sam Spade seinerzeit Brigid O'Shaughnessy am Ende von *Die Spur der Falken* beleidigt, möglichst sogar mit Humphrey Bogarts Gesichtsausdruck. Sich jedoch von einer *Kollegin* angezogen zu fühlen, kommt – lässt man mal alle sonstigen Regelverletzungen beiseite – einer bösen geistigen Verwirrung gleich, deren Folgen nicht abzuschätzen sind. Der Torero hat allein an den Stier zu denken, und keine Zehntelsekunde darf er ihn aus den Augen lassen, denn in dieser Zehntelsekunde versteckt lauert der Fehler, in diesem Fall das Horn.

Fünf Minuten später stand Chamorro bereits mit einer anderen Frau ihres Alters plaudernd im seichten Wasser, und ich erinnerte mich daran, dass ich nicht ausschließlich fürs Braunwerden bezahlt wurde.

Das Glück oder meine Gleichgültigkeit wollte es, dass ich, kurz nachdem ich über etwas arbeitsameren Alternativen brütete, von einer Gruppe junger Leute neben mir mehr oder weniger die folgenden Worte aufschnappte: »Und ich sag dir, dass sie es war. In der Zeitung haben sie doch das Foto abgedruckt, und die Ähnlichkeit ist frappierend. Dasselbe mit der Beschreibung von der älteren Frau.«

Es war eine weibliche Stimme. Ich drehte mich um und sah zwei junge Männer und zwei Frauen Anfang zwanzig. Diejenige, die das Wort führte und ihre Äußerungen mit nervöser Gestik unterstrich, war eine schlanke Frau mit grünen Augen. Einer der beiden Männer, der sich durch einen ungepflegten, von sommerlicher Faulheit verursachten Bart auszeichnete, nickte zustimmend, der andere blieb skeptisch. Die andere Frau, braun gebrannt und zurückhaltend, verhielt sich neutral.

»Wir konnten sie nicht genau erkennen, sie waren zu weit weg«, warf der Skeptiker ein.

»Nicht alle von uns sind kurzsichtig«, hielt der mit dem Bart dagegen.

»Eins zu null für dich, Idiot.«

Der, der sich weigerte, die Übereinstimmung mit dem Zeitungsfoto anzuerkennen, sah ganz offensichtlich wirklich nicht gut. Schon gar nicht am Strand, wo er weder eine Brille trug noch seine Sehschwäche mit Kontaktlinsen überspielen konnte.

»Ihr redet nicht zufällig von der Frau, die sie neulich umgebracht haben?«, mischte ich mich ein. Die vier verstummten, und ich fügte hinzu: »Ich bin erst ein paar Tage auf der Insel, und die Leute sprechen von nichts anderem mehr. Habt ihr sie gekannt?«

»Paula glaubt, ja«, antwortete der Skeptiker, als wüsste er von nichts.

»Ich auch«, sagte der mit dem Bart. »Sie waren hier, an diesem Strand. Das Mädchen und die Frau, die sie umgebracht haben soll.«

»Die Frau, bei der sie gewohnt hat«, ergänzte die mit den grünen Augen, Paula.

Ich glaubte, im Bild zu sein, wer mir die Informationen geben würde, also ignorierte ich die Dunkle und den Kurzsichtigen. An die beiden anderen gewandt, fragte ich mit der schlüpfrigsten Neugier, die ich zur Schau stellen konnte: »Sagt mal, stimmt es wirklich, dass die beiden …?«

»Hundert Pro«, versicherte der mit dem Bart. »Wir haben gerade festgestellt, dass wir hier einen handfesten Beziehungsstreit beobachten konnten.«

»Ach, wirklich?«

»Das war ganz offensichtlich«, stimmte Paula zu.

»Ihr seht doch nur, was ihr sehen wollt«, fiel der Skeptiker ohne große Überzeugung ein. »Es hätte sonst was sein können.«

»Mal sehen, was du sagst«, wandte sich der mit dem Bart an mich. »Die beiden lagen in ihren Liegestühlen unter dem Sonnenschirm und haben sich eine Stunde lang unterhalten. Um ehrlich zu sein, die Alte hat geredet. Die andere blätterte denkbar gelangweilt in einer Zeitschrift. Sie sah aus wie eine von diesen Französinnen von der Côte d'Azur, mit hochgestecktem Haar und einer riesigen Sonnenbrille. Sie hatte etwas von einer Prinzessin, die niemanden um sich herum wahrnahm.«

»Ganz im Gegensatz zu dir. Du hast mit dem Glotzen ja nicht mehr aufgehört, obwohl dich die Sache nichts anging.« Zum ersten Mal hatte die Dunkle den Mund aufgemacht.

»Ich und der Rest vom Strand«, gab der Bärtige zu. »Sie war so eine richtige Filmschönheit. Und ausgestattet mit zwei …«

»Er kann es sich vorstellen«, unterbrach die Dunkle erneut.

»Ich glaube nicht, dass er das kann. Einfach zu viel, um sie nackt spazieren zu tragen. Und dazu war sie weiß wie eine Wand. Sie erinnerte fast an ein Gespenst. Das konnte einem regelrecht Angst einjagen. Neben ihr sah die Alte richtig zerlumpt aus, ungekämmt und mit diesem ausgewaschenen Bademantel.«

Den Bärtigen brauchte man nicht weiter anzuspitzen. Er erzählte die Erlebnisse dieses Sommers, die vielleicht die jedes Sommers waren, die ihm das Leben geschenkt hatte. Wenn die Dunkle seine Freundin war, und selbst wenn sie es nicht war, konnte ich sie verstehen. Wie ein feiner Schatten würde sie die Erinnerung an die unglückselige Heinrich künftig begleiten. Ich ließ ihn fortfahren.

»Gut, so ging das also eine ganze Weile, und als die Alte langsam nervt und versucht, ihr die Zeitung wegzunehmen und sie bittet, mit ihr zu sprechen, steht die Prinzessin auf und sieht sie an. Reglos. Um sich dann einfach nach hinten auf den Arsch fallen zu lassen. Bumm! Mit offenem Mund verharrt die Alte fassungslos. Ohne jedes Wort steht unser Schneewittchen wieder auf, nimmt sich die Brille ab, lässt die Zeitschrift fallen und geht zum Wasser. Hätten sie Musik dazu gespielt, wäre das Ganze ein Videoclip gewesen.«

»Holt einen Eimer für das Gesabber«, rief die Dunkle.

»Hör schon auf. Alle haben sie mit den Augen verschlungen. Da war er nicht der Einzige«, entschuldigte Paula den Bärtigen. »Und die Frauen haben sie auch nicht aus dem Blick verloren. Es stimmt schon, dass sie die Aufmerksamkeit auf sich zog.«

»Kaum erreichte sie das Meer«, fuhr der mit dem Bart fort, »stürzte sie sich in die Fluten und fing an zu schwimmen. Sie konnte fantastisch schwimmen, mit Armen so geschmeidig wie Schlangen, vorausgesetzt es gibt weiße Schlangen. Nach ein paar Minuten war sie bis zu der Höhle geschwommen, die man kurz vor dem Ende der Bucht sieht. Dort ist sie raus und hat sich gesonnt.«

»Und sofort ist die ältere Frau zum Ufer gegangen«, übernahm Paula das Gespräch, »und hat sie gerufen. Als die Jüngere das mitbekam, hat sie sich umgedreht und ins offene Meer geschaut. Die Ältere tat mir schon Leid. Mindestens eine halbe Stunde hat sie da am Ufer gestanden und darauf gewartet, dass ihre Freundin zurückkommt. Als die sich einmal umsah, um zu gucken, ob die andere noch dasteht, was gar nicht so leicht zu erkennen war, weil doch ein gutes Stück Entfernung zwischen beiden lag, hat die Ältere wieder angefangen zu rufen. Und andauernd hat sie auf die Uhr geschaut, sie war vollkommen verzweifelt. Sogar auf Zehenspitzen hat sie sich gestellt und die Hand schützend vor die Augen gelegt, als ob sie dadurch besser oder weiter gucken könnte. Aber die Jüngere rührte sich noch nicht mal. Schließlich hat die andere es aufgegeben und ist wieder zur Hängematte gegangen. Da blieb sie dann auch eine Weile, aufs Wasser starrend, um auch nicht die kleinste Regung der Jüngeren zu verpassen. Da sie so weiß war, stach ihr Körper auf dem Felsen deutlich ab.«

»Schließlich«, der Bärtige war wieder an der Reihe, »ist die Alte total sauer abgehauen, und hat die Prinzessin auf dem Fels im Meer sich selbst überlassen. Ich glaub ja, sie konnte nicht schwimmen, und die andere ist absichtlich abgehauen, um sie wütend zu machen und sie los zu sein.«

»Die Alte war nicht sauer, sondern traurig, das ist was anderes«, berichtigte Paula.

»Warum traurig und nicht wütend?«, fragte ich, weil mir diese Nuance wichtig schien.

»Sie hat die Sachen nicht energisch oder fluchend zusammengepackt. Im Gegenteil, ihre Bewegungen waren bedächtig, und bevor sie ging, blieb sie noch einen Moment stehen und sah wieder zu der Jüngeren hinüber. Erst dann hat sie sich mit gesenktem Kopf auf den Weg gemacht. Wenn jemand sauer ist, geht er nicht mit gesenktem Kopf.«

»Ich glaub schon, dass sie stocksauer war«, behauptete der mit dem Bart wieder.

»Warum?« Er sollte seine Chance bekommen.

»Die andere hat mit ihr gespielt, sie hat sie nicht einmal mit dem Hintern angeguckt, sondern offen ausgelacht.«

»Und?«

»Was und? Da wird man doch sauer.«

»Aha.«

»Die Junge, die, die sie umgebracht haben, blieb noch so

lange, bis sie sicher sein konnte, dass die Ältere wirklich gegangen war«, ergänzte Paula.

»Und du ahnst nicht, was dann passiert ist«, ereiferte sich der Skeptiker und seine kurzsichtigen Augen blitzten plötzlich auf.

»Stimmt«, sagte ich.

»Als die Tante aus dem Wasser kam, hatte sie das Höschen ihres Bikinis in der Hand. Man, was für eine rattenscharfe Vorstellung.«

»Einen zweiten Eimer, bitte!«, fiel die Dunkle ein. »Noch nie 'ne nackte Frau gesehen?«

»So eine nicht.«

»Dazu muss man schon ganz schön verkommen sein.«

»Eine Dicke hat sie Nutte geschimpft, vor allen Leuten, laut und vernehmlich«, erzählte der Bärtige. »Sie aber tat so, als wär nichts, und ich glaube nicht, dass es daran lag, dass sie die Sprache nicht verstanden hätte, die brauchte man dazu nicht zu verstehen. Bis zu ihrer Hängematte überquerte sie den Strand und trocknete sich ganz gemächlich ab. Danach hat sie die Brille wieder aufgesetzt, ein Kleid angezogen, und tschüss. Der war wirklich alles egal.«

»Glaubt ihr, die Alte hat sie umgebracht?«

»Logisch«, sagte der mit dem Bart.

»Ich bin da nicht so sicher«, zweifelte Paula.

»Wenn's die anderen Weiber gewesen wären, würd's mich auch nicht wundern«, mischte sich der Skeptiker ein.

»Zu viel Kälte. Das war's«, murmelte die Dunkle geheimnisvoll.

»Was?«

»Sie war so kalt, dass sie schon tot zu sein schien«, erläuterte sie. »Es spielt doch keine Rolle, wer sie am Ende erschossen hat. Sie hat es sich ja fast selbst ausgesucht.«

Seit jeher hatte ich der weiblichen Intuition mehr Glauben geschenkt, und die schweigsameren Frauen ziehen mich an.

Den beiden Jungs hatte ich die Geschichte zu verdanken, das war alles. Paula und der Dunklen ein paar Details, die wahr sein könnten, vielleicht sogar etwas mehr. Ich plauderte noch ein bisschen weiter, um mein eigentliches Anliegen nicht zu verraten, bis ich mich von ihnen verabschiedete und zum Ufer ging.

Chamorro, die verstanden hatte, dass ich offensichtlich ein fruchtbares Gespräch führte, war nicht zu dem Platz zurückgekehrt, an dem wir unsere Badesachen gelassen hatten. Zwischen dem ersten und dem zweiten Gang ins Meer hatte sie sich auf einem nahe gelegenen Felsen gesonnt und nach möglichen Zeugen Ausschau gehalten, die allesamt weiblich und mehr oder weniger in ihrem Alter waren. Das war ganz sicher die einfachste Wahl, aber vielleicht sogar die angemessenste. Nach dem, was ich gerade gehört hatte, war ziemlich klar, dass Eva bei Menschen ihres eigenen Geschlechts tiefere und nachhaltigere Spuren hinterließ.

Als ich im Wasser war, kam meine Assistentin zu mir.

»Du hast ja relativ lange mit den Leuten geredet«, sagte sie. »Hat sich der Aufwand gelohnt?«

»Gar kein Aufwand. Das war wie beim Tao. Wer nicht sucht, der findet, du weißt schon.«

»Beim Tao?«

»Schon gut, ich erklär's dir später. Lass uns jetzt die Stunde nutzen, die uns bis zum Mittag noch bleibt. Wir reden später über unsere Eindrücke.«

Wieder trennten wir uns. Als wir nach einer Weile zusammen zum Haus zurückgingen, zogen wir eine erste Bilanz. Das Delikateste war mit Abstand die Geschichte, die die jungen Leute mir erzählt hatten. Chamorro gegenüber wurden die empörenden und zweifelhaften Spuren hinreichend bestätigt, die Eva bei den Sommerfrischlern hinterlassen hatte. Außer Paula und ihren Freunden erinnerte sich niemand daran, sie mit Regina gesehen zu haben. Das könnte bedeuten, dass der Zwischenfall, von dem sie mir berichtet hatten, eher außergewöhnlich war. Bezüglich des Datums konnte ich ihren Schätzungen vor meiner Verabschiedung entnehmen, dass er sich etwa schon zwei, drei Tage nach Evas Ankunft auf der Insel ereignet haben musste, was sich auch mit unseren anderen Angaben deckte. Weitere Strandbesuche des Opfers konzentrierten sich auf die beiden auf den Zwischenfall folgenden Tage, an denen meine Gewährsleute allerdings einen Ausflug zur anderen Inselseite gemacht hatten. Nach den Aussagen der Personen aber, die sich selbst als regelmäßige Strandgänger bezeichneten, herrschte relative Einigkeit darüber, dass Eva ihre bloßen Reize nicht wieder spazieren führte. Insgesamt stimmten sämtliche Berichte mit denen unserer Kollegen überein, nur die Chronologie hätte noch etwas genauer sein können.

Chamorro hatte ein paar Informationen erhalten, die, auch wenn sie nicht entscheidend waren, doch ein Licht auf die Persönlichkeit der Toten warfen. Jemand will beobachtet haben, wie sie an einem Tag, an dem das Meer ein bisschen bewegter war, einen halben Kilometer aus der Bucht herausgeschwommen war. Ein anderer berichtete, dass sie ein kleines Kind rettete, das seinen Schwimmring verloren hatte. Der Vater war sofort herbeigeeilt, und Eva hatte ihn danach auffallend lange beobachtet. Soweit wir wussten, war das die einzige Annäherung an einen anderen Menschen. In der Strandbar erzählte ihr die Frau, die dem Besitzer aushalf und die mit ihrem lückenlosen Wissen über alles, was sich dort abspielte, Daten und Ereignisse bestätigen konnte, dass das Opfer sich fließend auf Deutsch und Italienisch verständigen konnte, wenngleich ihr Italienisch ein wenig komisch klang und die Frau, an den Umgang mit Ausländern gewöhnt, lieber deutsch mit ihr sprach. Am ersten Tag hatte Eva etwas bestellt, das nach dem, was Chamorro mir sagte und was ihr wiederum die Frau von dem Stand erklärt hatte, ein Gin-Fizz sein musste. Nachdem sie aber begriffen hatte, dass sie es hier nicht mit einer karibischen Palmwedelbar zu tun hatte und die Kunst des Cocktailshakens die Möglichkeiten dieses Ladens weit überstiegen, war sie sofort auf Gin pur mit viel Eis umgestiegen. Gegessen hatte sie nie was.

Ich hatte einen guten Teil des verbliebenen Vormittags dafür verschwendet, mich bei einer Partie Beach Volleyball zum Krüppel schlagen zu lassen, bei der ich vier oder fünf Typen kennen lernte, die Eva gesehen hatten und mir begeistert gewisse Aspekte ihres Körpers schilderten, die der nicht besonders detailfreudige Gerichtsmediziner verschwiegen hatte. Alle hielten ihren Anblick für visuelle Onanie, und ich konnte und sollte ihre Aussagen ohne jeglichen administrativen Umweg zu den Akten nehmen.

Nachdem ich ihr die Ergebnisse meiner Ermittlungen mitgeteilt hatte, stellte Chamorro mir auf dem Weg zum Restaurant eine kitzlige Frage: »War sie für dich auch so unwiderstehlich?«

»Ich weiß nicht. Als ich sie gesehen habe, war sie tot.«

»Selbst dann noch.«

Ich verstand nicht, worauf Chamorro hinauswollte, und ich hätte mich zurückhalten sollen, aber ich habe es nicht getan: »Sie war schön, sehr schön«, gestand ich. »Aber irgendetwas war an ihr, das einen erschaudern ließ. Bei den Fotos dachte ich, es liegt daran, dass sie tot war – die beiden Einschüsse, die Leblosigkeit des Körpers. Kann aber sein, dass es auch etwas anderes war.«

## 6. Kapitel

Die speckige Karte des besten Restaurants am Platz, das allerdings, wie sich herausstellte, auch das einzige war, glänzte nicht eben durch übermäßige Vielfalt. Nur mit Mühe hielten sich die Preise auf den weißen Hügelchen, die auf den häufigen Gebrauch von Korrekturflüssigkeit hinwiesen und den rasanten Anstieg der Inflation bezeugten, wobei man unter den langsam abbröselnden Ziffern die Schichten und Ziffern ferner Zeiten noch erahnte, die der Besitzer zu seinem Glück längst vergessen hatte. Ich bestellte einen Gazpacho als Vorspeise und etwas Fisch, Chamorro nur ein Hauptgericht, Lammkotelett oder einen ähnlichen Leckerbissen, an den ich mich deswegen erinnere, weil er im Kontrast zu der ihr unterstellten Enthaltsamkeit stand.

Da wir aus irgendeinem Grund geschlagene fünfundvierzig Minuten warten mussten, bis meine ganz sicher mit allen Finessen aus den unterschiedlichsten Ingredienzien zubereitete Kaltschale auf dem Tisch landete, hatten wir ein wenig Zeit, unsere Aperitifs zu genießen. Um uns herum saßen nur Engländer, und es ist hinlänglich bekannt, dass der Denkapparat der Briten ebenso wie ihr phonetisches System auf eine Art verkümmert sind, dass sie außer der ihren keine Sprache verstehen, geschweige denn sprechen können. So konnten wir uns ganz unbekümmert unterhalten, die Stimme allenfalls dämpfend, wenn gelegentlich ein Kellner vorbeikam.

»Es scheint so, als ob wir in der Bucht nicht viel mehr rausbekämen als das, was wir heute Morgen erfahren haben«, mutmaßte ich.

»Wenn ich mich nicht verrechne, lag zwischen dem letzten Tag, an dem Eva am Strand war, und der Tat genau eine Woche«, ergänzte Chamorro. »Eine Menge Zeit für sie allein.«

»Und zwischen dem Streit mit Regina und dem unterstellten Mord aus Eifersucht lagen genau zehn Tage. Viel Zeit, um darüber nachzudenken. Zumal der Streit uns die Einsicht geschenkt hat, dass die Beziehungen, die Eva unterhielt, schon zehn Tage vor ihrem Tod und damit kurz nach ihrer Ankunft nicht gerade rosig waren. Sollte der Zauber so schnell vorbei gewesen sein? Sehr verzaubert kann zumindest eine Seite nicht gewesen sein. Und deswegen gehe ich sogar noch einen Schritt weiter.«

»Welchen?«

»Die Probleme waren schon vorher da. Bevor Eva auf die Insel kam. Sie kannte Regina nicht aus dem *Abrakadabra*, sondern von früher, aus Italien oder Österreich oder der Schweiz, und kam sie besuchen. Womöglich sogar mit dem unbewussten Vorsatz, ihr wehzutun, vielleicht auch nur – geht man davon aus, die Heinrich war so, wie man vermutet –, weil sie nichts Besseres vorhatte. Und wenn es sich dabei nicht um die erste Verletzung handelte, was ich mir aufgrund der Art, wie Regina sie schluckte, vorstellen könnte, was lässt uns dann glauben, dass die Antwort anders ausfiel als die Male zuvor?«

»Keine Ahnung. Es könnte der Tropfen gewesen sein, der das Fass zum Überlaufen brachte.«

»Könnte. Aber es könnte auch sein, und das könnte es eher sein, dass Reginas Fass zu groß war, um überzulaufen. Das würde passen. Wenn ein junger Mann oder eine junge Frau einen alten Mann oder eine alte Frau einmal zur Aufgabe gezwungen hat, merken sie schnell, dass sie so lange zudrücken können, bis die Alten keine Kraft mehr haben. Den Jungen bleibt genügend Zeit, ihren Laden woanders aufzumachen. Dem Alten oder der Alten nicht.«

»Demnach sind wir so schlau wie zuvor«, resümierte Chamorro.

»Sollten ein paar Tage ins Land gehen, und wir sind immer noch nicht weiter als zu Beginn, haben aber mehr Puzzlestücke auf dem Tisch, dann ist es ein gutes Zeichen. Wenn wir sie zusammensetzen, werden wir uns kaum täuschen.«

»Wir haben nicht viel Zeit.«

»Wir haben genug Zeit. Und der Tag ist noch nicht vorbei. Ich denke, nach heute Abend sind wir schon weiter.«

»Und bis dahin?«

»Bis dahin essen wir, hören uns ein bisschen bei den Kellnern um und gönnen uns eine kleine Siesta. Heute Nacht müssen wir den Kopf klar haben. Nutz also die Chance, und erhol dich. Mit zusammengebissenen Zähnen kommt man weder schneller ans Ziel noch führt es einen weiter.«

Chamorro stimmte schweigend zu. Wenn sie etwas schlucken sollte, das ihrer sehr genauen Vorstellung von den Dingen zuwiderlief, konnte sie wirklich keinen Hehl daraus machen. In solchen Situationen akzeptierte sie ihre Pflicht zum Gehorsam wie eine Strafe, die der Allmächtige in Ausübung seiner unanfechtbaren, himmlischen Ziele ihr auferlegte.

»Wir sind jetzt schon seit zwölf Stunden zusammen und haben nichts anderes getan, als über die Arbeit zu reden«, sagte ich in dem Versuch, sie milde zu stimmen. »Wenn wir so weitermachen, können sie uns in ein paar Tagen einsperren. Irgendwo sollten wir den Hahn zum Dampfablassen einbauen, findest du nicht?«

Chamorro überlegte einen Moment, bevor sie antwortete, weil sie sich auf einem Terrain bewegte, auf dem ihre mühsam antrainierte Selbstsicherheit, mit der sie sich in beruflichen Fragen zu behaupten versuchte, hier bröckeln könnte.

»Jeder hat da seine eigene Art«, antwortete sie geheimnisvoll.

»Und welches ist deine, Chamorro?«

»Ich studiere.«

»Darf man fragen, was?«, hakte ich in der Überzeugung nach, dass es sich nur um die Aufnahmeprüfung zu einer Fortbildung oder gar um die Zulassung zur Offiziersakademie handeln konnte, sofern man sie dort nicht schon abgelehnt hätte.

»Mathematik.«

»Na so was. Du magst Zahlen?«

»Ich mag Sterne«, gestand sie errötend. »Schon seit ich klein war. Die Astronomie ist ein Spezialgebiet der Mathematik. Die meisten Leute wissen das nicht.«

»Ach, wirklich? Ich hätte nie gedacht, dass das eine mit dem anderen zu tun hat.«

»Es hat viel miteinander zu tun.«

Chamorro ließ sich nicht dazu herab, mir zu erklären, was genau es miteinander zu tun hatte, womit sie mir durchaus geholfen hätte, denn ich war wirklich sprachlos. Und das nicht, weil sie geheime Leidenschaften pflegte oder einen akademischen Abschluss anstrebte. Vor zwanzig Jahren hätte man sich darüber wundern können, dass ein Beamter der Guardia Civil studiert war. Auch ich hatte die Hochschule besucht, und wie mich gab es zehntausend andere Hungerleider, die nicht in der glücklichen Situation waren, um den mageren, aber immerhin vorhandenen Lohn zu verschmähen, den das Korps zahlte. Was ich mir schwerer vorstellen konnte, war eher, wie Chamorro am Fenster stand und Sternenkonstellationen analysierte.

»Und was machst du, wenn du damit fertig bist?«

»Das dauert noch eine ganze Weile. Ich kann ja nicht regelmäßig am Unterricht teilnehmen.«

»Früher oder später wirst du fertig sein.«

»Dann wird sich der Rest schon finden. Ich hänge mir die Urkunde an die Wand und, wenn ich bis dahin genug gespart habe, kaufe ich mir ein anständiges Teleskop.«

»Das ist alles?«

»Mir macht es Spaß. Es ist nicht besonders leicht, als Astronomin einen Job zu finden.« Und mit einem Ausdruck der Verbitterung fügte sie hinzu: »So gesehen ist es überhaupt schwer, das zu finden, was man sich vorgestellt hat.«

»Bist du nicht gerne Beamtin?«

Chamorro lächelte.

»Wenn ich dir sagen würde, dass ich mein ganzes Leben von nichts anderem geträumt habe, würdest du mich auslachen.«

»Ich habe nicht gefragt, ob du davon geträumt hast, sondern ob es dir Spaß macht.«

»Mir gefällt das Leben beim Militär. Das weißt du bereits, und wenn du es nicht weißt, wärst du der Erste in der Einheit, dem ich begegne, der noch nicht gehört hat, dass sie mich an der Offiziersakademie abgelehnt haben. An *den* Akademien, um genau zu sein. Beamtin der Guardia Civil zu werden hieß in gewisser Weise auch, zum Militär zu gehen. Und es hieß vor allem, nicht zu Hause zu sitzen und darüber zu jammern, dass man nichts geworden ist.«

»Noch kannst du Karriere machen. Versuch's bei den Unteroffizieren. Das wär dir ein Leichtes. Du bist aufgeweckt und diszipliniert. Das ist schon mehr, als ich damals über mich sagen konnte. Und dann wirst du Offizier. Das ist eine Art, da hinzukommen, wo du hinwillst, auch wenn es der längere Weg ist.«

»Darüber habe ich auch schon nachgedacht. Und vielleicht tue ich das eines Tages. Aber da ich mir derzeit meinen Lebensunterhalt selbst verdiene, möchte ich ganz gern mal aufhören, mir über die Zukunft den Kopf zu zerbrechen. Da sind mir die Sterne die besseren Berater. Und du, bist du gern das, was du bist?«

Auf eine solche Reaktion Chamorros, der gleichzeitig eine plötzliche Vertrautheit innewohnte und eine unerschrockene Selbstbehauptung meinen indiskreten Fragen gegenüber, war ich nicht vorbereitet. Um ehrlich zu sein stand ich vor einer ziemlich verflixten Entscheidung, denn wenn ich die Distanz zwischen uns und damit meine Autorität aufrechterhalten wollte, müsste ich mich anstrengen, eine ziemlich nichtssagende Unterhaltung zu führen, was meinem innersten Bedürfnis eigentlich zu jedem Zeitpunkt zuwiderlief. Gab ich ihr aber eine ehrliche Antwort, bekam das mythische Bild des Chefs Risse, sofern es mir je gelungen war, ein mythisches Bild vor meiner Assistentin abzugeben. Ich befand schließlich, dass die Herumdruckserei eine Sache von Feiglingen und solchen war, die nicht an sich glaubten, und entschied mich für eine Lösung, die ich zudem als wesentlich angenehmer empfand: Ich sagte ihr einfach die Wahrheit.

»Heute bin ich es lieber als früher«, hob ich an. »Ich habe zuerst studiert und war dann auf der Akademie. Am Anfang hielt ich die Guardia Civil für eine ziemlich schlechte Erfindung, ein Auffangbecken für Schafsköpfe. Das mit dem Drill hatte ich schlecht im Griff, und ich verstand auch nicht, warum ich mit gezücktem Bajonett über eine Reihe Gewehre springen musste. Unter uns gesagt, ich sah mich schon den Rest meines Lebens nur von Idioten umgeben. Das Gute war allerdings, dass ich jeden Tag eine Mahlzeit auf dem Tisch hatte, um die ich mir auch in Zukunft keine Gedanken machen musste. Während meiner zwei triumphalen und heroischen Jahre als arbeitsloser Diplompsychologe gab es den einen oder anderen Abend, an dem ich Mühe hatte, das Geld fürs Essen zusammenzukratzen, und es gab Abende, an denen es mir nicht gelang, und ich schamhaft bei meiner Mutter an die Tür klopfen und um ein paar Brosamen betteln musste. Natürlich wäre auch ich lieber unabhängig gewesen, wie jeder.«

»Dann bist du also auch nicht gerade aus Berufung dabei.«

»Ich bin dabei, weil mir eines Tages bewusst wurde, dass ich achtundzwanzig Jahre alt war und mir entweder schleunigst etwas einfallen lassen musste oder in irgendeinem Loch verschimmeln würde, eine Seite der *Psychopathologie im Alltag* nach der anderen verschlingend. Ich habe mich nie irgendwelchen spirituellen Übungen hingegeben, und etwas Schlimmeres als die Hölle konnte ich mir nicht vorstellen, obwohl ich nicht bestreiten möchte, dass es schlimmere Orte gibt. Die Sache war schlicht, dass ich mir die Zulassungsvoraussetzungen geholt und mit dem Trainieren angefangen hatte, bis ich auf hundert Meter das Minimum erreichte, die entsprechenden Kilometer machte und die Kniebeugen und die Höhe und Weite beim Springen ebenfalls. Es kam der Tag der Aufnahmeprüfung, und hier stehe ich nun.«

»Und, denkst du noch dasselbe wie am Anfang? Über die Schafsköpfe?«

»Wie ich schon sagte, so ist es zuerst gewesen. Nicht besonders befriedigend, sosehr die Tatsache, mit dem Namen auf einer Gehaltsliste zu stehen, den kritischen Geist auch umnebeln mag. Trotzdem, man hat sich langsam an die Situation gewöhnt. Bis mir eines Tages auffiel, dass ich einem Mann bei einem Problem geholfen hatte, und dieser Mann sich bei mir bedankte, als würde er mich wirklich dafür respektieren. Daraufhin habe ich noch einmal nachgedacht und mir gesagt, dass von den siebzigtausend Menschen vielleicht doch nicht alle nur so arm dran sind, wie ich geglaubt hatte, und dass sich unter der grünen Uniform womöglich Perspektiven auftaten. Plötzlich spürte ich eine Begeisterung, die einen eigentlich immer nach Monaten der Verzweiflung vollkommen unerwartet überkommt, und bevor ich mich versehen hatte, war ich zum Unteroffizier befördert worden. Dann fing ich an, die ersten Mordfälle zu bearbeiten. Und zu diesem Zeitpunkt habe ich begriffen, dass Jung ein Amateur war und ich meinen Platz in der Welt gefunden hatte.«

»Wer ist Jung?«

»Heute niemand mehr. Früher hat er über Psychoanalyse geforscht und geschrieben und sich der einen oder anderen Teildisziplin zur Erkundung der menschlichen Natur gewidmet. Es ist erstaunlich, wie erschreckend schnell das, was das Leben des einen begründet, auch genau das ist, mit dem er es jemand anderem nehmen wird.« Bevor ich fortfuhr, vergewisserte ich mich, dass Chamorro mich nicht ansah wie einen Außerirdischen; sie wirkte ein bisschen durcheinander, aber das war auch alles. »Der Fundus dieser Wissenschaft ist unerschöpflich, obwohl man manchmal den Eindruck hat, dass sich die Geschichten wiederholen. Aber keine Geschichte ist wie die andere. Ich habe Leute gejagt, die für Geld getötet haben, aus Eifersucht, aus Rache, selbst wegen eines ungeklärten Grundstückverkaufs. Alle, jeder Einzelne von ihnen, hat mich irgendetwas gelehrt. Jeder Einzelne war ein anderes Beispiel für den Hochmut.«

»Den Hochmut?«

»Sicher. Außer jenen, die unabsichtlich oder im Affekt einen Menschen getötet hatten, und die mich, ebenso wie das Gesetz, weniger interessieren, sind alle Mörder hochmütig und handeln aus Stolz. Der Mord ist ein Akt der maximalen Bestätigung eines Subjekts durch ein anderes. Nur dass er so weit geht, dass sich der andere weder vor dem Täter noch vor sonst jemandem jemals wieder wird bestätigen können. Die Kannibalen fraßen oder fressen die Feinde, die sie besiegt haben, weil sie glauben, sich so ihrer Seelen zu bemächtigen. Der Mörder bemächtigt sich all der Möglichkeiten, die das Leben des Opfers noch zu bieten gehabt hätte, und zu einem bestimmten Zeitpunkt überführt er sie einer Bestimmung, die seine Macht unwiderruflich unter Beweis stellt: Er zerstört sie. Das Unglaubliche daran ist, dass theoretisch jeder Mensch diese Maßlosigkeit an den Tag legen kann. Der Dorftrottel, der Typ, der Taschentücher an der Ampel verkauft, der Unglückliche, dem man die Freundin weggenommen hat.«

»Ich glaube, dass man verrückt sein muss, um jemanden zu töten«, urteilte Chamorro mit barmherzigem Schauder.

»Sag das bloß nicht noch mal, und schon gar nicht vor einem Richter oder einem Mörder. Den Richter verurteilst du damit zur Arbeitslosigkeit. Und den Mörder beleidigst du schlichtweg. Es kommt nicht selten vor, dass der Täter vorgibt, verrückt zu sein, denn das Gefängnis macht ihm Angst, ebenso die Gesellschaft und ihre Tabus. Aber in seinem tiefsten Innern, vielleicht sogar außerhalb seines Bewusstseins, genießt er die Beseitigung seines Opfers und betrachtet sie nicht als einen Akt der Verwirrung, sondern als höchst gescheiten Triumph. Natürlich gibt es Ausnahmen, aber nicht so viele, wie man gemeinhin denkt.«

»Du hast ja fürchterliche Ansichten.«

»Kann sein. Bah, ich fasse es nicht.«

»Was?«

»Der Gazpacho.«

Der Kellner stellte mir etwas vor die Nase, das trotz seiner endlosen Zubereitungszeit ein Pott der allergewöhnlichsten Gazpacho hätte sein sollen. Als ich von der Suppe probierte, bestätigte sich der optische Eindruck, und ich füge hinzu, dass zu allem Überfluss auch noch viel zu viel Zwiebel drin war.

Während ich resigniert mit der kalten Suppe kämpfte, formulierte Chamorro eine Frage, die ihr im Lauf der Unterhaltung gekommen sein musste.

»Warum tust du das?«

»Was?«

»Sie jagen. Die Mörder.«

»Aus Stolz. Um mich ihrer zu bemächtigen«, sagte ich im Scherz. Vielleicht meinte ich es auch ernst.

»Mal ehrlich.«

»Ich bin Teil des Spiels. Ich schließe den Kreis und trage meinen Teil dazu bei, dass das Ergebnis wehtut. Gäbe es keine Leute, die meinen Job machen, würden die Menschen sich aus reinem Vergnügen gegenseitig umbringen. Und das ist eine nicht zu tolerierende Anmaßung.«

»Hast du nie jemanden überführt, der einfach aus Lust getötet hat?«

»Doch. Aber solche Leute zu schnappen ist keine große Leistung, denn für so eine Tat muss man wirklich verrückt sein, und einen Verrückten zu schnappen ist einfach und demotivierend. Nun will ich nicht sagen, dass es sie nicht gibt, aber ich bin noch keinem dieser genialischen Psychopathen begegnet, die man aus den Filmen kennt, sondern eher ein paar verdrehten Gemütern, die eines schönen Tages zum Gewehr greifen und losballern. Meiner Meinung nach ist kein krimineller Kopf einem normalen und verständigen Menschen überlegen, der seine Intelligenz zu nutzen weiß.«

Auch wenn wir zum Nachtisch die Möglichkeit hatten herauszufinden, was die Kellner über Eva Heinrich und Regina Bolzano wussten, erfuhren wir doch nichts, was eine besondere Erwähnung verdient hätte. Alle wussten über das Verbrechen Bescheid, alle kannten das Opfer und die Verdächtige vom Sehen, aber keiner hatte je mit einer von ihnen gesprochen. Es war übrigens bemerkenswert, dass Regina Bolzano für jeden fraglos die Verdächtige war, obwohl es überhaupt noch keine offizielle Version der Ereignisse gab, und auch die Zeitungen, die auf dem Gebiet der überstürzten Schlussfolgerungen gern miteinander im Wettstreit lagen, diese Vermutung noch nicht angestellt hatten. Die Bewohner der Anlage folgten ebenso wie meine Vorgesetzten ihrem ungezügelten Impuls, das Geschehene mit Hilfe dessen zu erklären, was sie kennen, ohne über die Möglichkeit nachzudenken, dass in dem, was ihnen unbekannt ist, der passendere Schlüssel verborgen liegen könnte.

Mindestens aber hatten sich weder Regina noch Eva jemals dazu herabgelassen, zwischen drei und vier dieses Touristenlokal aufzusuchen, um das beklagenswerte Menü zu probieren. Ich bat um die Rechnung, die uns von einer spindeldürren Frau gebracht wurde, vom Typ eine, auf deren Knochen kaum Fleisch sitzt, mit hervorstehenden Wangenknochen und Haaren, durch die die Kopfhaut durchschimmert. Schon immer habe ich mich gefragt, warum das Haar solcher Frauen nicht kräftig und voll ist. Vielleicht fehlten ihnen die richtigen Nährstoffe, so wie den Pflanzen, die nicht genug Erde im Topf haben. Die herausragende Besonderheit dieser Frau waren allerdings ihre ausgesprochen vollen Brüste, von denen man sich nur schwer vorstellen konnte, dass ihr skelettöser Körper sie hielt. Ich schätzte sie auf dreißig plus.

»Ihre Rechnung«, sagte sie mit dünner Stimme.

Ich holte das Portmonee hervor und legte den nicht unbeträchtlich aufgerundeten Betrag auf das Tellerchen. Als sie zurückkam, um es abzuholen, murmelte sie ein verhaltenes »Vielen Dank.«

»Im Urlaub zählt Freundlichkeit alles, und erst recht in dieser Ferienanlage«, entgegnete ich.

»Wie bitte?« Die Frau hatte sich lustlos noch einmal umgedreht.

»Wir haben es in der Zeitung gelesen. Den unfreundlichen Gästen schießt man Kugeln in den Kopf und hängt sie an der Decke auf.« Ich lachte so dumm auf, wie ich nur konnte, aber sie verzog keine Miene.

»Sie meinen diese Frau?«

»Genau. Kannten Sie sie?«

»Kaum. Aber von uns hat die keiner umgebracht.«

»Das war ein Scherz.«

»Sicher. Aber wissen Sie, manchmal kommen die Leute von außerhalb und verwechseln hier was. Dieses Mädel zum Beispiel hat so einiges verwechselt.«

»Ach, ja?«

»Einen Abend ist sie in die Bar gefahren, um sich über die Männer lustig zu machen. Da mussten sie sie rausschmeißen.«

»So ein Luder war sie?«

Die Frau beugte sich nach hinten und legte ihre Hände auf die vorgeschobenen Hüften. Ihr Anblick ließ einen erschaudern.

»Ich weiß nicht, ob Luder«, erklärte sie. »Sie wusste, dass sie den Männern gefiel. Jede Frau flirtet mal rum, aber sie hat den Bogen überspannt. Sie hat geglaubt, dass wir dankbar über alle Scherze der Touristen lachen. Aber es gibt Scherze, die sind nicht komisch. Wenn Sie verstehen, was ich meine.«

»Und das andere Mal?«

»Welches andere Mal?«

»Das andere Mal, als sie etwas verwechselt hat.«

Die hagere Frau sah mich prüfend an.

»Und warum sollte ich Ihnen das erzählen?«

»Einfach so«, sagte ich achselzuckend. »Reine Neugier. Ich wollte niemandem zu nahe treten, entschuldigen Sie. Es gibt nichts Unangenehmeres als Menschen, die ihre Nase in die kleinen Geheimnisse der andern stecken, finden Sie nicht?« Wieder lachte ich plump. »Wollen wir uns ein bisschen die Gegend ansehen, mein Schatz?«

Chamorro griff nach ihrer Tasche und stand mit mir zusammen auf. Gemütlich schlenderten wir zum Ausgang. Unauffällig begleitete uns die Frau, und als wir auf der Höhe einer ruhigen Ecke ankamen, fasste sie meinen Arm.

»Sie werden's nicht glauben«, versicherte sie mir mit einer Geste, als ob sie mich einschüchtern oder aufstacheln oder sonst wie aus der Reserve locken wollte, »ich war in der Nacht dabei, als sie sie aus der Bar rausgeworfen haben. Mein Mann arbeitet dort, und ich wollte ihn abholen. Das versaute Stück hat mir ein Bündel Geldscheine vor die Nase gehalten und mir auf Italienisch so etwas gesagt wie, dass ich doch einen Spaziergang mit ihr machen solle, sie sei allein und habe niemanden, mit dem sie sich amüsieren könne. Als ob ich eine Negerin aus dem Tschad bin oder aus einem dieser Länder, wo sie für ein paar Cent alles machen würden. Ich habe ihr gesagt, dass sie sich ihr Geld sonstwohin schieben kann. Auf Spanisch und auf Italienisch, für alle Fälle.«

Abwechselnd sah die Frau Chamorro und mich an, um die Wirkung ihrer Worte abschätzen zu können. Chamorro reagierte goldrichtig. Mit Daumen und Zeigefinger rieb sie sich die Nasenspitze, warf ihr Haar in den Nacken und wandte sich von uns ab, als ob solche Schweinereien unter ihrem Niveau wären und es sie ärgerte, dass sich meine Unterhaltung mit der hageren Frau so lange hinzog.

»Und was hat sie Ihnen darauf geantwortet?«, wollte ich gespielt aufgebracht wissen.

»Verstehen Sie deutsch? Sie hat es nämlich auf Deutsch gesagt.«

»Ein bisschen.«

»Sie hat gesagt: ›Ja, heute will ich eine Möse.‹ Und ist in schallendes Gelächter ausgebrochen. So ein versautes Stück, sie soll bloß in der Hölle schmoren.«

## 7. Kapitel

An diesem Nachmittag gönnten wir uns eine Siesta von vier oder fünf Stunden. Ich jedenfalls, denn als ich mich in mein Zimmer zurückzog, um mich ins Bett zu legen, saß Chamorro noch im Salon und machte sich Notizen, und als ich mit pelziger Zunge und übelster Laune wieder aufstand, saß sie wieder da. In der letzten Nacht waren wir wegen diesem und jenem nicht zum Schlafen gekommen, und für die nächste war noch nicht abzusehen, ob es uns besser ergehen würde. Für den frühen Morgen waren wir mit Perelló verabredet, um uns das Haus anzusehen. Schon möglich, dass Chamorro durchhielt, weil sie erst vierundzwanzig und reinen Gewissens war, ich aber war zu alt und zu verdorben, um meine Kräfte wahllos zu vergeuden. Nicht dass ich viel Schlaf brauchte, mehr als vier, fünf Stunden schlief ich ohnehin nicht am Stück, aber ich musste die Leitungen in regelmäßigen Abständen kappen. Tat ich das nicht, arbeitete mein Gehirn bedenklich langsam.

An diesem Abend war ich innerlich schon darauf vorbereitet, und der Anblick einer zurechtgemachten Chamorro überraschte mich nicht mehr in dem Maße, dennoch fühlte ich mich versucht, ein paar Fotos von ihr zu schießen und sie später, nach unserer Rückkehr, in der Einheit zu zeigen. Es gab da etwas, das ganz sicher nur ich oder diejenigen, die Chamorro immer in Uniform sahen, wahrnehmen konnten, und das war der in gewisser Weise perverse Impuls, den man empfand, wenn man feststellte, bis zu welchem Grad es ihr gelang, die im Alltag zur Schau gestellte Keuschheit zu verraten; dieser Kontrast war von einer Anziehungskraft, die in der demütigenderen Variante der Grund war, warum so viele Pornofilme im Kloster gedreht werden. Neben solchen etwas abwegigen Verlockungen stand jedoch fest, dass Chamorro unzweifelhaft und objektiv über die notwendigen Ressourcen verfügte, ihr Gegenüber nach Belieben um den Finger zu wickeln. Nicht nur, dass sie sich in dieses enge, schwarze Kleidchen gezwängt und großzügig geschminkt hatte. Bevor sie ihr Zimmer verlassen hatte, musste sie außerdem bis zehn oder bis zwanzig gezählt haben, denn die Scham, die sie empfinden mochte, ohne BH und mit nackten Beinen auszugehen, versteckte sie gekonnt hinter der beeindruckenden Maske einer *femme fatale*. Ich war schon immer der Meinung, dass Selbstverleugnung Grenzen sprengen kann, dass sich aber die spröde Chamorro in einen verführerischen Panther verwandeln könnte, hätte ich niemals für möglich gehalten. Wenn das hier vorbei war, wären auch die Tage von Salgados Regentschaft innerhalb der Einheit gezählt, daran würde ich keinen Zweifel lassen, sobald man mich danach fragte.

»Bravo, Chamorro«, begrüßte ich sie anerkennend. »So langsam hast du dir diesen Einsatz verdient. Ich hoffe bloß, dass sie mir nicht den Schädel einschlagen, um dich zu kriegen. Es gibt Leute, die so ihren Neid ausleben.«

Halb geschmeichelt, halb beleidigt, reagierte Chamorro darauf nicht. Ich hatte diese Bemerkung nur fallen lassen, um ihr ein Kompliment zu machen, aber ich merkte, dass ich in Zukunft etwas behutsamer vorgehen und sie nicht in eine Richtung drängen sollte, die nicht auf ihrem Weg lag.

Unser erster Gang an diesem Abend führte uns in die Bar der Ferienanlage, die im Übrigen den gleichen Namen trug wie tausend andere ihrer Art: *Factory*. Die Atmosphäre drinnen war muffig und überkommen. Die Möbel waren mindestens zehn Jahre alt, und die Bezüge waren gespickt mit Fettflecken und den Brandlöchern von Zigaretten. Es roch feucht, und die Musik war haarsträubend. Synthetisierte Rhythmen und ebenso nichts sagende wie angeblich ins Ohr gehende Refrains der gängigen Sommerhits wechselten sich mit den wieder und wieder variierten Uraltmelodien vergangener Sommer ab, allesamt Stücke, die sich dem Gedächtnis des Diskjockeys eingeprägt hatten, weil sich ihm zu diesen Klängen eine Deutsche hingegeben oder er seinen ersten nennenswerten Rausch dabei genossen hatte. Die Art, mit der sich die Blicke auf Chamorro konzentrierten, kaum dass wir den Laden betreten hatten, machte mir ein bisschen Sorgen. Obwohl im Grunde niemand gefährlich wirkte. Die Männer würden maximal mit ihr tanzen wollen, und dagegen war nichts einzuwenden. Es lag auf der Hand, dass wir uns in keiner Form anstrengen mussten, um unsere Ermittlung durchzuführen. Wir setzten uns an die Bar, und mit der Zeit rückten die Leute auf. Während einige mit Chamorro plauderten, waren die anderen damit beschäftigt, mich aus der Schusslinie zu holen, aber weder bei den einen noch bei den anderen mussten wir zu harsch werden. Das ist der Vorteil, wenn man es mit jemandem zu tun hat, der an was anderes denkt.

Unter unseren anheischigen neuen Freunden war auch einer, der in der Nacht mit Eva Heinrich angebändelt hatte, als sie aus der Bar geflogen war. Es kostete keine Mühe, das Gespräch bis an diesen Punkt zu lenken, und noch leichter war es, seine Zunge zu lösen. Chamorro widerstand weiter den Lockrufen ihrer Verehrer, ohne auch nur einen von ihnen allzu entschieden abzuwehren, was dazu führte, dass deren Interesse im selben Verhältnis anstieg wie ihre Zurückhaltung angesichts der Fragen meiner Assistentin abnahm, hingegen ich in die Gunst einer mehr oder minder detaillierten, vielleicht in der Reihenfolge etwas bedenklich erzählten Geschichte rund um die legendäre Nacht kam, die sich der Geschichte des Etablissements selbst längst eingeschrieben hatte.

Xesc, mein unvermuteter und schon ordentlich angetrunkener Vertrauter (obwohl es gerade mal zehn Uhr war), war damals der Erste gewesen, der Eva Heinrich in der Bar bemerkt hatte. Sie war ihm morgens schon am Strand aufgefallen, und er hatte sie sofort wiedererkannt. Sie trug eine Bluse, durch die so ziemlich alles hindurchschimmerte, sowie einen Rock, dessen Schlitz in die abenteuerlichsten Höhen reichte. Zuerst hingeguckt hatte Xesc wegen der Sonnenbrille, mit der sie in die Bar kam, dann wegen des ganzen Rests. Sie hatte sich an die Bar gesetzt und mit starkem Akzent, aber auf Spanisch, schlicht einen *Ginebra* bestellt. Xesc, ein energischer Typ und nach eigenen Aussagen mit einem Revolver, in dessen Lauf sich die in seinen katalonischen Armen eroberten Ritzen bis zur Spitze eingraviert haben, hatte keine Sekunde gezögert, die Herausforderung anzunehmen. Er hatte sie auf Englisch angesprochen, aber Eva war zunächst nicht auf ihn eingegangen. Nachdem sie ein paar kräftige Schlucke von ihrem Gin genommen hatte, hatte sie sich zu ihm umgedreht und auf Italienisch gesagt, dass sie das Englische hassen würde, genauso wie die Leute, die es sprachen. Xesc ließ sich davon nicht irritieren. Auf seinem Revolver hatten auch einige Italienerinnen ihre Kerben hinterlassen. So also, im Nu auf Italienisch umschaltend, hatte er sie gefragt, ob sie aus Rom oder aus Mailand stamme. Wien, hatte Eva gesäuselt und ihn gefragt, ob er sie nicht zum Tanzen auffordern wolle. Und beim Tanzen fing es dann auch an, dass Xesc sich langsam zu wundern begann. Er hatte Erfahrung mit ausländischen Frauen, und es war nicht das erste Mal, dass sich eine so an ihn drückte, aber noch nie war eine so betörend schöne darunter gewesen, die zudem keine Spur unter dem enthemmenden Einfluss der Getränke zu stehen schien. Wenn das Licht der Diskokugel auf der engen Tanzfläche durch die dunklen Brillengläser hindurchschien, konnte er Evas weit geöffnete Augen erkennen, wie ausgestopft hätten sie gewirkt. Nachdem sie bis zum Umfallen getanzt hatten, hätte Eva ihn in eine Ecke gezogen und ihn dort so ungeniert zu küssen und zu befummeln begonnen, dass selbst ihm, Xesc, dem Hengst vom Strand, der schon so manche Schlacht geschlagen, mulmig geworden wäre. Zu diesem Zeitpunkt hatte die ganze Bar nur noch Augen für die Frau, die weiß war wie Milch und sich so ungezügelt gab wie eine rollige Katze. In Anbetracht des Tempos, mit der sich die Angelegenheit entwickelte, hatte Xesc zugesehen, sie aus dem Laden hinauszumanövrieren und das Scharmützel an einem anderen, weniger bevölkerten Ort fortzusetzen. Eva war ihm widerstandslos gefolgt. Sie hatte ihren Drink bezahlt und sich bei ihm eingehakt, soweit das einer Frau möglich war, die Xesc um einen halben Kopf überragte, dachte ich nach einer groben Schätzung. Xesc hatte sich überlegt, sie im Auto an ein lauschiges Plätzchen zu fahren, es vielleicht sogar mit seiner eigenen Wohnung zu versuchen, wenn die Heinrich das zuließe. Eva aber hatte sich nicht einmal bis zum Auto führen lassen. Sie hatte ihn hinter das Gebäude gezerrt und dort angefangen, seine Hose aufzuknöpfen. Auch die Attacken plötzlicher Leidenschaft unter freiem Himmel waren Xesc nicht unbekannt, jedoch gab es etwas, das ihn erneut irritierte. Vielleicht lag es an der Sonnenbrille, die die Frau noch immer trug. Während er darum kämpfte, Evas Hände zu fassen zu kriegen, die überall auf einmal zu sein schienen und ihn ausziehen wollten, hatte er sie gebeten, die Brille abzusetzen. Diese Aufforderung hatte wenigstens den Effekt gehabt, dass die Frau einen Moment innehielt. Sie hatte sich von Xesc abgewandt und irgendetwas gemurmelt, ob er ihre Augen sehen wolle oder dergleichen. Ohne zu begreifen, was genau vor sich ging, hatte Xesc die Frage bejaht. Also hatte die Frau die Brille abgenommen, hatte ihr Gesicht ganz nah vor seins gehalten und ihn gefragt, ob sie ihm gefielen. Nach der Beschreibung von Xesc waren Eva Heinrichs Augen auffallend hell und von einem gelblichen Braun, das selbst im Halbdunkel ihrer Umgebung noch in Furcht erregendem Kontrast zu ihrem schwarzen Haar stand. Xesc hatte nicht geantwortet, sondern ihr stattdessen die Hände auf die harten Brüste gelegt, und sie dort auch gelassen. Eva hatte sich nicht dagegen gesträubt, wobei sie seine Pranken beobachtete, als wären sie Ungeziefer, das ihr zufällig in den Ausschnitt gefallen war. Nach einer Weile hatte sie sich unter dem Vorwand, einen Moment zur Toilette zu müssen, von ihm losgemacht. Xesc hatte etwa eine Viertelstunde auf der Rückseite der Bar gewartet, bis er sicher war, dass die alte Schlampe ihn dort versauern lassen würde. Als er selbst in die Bar zurückging, glaubte er, seinen Augen nicht zu trauen. Eva, die sich die Sonnenbrille wieder aufgesetzt hatte, tanzte ausgerechnet mit dem Typ, dem er aus der Anlage am wenigstens auf den Pelz gucken konnte, Quim. Dabei brachte ihn weniger in Rage, dass sie sich ähnlich eng an dem Milchbubi rieb, wie sie es zuvor bei ihm getan hatte, sondern dass der Schweinehund ihn ausgelacht hatte, als er das Lokal betrat und die beiden zusammen entdeckte. So sei der ganze Tumult zustande gekommen, zum einen, weil Quim und er sich nicht riechen konnten, zum anderen, weil beide etwas getrunken hatten und das bekanntlich die Gemüter erhitzt. Der Zufall wollte es – die beiden hatten schon eine Zeit lang gestritten und waren drauf und dran, sich die Köpfe einzuschlagen –, dass aus der Menge, die versuchte, die Kampfhähne auseinander zu bringen, jemand nach Quim rief. Die Fremde hatte sich an Quims Schwester herangemacht. Alle Köpfe flogen herum und sahen auf das erschrockene, hilflose Geschöpf, das die Heinrich sich geschnappt und eng an ihre Taille gedrückt hatte, um mit ihr nach brasilianischen Rhythmen zu tanzen. Das Bild muss schockierend gewesen sein, denn Eva überragte Quims Schwester um mindestens dreißig Zentimeter, und Quims Schwester war eher ein schüchterner, mädchenhafter Typ, Eva hingegen, fand Xesc, eine ausgewachsene Schlampe. Und noch etwas: Als Eva mit Quims Schwester tanzte – die Sonnenbrille baumelte an einem Band –, da lächelte sie. Weder ihm noch Quim hatte sie gezeigt, dass sie auch lächeln konnte. So war es auch Quim selbst gewesen, der zu der Ausländerin gegangen war und sie gezwungen hatte, seine Schwester loszulassen. Dann hatte er sie unter wüsten Beschimpfungen aus der Bar gejagt. Eva war seitdem nicht mehr dort aufgetaucht. Xesc hatte sie am nächsten Tag am Strand getroffen, wo sie ihn majestätisch übersah. So wie sie nachts zu haben war, so unerreichbar gab sie sich tagsüber gegenüber den wenigen, die einen Versuch bei ihr wagten. Sobald sich ihr ein Kerl zu beharrlich näherte, stand sie auf, ging ins Wasser und schwamm zweihundert Meter. Xesc konnte sich nicht vorstellen, dass irgendjemand ihrem Tempo standhalten konnte. So schwamm keiner.

Abgesehen von seiner Geschwätzigkeit schien mir der junge Mann das Umfeld vor Ort gut zu kennen.

Mir fiel auf, dass Chamorro sich allmählich etwas bedrängt fühlte, woran vor allem ein blond gefärbter Typ die Schuld trug, der am penetrantesten schien und, glaubte man der nur mühsam unterdrückten Langeweile in Chamorros Gesicht, nicht viel zu erzählen hatte. Zu allem Überfluss blitzte auch noch ein beeindruckender Goldzahn in seinem Mund. Einerseits entschlossen, die Unterhaltung abzukürzen, um meiner Assistentin beizuspringen, konnte ich doch nicht widerstehen, und nutzte den redseligen Zustand von Xesc für eine boshafte Bemerkung.

»Diese Schwarzhaarige muss dann ja wirklich eine Granate gewesen sein. Es redet hier ja niemand von was anderem. Aber nach dem ganzen Hickhack kann ich mir kaum vorstellen, dass auch nur einer aus dem Dorf sie mal gekriegt hat.«

Xesc' Miene wurde ernst.

»Da irrst du dich. Einer schon.«

»Ehrlich, oder hat da jemand dick aufgetragen?«

»Andere tragen dick auf. Lucas nicht.«

»Und wer ist Lucas? Ein Kampfschwimmer?«

»Lucas legt in der Diskothek die Platten auf. Lach nicht. Er ist ein sehr zurückhaltender Mensch. Die Leute sagen, er war mal bei den Legionären, nicht bei unseren, in Frankreich, und dass er ein paar Jahre in Afrika war, *Neger* umbringen. Aber darüber redet er nie. Ich kenne ihn ein bisschen. Als wir uns eines Abends unterhielten, kam die Ausländerin rein, und da hat er mir erzählt, dass er sie flachgelegt hat, und zwar nicht einmal, sondern mehrfach. Ich habe so getan, als ob ich ihm nicht glauben würde, obwohl ich Lucas sofort abnehme, dass er diese Schlampe und noch fünfzehn andere von ihrem Kaliber nageln würde. Dann hat er so etwas fallen lassen wie, dass er nicht der Einzige war. Als ich ihn gefragt habe, wer der andere Löwe gewesen ist, hat er gelacht. Und als wäre nichts dabei, hat er plötzlich gemeint, der andere Löwe sei eine *Löwin* gewesen.«

»Ach was?«

»Lucas wollte mir den Namen nicht verraten. Ich schwöre dir, ich gäbe mein letztes Hemd, um es zu erfahren. Aber wenn Lucas entscheidet, es nicht zu sagen, sagt er es nicht. Dieser Typ ist wirklich ein Hammer. Man weiß nie, was er denkt.«

Es war inzwischen halb zwölf, und Chamorro zeigte deutliche Spuren der Ermüdung. Ich verabschiedete mich höflich von Xesc und machte mich auf, sie zu erlösen.

»Tag, Kumpel«, begrüßte ich den Blondgefärbten. »Hör mal, dein Zahn sieht wirklich gut aus. Wenn es dir nichts ausmacht, nehme ich meine Freundin jetzt wieder mit. Ich leih sie dir später gern noch mal aus. Es war mir ein Vergnügen.«

Der Angesprochene zögerte einen Moment, merkte aber offensichtlich nicht, dass ich ihn beleidigt hatte, und selbst wenn er es gemerkt hätte, glaube ich nicht, dass er anders reagiert hätte. Draußen sagte ich zu Chamorro: »Ich habe was. Und du?«

»Den Kopf zum Platzen voll. Alle haben eine unauslöschliche Erinnerung an Eva Heinrich, und ich weiß ganz genau, wie und warum sie sie in der Nacht rausgeworfen haben. Das muss schon eine bewegende Vorstellung gewesen sein. Von meinen aber hat sich keiner näher als vier Meter an sie herangetraut. Sie haben mich sämtlichst an diesen *Ches* oder wie er sich ausspricht verwiesen, der, der sich mit dir um den Verstand gesoffen hat. Ich bin also ganz Ohr.«

»Wir haben eine Spur. Lass sie uns mal die hiesige Spur nennen. Bis jetzt hat noch niemand daran geglaubt, dass Evas Unglück Werk der Inselbewohner gewesen sein könnte. In der Diskothek gibt es einen Typ, der die Platten auflegt. Lucas heißt er, und der weiß etwas. Aber wir müssen behutsam vorgehen.«

Ich erzählte Chamorro die ganze Vorgeschichte.

»Ich glaube nicht, dass ich bei ihm weit komme«, schloss ich. »Jetzt bist du an der Reihe, die Informationen zu beschaffen. Sobald wir in dem Laden drin sind, trennen wir uns. Du gehst tanzen, ich nicht, oder umgekehrt. Wir tun so, als ob wir uns gerade nicht besonders gut verstehen. Dann sprichst du ihn an, sagst aber absolut keinen Ton über Eva Heinrich, Regina Bolzano oder irgendeine Tote. Soll er sich die Themen aussuchen, egal welche. Du folgst einfach der Unterhaltung. Ich lasse dich eine Weile allein. Später komme ich zu dir, um dich zu holen, du gehst auch mit, man merkt dir aber an, dass du keine Scherereien haben willst, und zwischen dir und dem Typ bleibt ein Kitzel. Für den Abend soll es das gewesen sein. Wir verschwinden und lassen die Zeit für uns arbeiten. Nach dem, was man sich über ihn erzählt, ist der Kerl kein Idiot und kann den Mund halten. Wenn wir später den Eindruck haben, dass unser Atem lang genug ist, können wir immer noch überlegen, ob wir etwas weiter gehen. Für den Moment aber gilt: Ruhe bewahren, und lass ihn kommen. Aber sei vorsichtig, Chamorro, denn diese Geschichte kann wirklich gefährlich werden. Ich habe ein Auge auf dich, aber du musst versuchen, allein mit der Situation fertig zu werden.«

Ich sah auf die Uhr.

»Was auch immer wir anstellen, in einer Stunde geht es los, spätestens«, stellte ich klar. »Um halb eins will ich auf dem Weg ins Abrakadabra sein. Müde?«

»Nein.«

»Umso besser, denn heute Abend steht uns noch eine Menge Arbeit bevor.«

Die Diskothek lag zu Fuß zehn Minuten entfernt, anderthalb, wenn man das Auto nahm. Blaue Neonröhren über dem Eingang verkündeten den Namen: *Ardent*. Drinnen sah es kaum besser aus als in der *Factory*. Vielleicht dröhnte die Musik noch etwas lauter, sofern das möglich war. Ansonsten schien Lucas nicht um Originalität bemüht: Der Reihe nach nudelte auch er einen unvergesslichen Sommerhit nach dem nächsten ab, der nach den ersten Takten oder dem Einsetzen des Schlagzeugs vom Publikum jubelnd begrüßt wurde. Der Laden hatte etwas mehr Atmosphäre als die Bar. Unter anderem wohl deshalb, weil die Frauen zahlreicher vertreten waren. Chamorros Anwesenheit wirkte hier nicht ganz so unnormal, obwohl keine auf der Tanzfläche war, die ihr hätte das Wasser reichen können. Wir stellten uns in die Nähe des Tresens, und es dauerte nicht lange, bis wir einen Blick in die Kabine des Discjockeys erhaschen konnten. Lucas war ein Typ von etwa fünfunddreißig Jahren, für meinen Geschmack und für mein Zutrauen in das, was Chamorro mit einer gewissen Souveränität handhaben konnte, etwas alt. Er war etwa eins neunzig (was, nebenbei bemerkt, wiederum für meine eins fündundsiebzig ein bisschen viel war), trug die Haare straff nach hinten zu einem Pferdeschwanz gebunden, und an seinem linken Ohr baumelte ein Piratenring. Eine Sekunde lang zögerte ich und war schon an dem Punkt, mir meine Assistentin zu greifen, den Ort zu verlassen und das Ganze noch einmal in Ruhe zu überdenken. Aber genau in dem Moment fasste sie mich am Arm und flüsterte mir ins Ohr: »Bleib du hier. Ich gehe tanzen.«

Es war verblüffend, dass Chamorro keine Spur verunsichert wirkte. Ohne das Thema breittreten zu wollen: Ich war es durchaus. Noch bevor ich ihren Vorschlag ablehnen konnte, war sie bereits auf der Tanzfläche verschwunden. Kaum eröffnete sich in der Nähe der Kabine des Discjockeys eine Lücke, stieß sie hinein und gab sich dem Rhythmus hin. Ich würde nicht behaupten wollen, dass Chamorro eine begnadete Tänzerin war. Aus meiner zugegeben nicht besonders erfahrenen Perspektive schienen mir ihre Bewegungen etwas staksig und ungelenk zu sein. Aber nach einer Weile gelang es ihr, die Steifheit von sich abzuschütteln, ihre Arme in die Luft zu strecken und den Kopf in den Nacken zu werfen. Das reichte aus, den Rest machte ihr Körper. Es dauerte nicht lange, bis ich feststellte, dass Lucas sie beobachtete.

Ich war nervös. Um mich zu beruhigen versuchte ich, mit der Frau an der Theke zu plaudern. Sie hatte sich die Lippen schwarz geschminkt, und der Widerwille stand ihr förmlich ins Gesicht geschrieben. Das war nicht sehr ermutigend, aber eine bessere Alternative bot sich nicht. Auf die üblichen Annäherungsversuche reagierte sie einsilbig. Als ich schließlich eine ziemlich indiskrete Frage lancierte, ließ sie sich immerhin zu der alles andere als zuckersüßen Gegenfrage herab, was mich das wohl anginge. In einer sehr vagen Anspielung deutete ich an, ich hätte gehört, hier in der Anlage müsste etwas passiert sein, das mit der Polizei zu tun hatte. Konkreter hatte ich mich nicht ausgedrückt, keine Tote, keine junge Frau und auch keine sonstige Begebenheit erwähnt. Für die Frau mit den schwarzen Lippen reichte es aber, um mir zu versichern, dass sie nicht wüsste, wovon ich spreche und sich ans andere Ende des Tresen zu bewegen. Ich nahm das zur Kenntnis.

Die Frau neben mir, die meine armseligen Flirtversuche mit der Bedienung beobachtet hatte, war offensichtlich willens, mich aufzuklären.

»Vor vier Tagen haben sie eine Touristin umgebracht. Weiter oben, bei dem Aussichtspunkt.«

Ich reagierte mit Erstaunen, Entsetzen und so weiter. Meine Gesprächpartnerin sprudelte sofort mit einer Geschichte los, die sich kaum von jenen unterschied, die wir an diesem langen Tag zu hören bekommen hatten. Ich hielt es für klüger, nicht nachzufragen und gab mich mit dem zufrieden, was sie mir spontan anvertraute. Dann versuchte ich sogar, das Thema zu wechseln. Um ehrlich zu sein interessierte mich die Entwicklung auf der Tanzfläche bedeutend mehr, und es hatte auch keine fünfzehn oder zwanzig Minuten der Selbstdarstellung gedauert, bis Chamorro die Empfängerin von Lucas Aufmerksamkeiten wurde. Die Frau neben mir aber, eine hübsche Dunkle mit kurzen Haaren, wollte mir unbedingt ihre Geschichte bis zum Ende aufschwatzen. Und das Ende waren die drei oder vier Male, die sie Eva getroffen hatte, und zwar hier, in dieser Diskothek. Meine Informantin hatte nicht mit ihr gesprochen, aber sie glaubte doch bestätigen zu können, dass sie Italienerin war und unter dem Einfluss von irgendwelchen harten Drogen stand. Vielleicht gilt es an dieser Stelle einzufügen, dass es nach dem Autopsiebericht Hinweise auf einen Alkoholkonsum des Opfers gab, der alles andere als unbeträchtlich gewesen sein musste, aber es existierte keine Spur von der Einnahme sonstiger Drogen. Im Folgenden wurden mir nun die Koketterien Evas im *Ardent* aufgezählt, die zusammenfassend darauf hinausliefen, dass sie sich einer beträchtlichen Anzahl Männer genähert, es aber bei keiner Frau versucht hatte, denn hätte sie das getan, hätte meine

Sitznachbarin es hervorgehoben, da bin ich mir ganz sicher. Ich tat so, als wollte ich mich zur Ablenkung ein wenig umsehen und nutzte den Moment, um nach Chamorro Ausschau zu halten, die sich eng an das Pult des Discjockeys schmiegte, während Lucas ihr die nächste Platte zeigte, um ihre Zustimmung einzuholen. Chamorro verweigerte sie ihm mit einem rührenden Kopfschütteln.

»Die da drüben, ist das deine Frau?«, fragte meine Sitznachbarin.

»Meine Freundin.«

»Sei vorsichtig bei dem.«

»Bei wem?«

»Der Discjockey. Das Mädel, das sie umgebracht haben, hat ihm auch die Platten ausgesucht. Wenn du verstehst, was ich meine.«

Chamorro hatte ihre Rolle lange genug gespielt, und die Gelegenheit war günstig, ohne bei der leutseligen Dame neben mir Argwohn zu erzeugen. Also verabschiedete ich mich, überquerte die Tanzfläche und ging zu Lucas' Kabine. Ich umfasste die Taille meiner Assistentin.

»Lass uns gehen«, forderte ich sie mit finsterer Miene auf.

Lucas sagte kein Wort und rührte sich nicht von der Stelle. Chamorro sah, Widerwillen vortäuschend, von einem zum anderen und entschuldigte sich dann bei ihm.

»Es tut mir Leid. Ich muss los.«

»Ist alles klar?«, erkundigte sich Lucas, die Stimme ernst und voller Selbstsicherheit.

»Ja.«

»Bis demnächst dann.«

Lucas warf ihr einen aufmunternden Blick zu. Chamorro erwiderte ihn, bis sie meinem Druck nachgab, sich von ihm abwandte und ihre Gesichtszüge sich verhärteten. Ich schenkte mir den Satz, der mir auf den Lippen lag. Es schien mir angezeigter, den Mund zu halten. Ich sah ihn bloß an, während er mich herausfordernd oder auch nur mitleidig fixierte. Dieser Mann schien weder Angst noch Eile zu kennen.

## 8. Kapitel

Als wir im Auto saßen, schilderte Chamorro lebhaft die Details ihrer Begegnung mit Lucas. Die paar Worte, die sie gewechselt hatten, schienen allerdings kaum von Bedeutung. Entsprechend meiner Anweisung hatte Chamorro wenig gefragt, und Lucas hatte außer seinem Namen und, wenn ich mich richtig erinnerte, der Tatsache, dass er diesen Job nur im Sommer machte, wenig von sich preisgegeben. Den Rest des Jahres lebte er von diesem und jenem, wie er sich ausdrückte. Sei es wegen des eingegangenen Risikos oder wegen der Wirkung, die der Discjockey bei ihr hinterlassen hatte, aber meine Assistentin war merklich durcheinander.

»Er zieht die Rs ein bisschen in die Länge«, bemerkte sie. »Nicht so, wie ein Franzose es machen würde, sondern wie jemand, der sich viel auf Französisch unterhalten musste. Kann schon stimmen, dass er in der Fremdenlegion war.«

»Irgendeine Anspielung in diese Richtung? Oder einen anderen Hinweis, Tattoos, Narben?«

»Nichts, was mir aufgefallen wäre. Trotz seiner äußeren Erscheinung wirkt er gebildet. Er benimmt sich korrekt. Nicht wie ein Verbrecher.«

»Hat er versucht, sich dir anzunähern? Beim Tanzen oder unter irgendeinem Vorwand?«

»Überhaupt nicht. Mal abgesehen von dem Faden, der mir am Kleid hing.«

»Das heißt, dass er ein Auge auf dich hat.«

»Ach, da fällt mir noch was ein. Er hat mir ein Gedicht rezitiert.« Chamorro erwähnte das ausgesprochen kokett, als vergäße sie, dass ihr ein möglicher Täter, gegen den sie ermitteln sollte, diese Nettigkeit erwiesen hatte.

»Ein Gedicht also. Demnach ist Lucas nicht nur gebildet, sondern auch noch altmodisch. Erinnerst du dich an einen Vers?«

»Es kam beim Thema Ende des Sommers auf. Ich habe ihn kaum verstanden, es war so laut. Es hatte mit Herbst zu tun, mit Geigen, die das niedergeschlagene Herz verletzen, oder so ähnlich.«

»Niedergeschlagen sind die Geigen«, berichtigte ich. »Es ist von Verlaine, und in Frankreich kennt es jedes Kind, so wie man hier den *Canción del pirata*, das Lied der Piraten kennt.

»Welches Lied? Habe ich noch nie gehört.«

Daraufhin bemerkte ich, dass Chamorro Opfer dieses modernen Erziehungssystems war, das man verspielt nannte, audiovisuell, interaktiv und was es sonst noch an Auswüchsen dieser Art geben mochte. Aber selbst wenn sie keinen dieser unzeitgemäßen Lehrmeister kennen gelernt hatte, der ihr den Unterschied zwischen unnützem und nützlichem Wissen mittels glasklarer Regeln in den Kopf gebimst hatte, so war es doch unmöglich, dass sie das herausragendste Banner des lyrischen Vaterlandes nicht kannte.

»Doch, hast du. ›Mit zehn Kanonen, blank an Bord, mit vollen Segeln vor dem Wind‹.«

»Ach das. Der Titel sagte mir nichts.«

»Wenn Lucas eine Weile in Frankreich gelebt hat, überrascht es nicht, wenn er diese Zeilen kennt. Da muss er kein Literaturkenner sein. Es ist durchaus möglich, dass er in seinem ganzen Leben noch kein einziges Buch gelesen hat.«

»Ist das wichtig?«

»Könnte wichtig sein. Die Menschen, die mehr lesen, sind zögerlicher und leichter zu kriegen.«

»Darüber habe ich noch nie nachgedacht.«

»Ein Mensch, der nicht liest, hat normalerweise sehr klare

Vorstellungen von dem, was er im Leben will, und setzt alles daran, sie möglichst zügig durchzusetzen. Es gibt natürlich auch Menschen, die viel lesen und trotzdem sehr zielstrebig sind, aber mit den gleichen natürlichen Gaben ausgestattet gilt in der Regel, je gebildeter desto nachgiebiger, ablenkbarer, wenn nicht gar feiger. Das hat schon Shakespeare gesagt. Das oder etwas Ähnliches. Dieser Lucas flößt mir Respekt ein. Sei vorsichtig bei ihm. Ich will, dass du morgen allein losgehst. Wir haben uns gestritten, du hast mich zu Hause gelassen, weil du noch mal an die frische Luft wolltest. Ich werde draußen warten, lasse mich aber nur blicken, wenn wirklich etwas gründlich schief geht und wir die Sache abblasen müssen. Ich möchte, dass er sich nach Feierabend mit dir verabredet. Die Diskothek schließt um halb drei. Irgendein Laden wird dann noch aufhaben. Ich folge euch.«

Ich ahnte, dass Chamorros Entschiedenheit bröckelte. Es konnte durchaus sein, dass sie auf eine harmlose Spielerei vorbereitet gewesen war, jetzt aber merkte sie, dass sie das Spielbrett verlassen musste, und zwar nicht mit einem Mann ohne Gesicht und Eigenschaften, sondern mit ebenjenem Lucas, den sie gerade erst kennen gelernt hatte.

»Kommt das nicht ein bisschen zu schnell?«, wandte sie ein.

»Du sollst lediglich sein Vertrauen gewinnen und ihn nicht auskundschaften.«

Chamorro schluckte.

»Und wie weit muss ich gehen? Ich meine …«, stammelte sie.

»Ich weiß schon, was du meinst. So weit, wie du willst. Eine hübsche Frau kann einen Mann durchaus länger als eine Nacht am Haken halten, ohne ihm zu erlauben, dass er sie auch nur berührt. Wenn du dich mehr traust, umso besser«, fügte ich nüchtern hinzu. »Aber überspann den Bogen nicht. Angenommen er will mit dir an einen einsamen Ort fahren, gib ihm den Laufpass. Und wenn er dich zu etwas zwingen will, das dir quer kommt, schrei, und wir nehmen ihn fest. Das ist nicht gerade meine bevorzugteste Variante, aber wir würden schon sehen, was wir draus machen können. Verstanden?«

»Ich glaube, ja.«

»Gut. Und jetzt zur nächsten Vorstellung.«

Es war genau eine Minute vor eins, und wir mussten herausfinden, nach welchem Rhythmus das Abrakadabra funktionierte. Sollte es noch zu früh sein, würden wir uns ein bisschen in den umliegenden Lokalen umsehen. Hatte ich Chamorro eben mit Lucas allein gelassen, was mir zugegebenermaßen eine gewisse Selbstüberwindung abverlangt hatte, hielt ich es zumindest im Moment für gescheiter, in anderen Konstellationen im *Abrakadabra* und Umgebung aufzukreuzen.

»Noch gehen wir hier zusammen rein«, unterwies ich sie. »Sollten wir über jemanden stolpern, den man besser einzeln in die Zange nimmt, geben wir eben wieder eine Unstimmigkeit vor, oder wir trennen uns einfach, und der, der den besseren Platz hat, bleibt. Aber vergiss nicht: Wir lassen es behutsam angehen.«

Ein Schild informierte uns darüber, dass es im *Abrakadabra* keine festen Zeiten gab: *Offen bis zum Morgengrauen.* Dadurch hatten wir Gelegenheit, vorher ein paar der anderen Freizeittempel unter die Lupe zu nehmen. Diese Ecke der Insel war übrigens deutlich eleganter als die Gegend um die Ferienanlage. Die Yachten im Sporthafen wiegten sich keine fünfzig Meter von der Flaniermeile mit den Diskotheken, Terrassencafés und Clubs entfernt im Wasser. Man sah zahlreiche Cabriolets und Leute, auf die das Wort neureich am besten passte, weil man weniger sie selbst als den Preis ihres Schmucks, ihrer Kleider und des Rasierwassers wahrnahm. Unter denen, die auf dem Boulevard schlenderten, stachen vor allem die prall mit Silikon ausgestopften wasserstoffblonden Zyklopen heraus. Bei den Männern dominierte der braun gebrannte Graumelierte mit großer, wasserdichter Uhr.

In gewisser Hinsicht trug unsere Arbeit hier weniger Früchte als in der Anlage. In den zwei Stunden, die wir in drei oder vier Lokalen zubrachten, haben wir, abgesehen von einem Betrunkenen, der Mühe hatte, überhaupt ein klares Wort herauszubringen, keinen Gast getroffen, der offen genug gewesen wäre, um sich mit einem Fremden zu unterhalten. Trotzdem waren die Leute, die hinter dem Tresen bedienten, viel freundlicher als das Personal in der *Factory* oder im *Ardent*. Sie kamen für die Saison vom Festland, waren fast alle noch ziemlich jung und hatten einen unverschämt ausgeprägten Geschäftssinn. Ihnen und dem Hinweis auf ein kleines Extrageld, das arglos und ohne mit der Wimper zu zucken angenommen wurde, hatten wir die Bestätigung zu verdanken, dass Eva Heinrich diese Etablissements häufig frequentiert hatte. Alle hatten von dem Vorfall gehört und das Foto in der Zeitung gesehen. Und keiner erwähnte ein Detail, das wir noch nicht kannten. Sie haben uns mehr oder weniger das erzählt, was sie auch den Polizisten erzählten, die sich als solche ausgewiesen hatten. Was die häufig wechselnden Partner der Verstorbenen betraf, wunderte man sich hier erheblich weniger darüber als in der Anlage. Eher erregte schon die Tatsache Aufsehen, dass Eva sich unterschiedslos sowohl mit Männern als auch mit Frauen zeigte, wenngleich sich niemand darüber aufregte. In diesem Zusammenhang betonten mehrere Leute, dass bei Interesse in jedem Fall das *Abrakadabra* der geeignetste Ort sei.

Als wir endlich die Schwelle der heiligen Hallen überschritten, wobei wir von oben bis unten von einem stiernackigen Koloss gemustert wurden, der nur aufgrund von Chamorros formidablem Aussehen keinen Gebrauch von seinem Zutrittverweigerungsrecht machte, war es halb vier Uhr morgens. Trotzdem hatte im *Abrakadabra* die Nacht gerade erst angefangen. Das Lokal bestand aus einem riesigen blauen Raum mit einer eher niedrigen Decke. Es gab zwei Tanzflächen, drei Tresen und etwa dreißig bis vierzig Tische. Natürlich war es viel größer, als es von außen den Anschein hatte, und zu dieser Stunde war es gut besucht. Chamorro und ich gingen zuerst an die Bar. Wir bestellten etwas zu trinken und blieben ein paar Minuten dort stehen, um uns die Gäste anzusehen. Sie waren bunt gemischt, im Alter von zwanzig bis siebzig war alles dabei. Keiner der Männer ließ einen innerlich zusammenzucken. Von der einen oder anderen Ausnahme abgesehen, waren hier gesittete Menschen mit sichtbar anständigem Auskommen versammelt. Bodybuilder mit nietenbeschlagener Lederjacke trafen sich anderswo. Bei den Frauen fiel auf, wie viele von ihnen man zweifellos auf dem Cover einer Zeitschrift wiederfinden könnte. Unter ihnen wirkte Chamorro nahezu schlicht. Es gab ein paar Mulattinnen, sehr viele nordisch anmutende Frauen und sogar eine Asiatin mit unglaublichen langen Beinen war dort. Ihr Aussehen und ihre Art, sich zu geben, konnte man sich femininer gar nicht wünschen. Keine Spur von ungeschminktem Mannweib in schwarzen Hosen. Das einzig Merkwürdige war die Vielzahl an Frauen mit platinblond gefärbten Haaren, die fast soldatisch kurz geschnitten waren. Die Reiferen unter ihnen waren nicht mehr ganz so spektakulär, obwohl die eine oder andere stolz vorzeigte, was sie der Chirurgie, den Fitnessstudios oder der Kosmetikindustrie zu verdanken hatte.

Auch im *Abrakadabra* standen junge Saisonarbeiter hinter dem Tresen, fraglos ausgesucht nach der Attraktivität ihrer Körper. Jeden Monat mussten neue Blumen in die Vase, männliche wie weibliche. Unter den Mitarbeitern tummelten sich auch einige Ältere oder weniger Betörende, die zum festen Stab gehören konnten, vielleicht waren auch die Besitzer darunter. Ich erinnerte mich daran, was Zaplana mir über den illegalen Drogenhandel und die Nervosität gesagt hatte, die sich im *Abrakadabra* ausgebreitet hatte, als die Beamten mit ihren Ermittlungen begonnen hatten, und achtete darauf, dass keiner von den Älteren in der Nähe war, als ich eine der jugendlichsten Bedienungen ansprach. Sekundiert von Chamorro erzählte ich ihr, dass wir den ersten Tag auf der Insel seien und ob sie nicht ein paar Ausflugstipps in der Umgebung für uns hätte. Ihre erste Frage kam genau wie von mir erwartet: »Wo wohnt ihr denn?«

Ich gab ihr den Namen unserer Ferienanlage und fügte wie zum Beweis meines galligen Humors hinzu: »Da, wo sie vor fünf Tagen auch das Mädel umgebracht haben. Um genau zu sein, es war sogar in derselben Straße. Vor der Tür steht die ganze Zeit ein Auto der Guardia Civil. Als sie uns darüber aufgeklärt haben, warum sie da sind, haben wir uns gedacht, dass wir vielleicht ein paar Ausflüge machen sollten.«

Das Mädchen war zu jung, um uns nicht beeindrucken zu wollen.

»Die kam jede Nacht her.«

»Wer?«

»Na, die Frau, die sie umgebracht haben.«

»Sag bloß«, erwiderte ich ohne großes Erstaunen. »Und warum hat man sie umgebracht? War sie in irgendetwas verwickelt?«

»Keine Ahnung. Die Leute sagen, dass es eine ältere Frau getan hat, die auch häufiger hier war, wenngleich nicht ganz so oft. Ich hab sie nur das eine oder andere Mal gesehen; klar, ich bin auch erst seit sechs Wochen dabei. Scheint so, dass die Polizei sie sucht. Die Frau war ziemlich dröge, wie alle Deutschen, hat aber viel Trinkgeld gegeben. Das ist nicht die Regel.«

Chamorro und ich ließen das Gehörte unkommentiert und luden das Mädchen stillschweigend zum Weiterreden ein.

»Man kann es sich einfach nicht vorstellen«, fuhr sie fort.

»Genau da hat sie getanzt, jede Nacht. Die Leute dahinten, die Italiener auf der anderen Seite, das waren Freunde von ihr. Und jetzt ist sie tot. Wie absurd das alles ist.«

Wir taten betroffen, und wie zum Trost, damit sie die Sache vergessen konnte, erinnerten wir sie an unser eigentliches Anliegen. Während die Bedienung nach einer Serviette suchte und Chamorro darauf eine Karte mit den Wundern der Insel, Höhlen, typischen Restaurants und dergleichen mehr einzeichnete, ließ ich die Augen nicht von der Gruppe Italiener. Die zwei Frauen waren etwa in Chamorros Alter, die Männer nur wenig älter, nicht besonders groß und, wie ihre engen T-Shirts verrieten, ziemlich gut gebaut. Obwohl sie saßen und man ihre wahre Größe nur bedingt schätzen konnte, hielt ich sie für etwa vier, fünf Zentimeter kleiner als mich. Das ermutigte mich.

Ich konzentriere mich immer auf die Statur der Männer, mit denen ich es zu tun habe, denn ich bin nicht besonders kräftig und von den Kampfsportarten beherrsche ich nur das, was sie mir in der Akademie beigebracht haben. Mit ein bisschen Geschick reicht es, um es mit jemandem aufzunehmen, der nicht trainiert ist; das Problem ist nur, dass man niemals weiß, ob das Gegenüber nicht den blauen Gürtel hat, womit ich bereits unrettbar verloren wäre. Zum Glück habe ich die Pistole. Es gibt Leute, die sich an der Waffe ziemlich dumm anstellen, aber die Regeln ihres Gebrauchs darf man nie vergessen. Erstens, zieh sie nie, wenn es sich vermeiden lässt. Lässt es sich nicht vermeiden, geht der erste Schuss in die Luft und der zweite ins Bein des Angreifers. Wenn er selbst bewaffnet ist, zielt man so, dass er das Feuer nicht beantworten kann. Obwohl man inständig hoffen sollte, dass es nicht zu der Situation kommt, stellt sie sich doch ein, gibt es nichts Unglücklicheres, als an der eigenen Entschiedenheit irgendwelche Fragen offen zu lassen. Bis heute hat noch niemand, auf den ich meine Waffe gerichtet hatte, die Dummheit besessen, daran zu zweifeln, dass ich sie auch benutzen würde. Mehr als einmal konnte ich so mir und einigen anderen die Haut retten.

Nachdem wir uns von dem netten Mädchen verabschiedet hatten, das, ohne es zu ahnen, unsere Schritte in diesem Club lenkte, suchten wir uns einen Platz dicht bei den Italienern und setzten uns an einen Tisch, der kaum größer war als ein Barhocker. Ich hatte mir auf dem Weg einen Stuhl gegriffen, und Chamorro bat die Italiener um den, auf dem sie ihre Sachen abgelegt hatten. Sie räumten ihn bereitwillig frei. Die Möbel standen so eng beieinander, dass es nicht besonders schwer war, ein paar Worte zu wechseln. Schon bald ließ sich nicht mehr übersehen, dass einer von ihnen, ein gewisser Enzo, sich deutlich von Chamorro angezogen fühlte. Unter munteren Gesten erzählte er ihr ein paar Witze und nahm schließlich seinen Stuhl, um ihn neben den meiner Assistentin zu stellen. Diese nutzte den Moment, um mit einem Blick meine Zustimmung einzuholen. Der Italiener war sympathisch; neben dem undurchsichtigen Lucas und nach dem, was die unterschiedlichen Menschen ausstrahlen, glich er einem Unschuldsengel.

Ich für meinen Teil unterhielt mich mit einem Geschöpf, das meine ganze Aufmerksamkeit verlangte. Ich nickte Chamorro zu, und sie reagierte entsprechend auf Enzos Annäherung.

An dieser Stelle muss ich kurz unterbrechen und Andrea beschreiben, und ich gebe gleich zu, dass ich meiner Fähigkeit misstraue, auch nur annähernd die Faszination deutlich zu machen, die diese Frau sofort auf mich ausgeübt hat. Allem voran: Sie war nicht sehr groß, was sie gegenüber der überwältigenden Mehrheit der anwesenden Frauen ganz klar benachteiligte. Auch war sie nicht von jener athletischen Schlankheit, die in unseren traurigen Zeiten als unabdingbare Voraussetzung dafür betrachtet wurde, sich als Frau öffentlich zu zeigen, ohne einen wenig schmeichelhaften Blickfang abzugeben. Dass ihr blondes Haar Produkt eines Färbemittels war, sah man sofort. Trotzdem, ihre Augen waren von einem fast silbrigen Grau, das sich in keinerlei Hinsicht dem Effekt getönter Kontaktlinsen verdankte. Wollte man ihnen auf den Grund schauen, landete man im Unendlichen. Die ganze Zeit hörte sie nicht auf zu lächeln, und ihre Hände unterstützten rege jedes ihrer Worte. Überhaupt hatte sie perfekte Hände, vielleicht etwas zu braun gebrannt. Sie war insgesamt sehr braun, und das, was mir nie besonders gefallen hatte, übte bei ihr plötzlich einen unbestreitbaren Reiz aus. Ihre Haut war weich und aromatisch, fest und glänzend wie kostbares Edelholz. Sie trug ein vor allem am Ausschnitt weites Kleid, unter dem ohne jede Scham ein Paar runder brauner Brüste tanzte. Ich wäre ein schlechter und maßloser Lügner, wollte ich nicht zugeben, dass ich sie genau beobachtete.

Jeder von uns sprach in seiner Sprache. Trotz meines schlagkräftigen Namens konnte ich kaum mehr als *ciao* auf Italienisch sagen. Chamorro übte sich mit Enzo in derselben Technik, und es reichte aus, um sich zu verständigen. Manchmal blieben die Bedeutungen etwas vage, was dazu führte, dass zumindest ich – zweifellos nicht im Sinne unserer Ermittlungen – die grenzenlose Magie des Augenblicks genoss. Natürlich war ich eindeutig nicht auf der Suche nach Magie oder viel sagenden Augenblicken ins *Abrakadabra* gegangen, aber es lagen schon ein paar gute Morgenstunden hinter mir, und von den Getränken, die ich im Laufe des Abends zu mir genommen hatte, war ein Rest zwischen meinen Lippen hängen geblieben. Ein Rest, der unaufhaltsam in meinen Magen gewandert war, und sich von dort Tropfen für Tropfen in mein Blut gemischt hatte. Um es kurz zu machen, meine Disziplin war nicht mehr ganz so eisern wie noch vor fünf oder sechs Stunden in der *Factory*, und obwohl mir meine Prioritäten durchaus bewusst waren, gestattete ich mir in deren Verfolgung eine gewisse Auszeit.

Andrea lebte – wie fast alle Italiener, mit denen wir zu tun hatten – in Mailand. Sie verstand zunächst nicht, als ich ihr entsprechend unserer falschen Identität, hinter der wir uns verschanzten, erzählte, dass Chamorro und ich Geologen seien. Nach ein paar beschreibenden Gesten und umständlichen Erklärungsversuchen schien sie sich aber doch eine Vorstellung machen zu können. Wir hatten uns diese Beschäftigung ausgesucht, weil sie abseitig genug war, um nicht aus Versehen über einen Kollegen zu stolpern, mit dem man fachsimpeln oder zwanghaft auf unverfänglichere Themen umlenken musste, und außerdem wussten die wenigsten genau, was sie sich darunter vorzustellen hatten. Andrea ihrerseits sagte, sie arbeite in der Modebranche. Aber weder als Model noch als Designerin, fügte sie hinzu. Ihre Aufgabe musste irgendwie mit der Koordination in Handel und Vertrieb zu tun haben, ganz genau hatte ich die Worte nicht verstanden, mit denen sie ihre Arbeit beschrieb. Hatte sich das Dickicht nach der gegenseitigen Vorstellung erst einmal gelichtet, kam ich ziemlich direkt zur Sache: »Bevor ich weitermache und einen Irrtum begehe, ist einer von den beiden dein Freund?«

Andrea drehte sich um. Enzo machte Chamorro Komplimente im Akkord. Der andere, Fabio, trank aus demselben Glas wie Rosina, die andere Frau. Eng aneinander gekuschelt dösten sie fast im Halbschlaf vor sich hin. Seit Chamorro und ich uns mit Enzo und Andrea vertraut machten, hatten sie sich dezent zurückgezogen.

»Das sind nur Freunde, von der Arbeit«, antwortete sie.

»Seid ihr zusammen im Urlaub?«

»Sicher. Zwei Frauen sollten hier nicht allein rumreisen.« Andrea zeigte auf Chamorro.

»Und die Stelze da? Seid ihr zusammen, Geschwister, verheiratet?«

»Nicht wirklich. Maria«, Chamorros Deckname, »und ich machen häufiger die Schürfungen zusammen. Ab und an müssen wir vor Ort übernachten, und es ist billiger, ein Doppelzimmer zu mieten. So haben wir uns aneinander gewöhnt und machen gemeinsam Urlaub. Aber weder sie ist eifersüchtig noch bin ich es.«

Andrea sah mich schelmisch an. Etwas weiter unten, am Ansatz ihres Dekolletés, spielten sich Szenen ab, gegen die ich mich immer weniger immun machen konnte.

»Magst du den Sommer, Luigi?«

»Ja.«

»Und was gefällt dir daran am meisten?«

»Der Strand, die lauen Nächte im Mondschein, Mädchen mit grauen Augen, über die man den Mond und die Nacht und den Strand vergisst.«

»Ist das ein Kompliment?«

»Wie alt bist du?«

»Dreiundzwanzig. Und du?«

»Zwölf Jahre älter. Dieser Sommer könnte einer meiner letzten sein.«

»Ach Quatsch.«

»Ich weiß es, Andrea. Und deswegen will ich etwas unternehmen, das mich später an ihn erinnert. Dazu brauche ich jemanden, der mir dabei hilft.«

Andrea tat so, als ob die Worte an ihr abperlten.

»Hilft Maria dir nicht? Wenn Maria mir helfen würde, würde ich mich garantiert erinnern.« Sie lachte.

Aber die Augen der Italienerin funkelten, ihre Finger strichen über meinen Handrücken, und sie war etwas betrunken, wie ich. Später, als ich wusste, wie sie wirklich war, musste ich mir eine andere Theorie zurechtlegen, um zu erklären, dass einer wie ich sie zu verführen vermochte. Angeheizt vom Alkohol und den Ereignissen des Tages nahm ich in jener Nacht einfach an, sie in einem Moment erwischt zu haben, in dem sie Aufmerksamkeiten brauchte, und dass ich mit meiner abenteuerlichen Geschichte einen ungewöhnlichen Typen darstellte, der ihre Neugier geweckt hatte. Das war nicht viel, aber es reichte.

»Ehrlich gesagt, Maria hat nicht allzu viel für Männer übrig«, bedeutete ich ihr unter dem Mantel der Verschwiegenheit. »Das verrät sie Enzo aber nicht.«

Andrea sah unverhohlen zu Chamorro. Es war das dritte oder vierte Mal, dass sie eine allzu vertrauliche Geste von Enzo freundlich zurückwies. Die Augen der Italienerin funkelten noch stärker.

»Tanz mit mir«, befahl sie.

Ich tat es. Nach ein paar Minuten auf der Tanzfläche umarmte sie mich und erfüllte meinen Mund mit einem leidenschaftlichen, gingetränkten Kuss. Aus dem Augenwinkel nahm ich Chamorros erstaunten Blick wahr. Ich konnte nichts anderes tun, als Andreas Ansturm zu entsprechen, was mir allerdings auch nicht sonderlich schwer fiel. Ich tat es ausgiebig und kühn.

An den Rest erinnere ich mich kaum noch, allenfalls an das Gefühl von Andreas straffem Körper, der sich unermüdlich zwischen meinen Händen bewegte. Ich habe sie nichts gefragt, sie hat mich nichts gefragt, widerstandslos gab ich mich der verhassten Musik hin. In mancher Pause sprachen mir überraschenderweise Ella Fitzgerald oder Dinah Washington Trost zu, und während Andrea mir unbekannte Worte ins Ohr flüsterte, näherte sich die Nacht dem fragilen Zustand der Perfektion.

## 9. Kapitel

Um halb sechs machte Chamorro mir ein Zeichen. Die beiden anderen hatten sich schon zurückgezogen, und Enzo hatte angesichts der Vorbehalte meiner Assistentin deutlich an

Schwung verloren. Sein Kopf hing bereits verräterisch schief. Sanft schob ich Andrea von mir weg.

»Maria hat mich gerufen. Ich muss gehen«, sagte ich mit fester Stimme.

»Wohin?«

»Wir haben noch etwas zu erledigen.«

»Was denn?«

»Das, was wir immer zusammen erledigen.«

»Nehmt mich mit.«

»Ich kann nicht.«

Andrea schüttelte den Kopf.

»So eine Enttäuschung, Luigi. Ich hätte nicht gedacht, dass wir uns nicht wiedersehen würden.«

»Sicher sehen wir uns wieder.«

»Versprich es mir.«

»Das kann ich auch nicht.«

Andrea sah mich eindringlich an. Ihr Blick bohrte sich so tief in meine Maske, dass ich für einen Moment schon fürchtete, sie könnte die Wahrheit dahinter entdecken. Und die Wahrheit bestand, zumindest zu Teilen, in diesem Moment daraus, dass mein Vertrauen in die Aufklärung des Mordes an Eva Heinrich vor der Versuchung ins Wanken geriet, mich in diesen grauen Augen zu verlieren.

»An welchen Strand gehst du?«, fragte sie unvermittelt.

»An keinen bestimmten.«

Also gab Andrea mir einen Namen, und zwar den des FKK-Strandes, an den auch Eva Heinrich gegangen war, nachdem sie eingesehen hatte, dass sie in der Bucht besser nicht jeden Tag für einen Aufstand sorgen sollte.

»Ich bin immer da«, erklärte sie mir. »Und bring Maria ruhig mit. Besser gesagt: Ich will, dass du sie mitbringst. *Adiós*.«

Sie küsste mich noch einmal und verließ den Club, den fügsamen Enzo mit sich ziehend. Chamorros Miene weckte in mir die fürchterliche Erinnerung an den letzten Menschen, unter dessen Tyrannei ich zu leiden hatte, bevor ich Pereiras Kommando unterstellt worden war. Ich war damals fünfzehn und die Person eine ziemlich hemdsärmelige Nonne, die mich nach meiner Blinddarmoperation in Gewahrsam – und ich glaube, kein Wort könnte es besser treffen – genommen hatte.

Es dauerte knapp zehn Minuten, bis Chamorro loslegte. Wir saßen bereits im Auto.

»Ich dachte, wir wollten etwas behutsam zu Werke gehen«, sagte sie spöttisch. »Dann weiß ich ja endlich, was *behutsam* heißt.«

»Ich hätte nicht gedacht, dass du so ironisch werden kannst, Chamorro, aber es gefällt mir«, erwiderte ich etwas kraftlos.

»Eine explosive Italienerin, wenn ich das richtig beobachtet habe.«

»Ich kann es nicht leugnen.«

»So explosiv war Enzo nicht. Eher ein kleiner Angeber. Sicher, wenn der Plan gewesen wäre, dass ich mich mehr auf ihn hätte einlassen sollen, hättest du mir ein Zeichen geben müssen.«

»Das war nicht der Plan. Ich bin mit Andrea übers Ziel hinausgeschossen.«

»Und, hast du was rausbekommen?«

»Ich habe mich in eine erstklassige Position gebracht, um etwas herauszufinden.«

Kaum hatte ich diesen Satz beendet, legte Chamorro ihre vorwurfsvolle Haltung ab, um eine komplett andere einzunehmen: Ihr ganzes Gesicht erstrahlte in einem triumphierenden Lächeln. Gewiss, es beeindruckte mich nachhaltig, wie Chamorro ihre Schüchternheit überwand, aber ich fragte mich, ob sie jetzt nicht ein wenig übertrieb. Seitdem man mich mit diesen Auszeichnungen behängt hatte, war es mir immer zuwider gewesen, mich auf sie zu berufen, es sei denn im äußersten Notfall, also hielt ich mich zurück.

»Während du dir deine Zeit nimmst«, stellte sie meine Gutmütigkeit erneut auf die Probe, »sag ich dir mal, was ich rausbekommen habe. Unsere vier Freunde haben Eva in einer Diskothek im Sporthafen kennen gelernt. Sie hat sie mit auf die Yacht genommen, auf der sie zusammen mit den anderen Italienern hergekommen ist, und nach dem, was Enzo mir erzählt hat, vielleicht um mich in Stimmung zu bringen, keine Ahnung, müssen sie eine regelrechte Orgie gefeiert haben. Danach haben sie sich drei oder vier Tage später am Strand wiedergetroffen und sich noch am selben Abend verabredet. Eva hat sie ins *Abrakadabra* geschleppt. Von dem Punkt an hatte Enzo keine große Lust mehr, weiter ins Detail zu gehen. Erst am Ende, als ihm nichts anderes mehr einfiel, kam er mit einer saftigen Enthüllung. Eva hat sich an jemanden aus der Gruppe rangemacht. Und ist auf Gegenliebe gestoßen. Du ahnst nicht, wer das war!«

»Ich fürchte doch.«

»Genau. Dein explosiver Blondschopf.«

»Hat Enzo dir das alles aus freien Stücken erzählt oder hast du gefragt?«

»Ich habe ihn nicht einmal nach der Uhrzeit gefragt, das schwöre ich dir.«

»Glückwunsch, Chamorro. Und jetzt solltest du auch mich beglückwünschen, denn wie aus heiterem Himmel haben wir mit einem anderen Ex-Verhältnis von Eva angebändelt. Die Betonung liegt auf *wir*.«

»Wie bitte?«

Wenn ich nicht ganz falsch lag, würde Chamorro gleich um Fassung ringen müssen, denn ich konnte mir nicht vorstellen, dass ihre Unbefangenheit dieses Niveau bereits erreicht hatte.

»Du hättest Andreas Augen sehen sollen, als ich ihr zuflüsterte, dass deine Vorliebe für Männer sich in Grenzen hält.«

»Das hast du gesagt?«

»Mhmh. Falls es dich interessiert, sie beneidet dich um deine Beine, und sie hat mich beauftragt, dich mitzubringen, wenn ich zu ihr an den Strand gehe.«

Das Leuchten war aus Chamorros Gesicht verschwunden.

»Das machen wir am Nachmittag«, beschloss ich. »Denn wenn ich es zwar vorziehe, dass wir uns nachts um Lucas kümmern, möchte ich Andrea auch nicht verschnupft wissen.«

Um Punkt viertel nach sieben – Chamorro und ich versuchten gerade, unsere Lebensgeister mit einem starken Kaffee zu wecken – klopfte jemand an die Küchentür. Es war Perelló. Er kam ohne Kopfbedeckung, das feuchte Haare sorgfältig streng nach hinten gekämmt. Hinter ihm erschien Satrústegui, der Mann seines Vertrauens.

»Guten Morgen. Möchten Sie Kaffee?«

»Ich hatte schon, danke. Ihr seht nicht gut aus. Vor allem das Mädel. Habt ihr euch mit jemandem geprügelt?«

»Wir haben nicht geschlafen.«

Perelló schüttelte den Kopf.

»Man muss sich auch mal ausruhen, Vila.«

»Wir hatten keine Wahl. Eva Heinrich war ein Geschöpf der Nacht.«

»Das wird mir nie in den Kopf gehen. Die Nacht ist zum Schlafen da. Es ist dumm, aus Jux und Tollerei durchzumachen, wie sie es heute alle tun. Werdet schon noch sehen, was ihr davon habt, wenn euch die Müdigkeit erst überkommt, was früher oder später von allein passiert.«

»Es war die Sache wert.«

»Na dann … Wollen wir uns das Haus ansehen? Wir haben nicht allzu viel Zeit.«

Ich bewunderte Perelló. Jeder andere hätte uns sofort mit Fragen überschüttet. Er aber hatte eine Pflicht zu erfüllen und einen Zeitrahmen, den er dafür vorgesehen hatte, und alles andere stellte er hintenan. Ich glaube, von all den Personen, mit denen ich in diesen Tagen zu tun hatte, war er der Einzige, der nicht dieses ungute Kribbeln verspürte herauszufinden, was genau Eva Heinrich zugestoßen ist. Er arbeitete an der Aufklärung, weil ihm nichts anderes übrig blieb, weil er schon seit dreißig Jahren unhinterfragt Befehle befolgte. Aber interessieren tat es ihn nicht.

Und noch etwas war auffällig an Perelló. Ich glaube, dass jeder von uns, mich eingeschlossen, Eva oder die Leute, mit denen sie sich umgeben hatte und die im Laufe der Ermittlungen nach und nach auftauchen würden, irgendwann einmal moralisch verurteilte. Nie habe ich einen ähnlichen Zug an Perelló wahrgenommen. Und dennoch bin ich davon überzeugt, dass, wären die Zeiten andere und die Schuldigen würden noch auf der Garotte gefoltert, nur er die Strafe vollzogen hätte. Er hätte die Hinrichtung rasch hinter sich gebracht, sich bekreuzigt und Fürbitte für seine Seele geleistet.

Wir tranken unseren Kaffee aus und verließen das Haus. Unauffällig liefen wir die Straße hinunter und betraten das Grundstück über den Garten. An der Haustür entfernte Satrústegui vorsichtig die Versiegelung. Er war ein bedachter und schweigsamer Mann, und man verstand sofort, warum Perelló ihn vor allen anderen bevorzugte. Es gibt nicht viele junge Beamte mit solchen Anlagen.

Das Ferienhaus war ausgesprochen großzügig geschnitten und deutlich größer als unseres. Es verfügte über einen beeindruckenden Salon, ein Esszimmer, eine ziemlich geräumige Küche und vier Schlafzimmer. Von der riesigen Veranda genoss man einen Blick aufs Meer, und auch die Dachterrasse zeigte zum Wasser. Die erste Bemerkung war unvermeidlich: »Die Hütte ist ein bisschen groß für einen allein, findet ihr nicht?«

»Die ausländischen Touristen haben so ihre Marotten. Gefällt ihnen die Aussicht, haben sie keine Lust mehr, die Zimmer zu zählen«, antwortete Perelló.

»Was kostet so ein Haus in dieser Gegend wohl?«, fragte Chamorro.

»Es liegt im besten Teil der Anlage. Hundertfünfzig oder zweihundert außerhalb der Saison. Rechne zur Hochsaison das Doppelte, und du machst nichts falsch. Ich könnte mir das selbstverständlich nicht leisten.«

»Sehen wir uns den Fundort der Toten an«, bat ich.

Die Position von Evas Körper war auf sehr eigenwillige Art markiert. Da man in der Luft nichts einzeichnen kann, hatten sie mit Kreide auf den Fußboden so etwas wie eine Ellipse gemalt und eine kleinere auf den Deckenbalken. Zusammen genommen, waren es die beiden Punkte, die der zwischen ihnen in der Luft hängenden Toten am nächsten kamen.

Die Decke des Salons spitzte sich wie ein umgekehrtes V nach oben hin zu und war damit deutlich höher als die gewöhnlichen Decken. Eva Heinrich war nicht am höchsten Punkt aufgehängt worden, aber selbst so konnte man davon ausgehen, dass, eingedenk des relativ kurzen Stricks, der Länge ihrer Arme und ihrer einsfünfundachtzig Körpergröße bis zum Boden noch etwa vierzig Zentimeter gefehlt haben müssen.

»Auf welcher Höhe, schätzt du, hängt dieser Balken, Chamorro?«

»Etwas mehr als drei Meter.«

»Das bedeutet, dass derjenige, der das Seil gespannt hat, es entweder drüberwerfen oder auf einen hohen Gegenstand klettern musste. Ein komisches Manöver, wenn einem eine Leiche unter den Nägeln brennt. Wie ich es auch drehe und wende, ich kann mir diese besondere Raffinesse einfach nicht erklären. Man verschwendet unnütz Zeit, es sei denn, derjenige, der sie aufgehängt hat, ist davon ausgegangen, wir würden nicht herausfinden, dass Eva zu dem Zeitpunkt schon tot war.«

»Und was ist, wenn es so wäre?«

»Nehmen wir mal an, man hat sie gequält, vor allem psychisch, denn außer den Schmerzen, den ihr die Handgelenke bereiten konnten, an denen sie aufgehängt war, gab es ja keine körperlichen Wunden. Das würde doch auf einen Verrückten schließen lassen oder auf ein Verbrechen mit einem ganz konkreten Hintergrund. Jemand wollte etwas herausfinden oder jemanden erpressen. Eva selbst vielleicht oder eine andere Person.«

»Aber warum?«

»Ich weiß es nicht, Chamorro. Mehr oder weniger klar ist allein, dass die Sache mit dem Aufhängen der Versuch war, etwas vorzugaukeln, was nicht der Wahrheit entspricht. Vielleicht hatte der Mord eine ganz schlichte Ursache und mit den abgründigen Verwicklungen, von denen wir ständig hören, gar nichts zu tun. Oder stell dir die andere Hypothese vor, jemand versucht zu vertuschen, dass es eigentlich gar keinen richtigen Grund für die Tat gab. Wenn die Polizei einen Verrückten sucht oder Leute, die ein Interesse daran gehabt haben können, das Opfer zu quälen und zu töten, wäre der Mörder, der aus beiden Fahndungsprofilen rausfällt, auf der sicheren Seite.«

»Ich verstehe es immer noch nicht. Was heißt das, es gab keinen Grund für die Tat?«

»Dass das Mädchen aus Versehen ums Leben kam, vielleicht war es auch ein Unfall. Oder sie haben es einfach so getan, darum, nichts weiter«, erläuterte Perelló.

»Wie darum?«

»Ohne vorher darüber nachzudenken; weil sie in einem bestimmten Moment jemand genug dafür gehasst hat.«

»Genau das«, pflichtete ich ihm bei. »Hört sich schlüssig an. Die meisten Morde werden von Menschen begangen, die bis zu dem entscheidenden Augenblick, in dem sie den Abzug entsichern und schießen, keine Ahnung haben, dass sie töten werden. Oft hilft der Mord ihnen bei etwas anderem: Raub, Verteidigung, Rache. Manchmal aber dient er gar keinem Zweck. Und das ist dann einfach nur ein Mord.«

»Und was schließen Sie daraus?«, mischte sich unvermutet Satrústegui ein. Im Gegensatz zu Perelló hatte er ein spürbares Interesse an dem Fall, und in seiner umsichtigen Art – die alle Menschen auszeichnete, die wenig sprachen – hatte er bereits eine Vermutung, die er mit meiner Antwort abgleichen wollte.

»Ich schließe daraus, dass wir es nicht mit einem besonders kriminellen Kopf zu tun haben, sondern mit einem Amateur. Und das nicht allein wegen der Eile, in der er seine Inszenierung vorbereitete. Wo er sie schon aufhängte, hätte er ihr beispielsweise mit der Zigarette Brandwunden zufügen können, um das Märchen von der Folter glaubhafter zu machen. Die Sache ist, dass man am Ende sowieso über die Spuren und Fakten zur Wahrheit kommt, und nicht über Vermutungen. Von seltenen Ausnahmen abgesehen, ist es immer besser herauszufinden, mit wem das Opfer wann, wie und wo Umgang hatte, als sich a priori um die Gründe zu kümmern, aus denen es umgebracht worden ist, oder die psychologischen Eigenheiten zu ergründen, die den Ruchlosen zu der Tat getrieben haben. Ein hübsches Bühnenbild kaschiert nicht die Spuren, die jemand beim Aufbau hinterlassen haben könnte, es stiftet nur ein kleines Durcheinander, das der besonnene Ermittler mühelos entwirren kann, wenn er das hat, was wirklich wichtig ist.«

Ein weiterer interessanter Aspekt war die Entfernung zwischen dem Balken, an dem sie Eva aufgehängt, und der Tür, an dessen Knauf sie das Seil befestigt hatten. Als direkte Linie über den Boden gemessen waren es fast sechs Meter.

»Und? Hat daran noch niemand gedacht?«, fragte ich Perelló zugewandt.

»Woran?«

»Die Entfernung zum Türgriff. Ich verstehe nicht allzu viel von Physik, aber dafür reicht auch der gesunde Menschenverstand. Hebt man einen schweren Gegenstand auf die Art und

Weise an, wie die Leiche gehoben wurde, erhöht sich die erforderliche Kraft im Verhältnis zur Entfernung von dem Ort, an dem man sie ausübt, bis zu dem Drehpunkt, dem Balken also. Logisch wäre es, sich mehr oder weniger darunter zu postieren, um die Kraft optimal zu nutzen, und nicht sechs Meter entfernt. Nehmen wir mal an, der Körper wurde sogar so in die Höhe gezogen und erst danach – die Leiche hing bereits in der Luft – geht jemand rüber zur Tür und bindet das Seil fest. Mit jedem Schritt, den er sich entfernt, braucht er mehr Kraft, weil die Unterstützung durch das eigene Körpergewicht zunehmend nachlässt. Und in dem Moment, in dem man das Seil am Türgriff festbindet, muss man die ganze Last mit nur einer Hand halten.«

»Ich verstehe vermutlich noch weniger von Physik als du, Vila, aber was du sagst, klingt logisch. Ich glaube, ich weiß, worauf du hinauswillst.«

»Wenn sie das gemacht hat, dann ist Regina Bolzano die stärkste sechzigjährige Frau, die es je in der Geschichte und zumindest teilweise in der Mythologie gegeben hat.«

»Was im Klartext heißt: Sie war es nicht«, schlussfolgerte Satrústegui dann doch überstürzt.

»Sie hat sie nicht aufgehängt, das ist etwas anderes. Aber damit wird natürlich die Theorie, dass sie die Mörderin ist, geschwächt, wenn nicht stark angezweifelt.«

Wir sahen uns danach die Blutspuren an, die wir im Haus gefunden hatten. Die Kugeln waren sehr sauber eingetreten, was erklären konnte, warum es nicht allzu viele gab, aber es verwunderte mich doch, dass keine von ihnen durch das Wegschleifen der Leiche entstanden war. Sie waren im Salon, im Esszimmer, auf dem Flur und in einem der Schlafzimmer, in dem das Verbrechen begangen worden war. Das Bett war sauber.

»Was fällt uns in diesem Raum als Erstes auf?«, fragte ich meine Assistentin.

Chamorro sah nach oben, dann wieder hinunter.

»Sehr wenig Blut«, sagte sie.

»Das ist das eine. Zum anderen zeigt das Fenster direkt zu einem der Nachbarhäuser. Der beste Ort, damit die Nachbarn zwei Schüsse ohne Schalldämpfer hören konnten, die angeblich nichts gehört haben.«

»Es ist doch bekannt, dass an dem Abend das Fest stattfand«, erinnerte Perelló fast gelangweilt.

»Sicher. Eine günstige Gelegenheit. Lassen wir die Tatsache einmal beiseite, dass unser Amateur so dilettantisch vorging und nicht das Blut wegwischte, das aus der Wunde tropfte, und – als würde das forensische Gutachten nicht existieren – sein Versuch uns weiszumachen, Eva wäre an dem Seil baumelnd gestorben. Sie erinnert nun nicht gerade an ein aufgehängtes Bettlaken, aber selbst wenn man nicht nach ihr Ausschau hielt, hätte man sie gesehen. Das heißt, dass jemand sehr nervös und in Eile gewesen sein muss. Vielleicht ist er sogar auf nicht sehr orthodoxe Art ins Haus gedrungen.«

»Was willst du damit sagen?«

»Ich will damit sagen, dass das Fenster sehr niedrig ist, und es ist nicht ungewöhnlich, dass die Gäste hier, gewöhnt an die Sicherheit in ihren Ländern, nicht immer darauf achten, dass alle Fenster fest verschlossen sind. Für denjenigen, der ohne Türschlüssel kommt, ist es eine gute Einstiegsmöglichkeit.«

»Und?«

»Das ist ein weiteres Argument gegen die Schuld von Regina Bolzano. Sie hatte einen Schlüssel. Und außerdem spricht es dafür, dass sie Eva nicht hier umgebracht haben. Sie haben sie nach dem Mord hergebracht, und wahrscheinlich gar nicht in der Absicht, ihn Regina anzuhängen, sondern ihn möglichst weit von sich zu weisen. Die Nummer mit dem Seil haben sie veranstaltet, um das Chaos perfekt zu machen.«

»Ja, hört sich gut an«, befand Perelló. »Aber eins hast du

vergessen. Die Spuren am Revolver. Wenn sie sie hier umgebracht haben, würde es passen. Wenn sie es aber woanders getan haben, müssen die Karten neu gemischt werden. Wie kam der Revolver wohin auch immer, und wie kam er mit den Fingerabdrücken darauf zurück?«

»Wir wollen ja nicht gleich alles erklären. Was woanders passiert ist, muss woanders rausgefunden werden. Leider. Denn dieses Haus ist doch erstaunlich redselig.«

»Nicht für jeden. Ich ziehe meinen Hut vor dir. Schade nur, dass alles, was du entdeckt hast, genau das ist, was wir nicht entdecken wollten. Ich sage dir jetzt schon ein unangenehmes Gespräch mit Zaplana voraus.«

Chamorro und Satrústegui schwiegen. Ich bemerkte, dass Chamorro ihre Bewunderung unterdrückte und Satrústegui beeindruckt war. Was Satrústegui betraf, so berührte mich seine Reaktion nicht weiter, dass aber Chamorro zu mir aufschaute, tröstete mich doch, zumal nachdem sie mich, nicht ganz ohne Grund, dem sonnigen Charme einer schamlosen Italienerin erlegen geglaubt hatte. Man sollte bei der Anerkennung der eigenen Verdienste vorsichtig sein, aber man muss sich auch nicht auf Biegen und Brechen in Bescheidenheit üben. Dass nach der ganzen durchwachten Nacht mein Kopf noch funktionierte, erstaunte mich selbst am meisten.

Während wir noch die Schubladen durchwühlten und feststellen mussten, dass wir dort nicht das Geringste fanden, öffnete sich die Haustür. Es war Barreiro. Er kam mit Estrada, einem Sargento und noch einem von dieser Sorte. Ich glaube, so viele Uniformen auf einmal hatte ich seit der letzten Parade nicht mehr gesehen.

»Guten Tag«, dröhnte der Capitán. Perelló nahm Haltung an, ebenso Satrústegui. Chamorro, die keine Uniform anhatte, sondern einfach Jeans und T-Shirt trug, wusste nicht recht, was sie machen sollte, stand aber mehr oder weniger stramm. Ich beschränkte mich darauf aufzustehen.

»Zu Befehl«, grüßte Perelló. »Darf ich vorstellen: Sargento Vila und seine Assistentin aus Madrid.«

»Zu Befehl«, sagten wir beide wie aus einem Munde.

Estrada war einer dieser Typen, die alles in Längs- und Querlinien unterteilte, selbst die Windungen des Gehirns. Das stand ihm förmlich ins Gesicht geschrieben.

»Wie geht's voran?«, fragte er.

Nachdem Perelló ihm einige vage Erklärungen gegeben hatte, denen ich nichts hinzufügte, bereitete ich ohne zu zögern unseren Abgang vor: »Gut, ich glaube, wir haben eine Vorstellung bekommen. Bevor es noch später wird, sollten wir besser gehen.«

Es ärgerte Estrada sichtlich, dass ich seinem Rang so wenig Respekt zollte.

»Haben Sie es eilig?«

Die Situation war lästig, ich war zum Umfallen müde, und vor allem hatte ich kein Interesse daran, dass die ganze Nachbarschaft Chamorro und mich umringt von einem Schwarm Uniformierter zu sehen bekam. Also zögerte ich eine Sekunde, nahm dann aber doch den schnellsten Weg: »Es gibt da ein Problem, Capitán. Ich versuche gerade, möglichst unbemerkt zu bleiben, und das hier ist nicht die beste Voraussetzung dafür.«

»Sieh an. Wollen Sie mir vorschreiben, was ich zu tun habe?«

Die Beamten, Chamorro eingeschlossen, hielten den Atem an. Perelló richtete seinen Blick kaum wahrnehmbar direkt unter die Decke des Salons.

»Dergleichen niemals. Ich versuche nur, meine Pflicht zu tun.«

»Ich weiß nicht, ob Sie Sterne zählen können, Vila. Vielleicht bringen sie einem in Madrid so etwas nicht bei. Diese hier«, er zeigte auf seine Schulter, »zeigen einem, dass Sie tun, was ich Ihnen sage.«

»Es tut mir Leid, aber da bin ich anderer Meinung. Auch

wenn die Grußformel es suggeriert, Sie sind mir nicht weisungsbefugt. Auf Wiedersehen.«

»Was sagst du da, Freundchen?«

»Ich sage, dass ich gehe und dass meine Assistentin mit mir kommt. Und wenn Ihnen das nicht gefällt, nehmen Sie uns fest. So einfach ist das beim Militär, da muss man nämlich nicht lange diskutieren. Erklären Sie das später nur meinem Vorgesetzten. Mir ist es einerlei. Ich tue das, was er mir aufträgt. Gehen wir, Chamorro.«

Chamorro glitt ohne jeden Laut zur Tür, und ich folgte ihr. Estrada wollte mich einkochen, wie er vielleicht noch nie zuvor in seinem Leben jemanden hatte einkochen wollen, aber er traute sich nicht. Perelló blieb unerschütterlich. Der Mann gefiel mir immer besser.

## 10. Kapitel

Wir waren bereits in unser Domizil zurückgekehrt, aber Chamorro hatte sich noch immer nicht von dem Schock erholt. Obwohl ihr Vater selbst ein Coronel war und sie ihn unrasiert und in Hausschuhen erlebt hatte, war doch die Erinnerung an die Akademie zu frisch, in der Männer mit drei Sternen auf der Schulter Halbgötter waren und es unter ihnen immer genug Unselige gab, die sie als Alibi nutzten, um sich und ihren Willen mit einer Vehemenz durchzusetzen, die unangemessen war und ihrer Bedeutung in nichts entsprach.

»Da stecken wir jetzt aber in einem ganz schönen Schlamassel, Sargento.«

»Bis wir nach Madrid zurückkehren, bin ich Luis für dich, oder Rubén, wenn wir unter uns sind. Ich gebe zu, es hat mächtig gescheppert, aber von dem Lärm solltest du dich nicht beeindrucken lassen, Chamorro.«

»Das kann das Aus für uns sein. Er wird Bericht erstatten.«

»Glaube ich nicht. Bevor er Bericht erstattet, nimmt er uns mit aufs Revier. Einmal hat er sich schon lächerlich gemacht, noch dazu vor seinen Leuten. So wenig Grips er auch hat, ich glaube nicht, dass er sich unbedingt die Blöße geben will, indem er das auch noch verschriftlicht.«

Chamorro verstand gar nichts.

»Wie kannst du da so sicher sein?«

»Frag nicht so viel, denk nach. Im Gegensatz zu diesem Bleisoldaten wirst du dafür bezahlt. Du hältst mich für verrückt?«

»Mit Verlaub, ich weiß es gerade nicht mehr.«

»Ich versichere dir, dass ich es nicht bin, jedenfalls nicht mehr als du. Wenn ich getan habe, was ich soeben getan habe, dann weil ich etwas weiß, das mir erlaubt, Estrada den Respekt zu verweigern.«

»Und was weißt du?«

»Das tut nichts zur Sache. Das Gebot ist, es mit niemandem aufzunehmen, ohne vorher vernünftig die Kräfte gemessen zu haben. Das war Estradas Fehler und mein Vorteil. Glaub mir, sofern es sich vermeiden lässt, würde ich niemals etwas tun, von dem ich fürchten muss, dass ich eventuell mit Konsequenzen zu rechnen habe. Das wirst du auch noch lernen, Chamorro, beim Militär kann etwas als Tugend gelten, was für einen Polizisten ein Makel ist. Da wir gewissermaßen beides sind, müssen wir das Gleichgewicht halten. In diesem Fall besteht das Gleichgewicht in dem Wissen, dass am Ende die Kühnheit fast immer das letzte Wort hat.«

»Und du hast keine andere Möglichkeit gesehen, um da rauszukommen?«

»Ich hatte es eilig und Wichtigeres als die Ehrenrettung Estradas im Kopf. Sollte ich aber irgendwann einmal im Weg stehen, bitte ich dich, dass du es mir sofort zu verstehen gibst, und wenn dafür die Zeit nicht reicht, nimm mich einfach aus der Schusslinie. Es ist gut, wenn du mich achtest, aber es ist besser, wenn du deine Aufgabe erledigst. Das musst du nun nicht bei jedem gleichermaßen anwenden. Es gibt durchaus Menschen, die ziehen es vor, von einer Kugel getroffen, als von einem Untergebenen zur Seite gestoßen zu werden.

Na, komm schon, lass uns nun verdammt noch mal endlich ins Bett gehen. Das war so ziemlich der längste Tag meines Lebens.«

Wir schliefen etwa sieben Stunden, was uns nach den hinter uns liegenden kurzen Nächten wie eine Ewigkeit vorkam. Wie immer, wenn ich mich tagsüber hinlege, wusste ich beim Aufwachen weder wo ich war noch wer ich war noch was sich in der vergangenen Woche ereignet hatte. Ich befreite mich aus diesem beklemmenden Zustand, so gut ich konnte, stand auf, trank Unmengen Wasser und eine Cola, jenes Gebräu, das ebenso, wie es den Rost auf Metallen angreift, auch die Kruste schlechter Träume zersetzt. Danach ging ich Chamorro wecken. Ich klopfte einige Male leise an ihre Tür und erhielt keine Antwort. Ich klopfte lauter, und schließlich hörte ich sie rufen: »Was? Was ist?«

»Der Strand erwartet uns. Steh auf.«

Eine halbe Stunde später – wir saßen schon im Auto – rieb Chamorro sich noch immer die Augen, war aber munter genug, um festzustellen, dass die Richtung, die ich eingeschlagen hatte, nicht zur Bucht führte.

»Wohin fahren wir?«

»Das habe ich dir doch gestern schon gesagt, oder heute Morgen, wann auch immer. Wir besuchen Andrea und ihre Freunde. Die gehen nicht zu unserer Bucht.«

»Und wohin gehen sie dann?«

»Ich dachte, Enzo hätte dir das erzählt. Aber selbst wenn nicht, könntest du draufkommen. Wenn es nicht die Bucht ist, aber ein Strand, den auch Eva Heinrich aufsuchte ... Nutz die Informationen, die du hast.«

Und wieder sah sich Chamorro mit etwas konfrontiert, worauf sie nicht hundertprozentig vorbereitet war. In jedem Fall aber gab sie sich große Mühe, es sich nicht anmerken zu lassen.

»Aha«, sagte sie nur.

Der FKK-Strand lag in einer etwas kleineren Bucht und war nicht leicht zu erreichen. Auf einer freien Fläche am Ende des Sandweges standen einige Autos, und weiter unterhalb sah man einen Schwarm orangefarbener Zwerge, die sich im Sand aalten. Wir stiegen den steilen Weg hinab, auf dem uns energischen Schrittes ein älteres Paar entgegenkam, sonnengegerbt jede Hautfalte, die schlaff und herausfordernd zugleich im Wind baumelte. Wir ließen sie vorbei, und sie bedankten sich in einer Sprache, die weder Deutsch noch Englisch war, weil sie beidem ähnelte.

Am Strand angekommen, ergriff ich die Initiative: »Hier ist eine Lücke. Na los, sehen wir zu, dass wir die Aufmerksamkeit nicht länger auf uns ziehen.«

Meine Assistentin zögerte.

»Himmel, Chamorro«, wies ich sie zurecht. »Ich hab keine Kamera dabei.«

Aber das war offensichtlich nicht das Problem.

»Glaub mal nicht«, versuchte ich ihr die bittere Pille zu versüßen, »dass mir das weniger unangenehm wäre als dir. Ich war nicht auf einer Klosterschule, aber meine Mutter ist auch nicht gerade in der Unterhose durch die Wohnung gelaufen. Wir machen das jetzt einfach und vergessen es dann sofort wieder. Ich bin kein Apollo. Wenn ich mir die Badehose ausziehe, wirst du sofort verstehen, dass ich bessere Gründe habe zu vergessen als du.«

Ich stapfte zu dem Fleckchen, das ich ihr gezeigt hatte, legte unseren Kram ab und passte mich schleunigst dem Rest der Sonnenbadenden an. Chamorro hatte keine andere Wahl, als es mir gleichzutun. So weit das Auge reichte die einzige bekleidete Person zu sein war am Ende eine peinlichere Vorstellung als der Rest der Bilder, die ihr durch den Kopf gehen mussten.

Während sie sich auszog, sah ich bewusst in eine andere Richtung, aber ich konnte mir auch nicht die ganze Zeit den Hals verrenken. Das wäre wenig glaubwürdig gewesen. Also wandte ich mich wieder ihr zu, und es kostete mich übermenschliche Kräfte, mich gleichgültig gegenüber den unerhörten und bis zu diesem Moment versteckt gehaltenen Rundungen ihrer anstandslosen Brüste zu zeigen. Das war ein echtes Dilemma, denn jetzt, wo ich sie ganz sah, musste ich zugeben, dass Chamorro mir in all dem, was mir besser nicht gefallen sollte, sehr wohl gefiel, also erinnerte ich mich an all die leeren Floskeln von der Pflicht und den Anforderungen der Aufgabe und erreichte so wenigstens, dass sich nichts in mir regte, was mich gegenüber meiner Assistentin auf ewig der Lächerlichkeit preisgegeben hätte.

»Als wenn nichts wär«, murmelte ich. »Komm, wir gehen baden.«

Chamorro stand auf und folgte mir, aus dem Augenwinkel die Leute rechts und links von ihr beobachtend, die sich logischerweise nicht um sie und noch viel weniger um mich kümmerten. Allerdings gab es doch eine Ausnahme, auf die ich eher zufällig aufmerksam wurde, ein untersetzter Mittvierziger, klein, mit Pferdeschwanz und verspiegelter Sonnenbrille, der sich unverhohlen genüsslich die Lippen leckte. Ich gebe zu, hätte es sich um einen muskulösen Hünen von zwei Metern gehandelt, hätte ich einen Weg gefunden, ihn für unbedeutend zu erklären. Aber dem reichte ich das Wasser. Ich wartete, bis Chamorro an mir vorbeigestürmt war, womit ich nebenbei auch noch das Unbehagen loswurde, sie in meinem Rücken zu wissen, was nicht hieß, dass mein Hintern wirklich hässlich wäre, aber er war doch ein Körperteil, das mir selbst noch nie besonders gut gefallen hat. Ich marschierte zu dem Typ, stemmte die Hände in die Hüften und sah ihm direkt ins Gesicht. Chamorro überlegte einen Moment, aber sie hatte es doch zu eilig, sich im Wasser zu verstecken, und lief ohne mich weiter. Der mit der verspiegelten Brille lachte zuerst noch, als ich aber nach einer halben Minute immer noch ungerührt vor ihm stand, fühlte er sich verpflichtet, etwas zu sagen.

»Is was, Mann?«

»Ich frage mich die ganze Zeit, ob Splitter von derart beschichteten Brillengläsern im Auge wohl mehr Schaden anrichten als normale.«

»Mach keinen Quatsch, Idiot. Glaub mal nicht, dass alle Welt nur deiner Braut hinterherstarrt.«

»Ich glaube gar nichts. Ich denke an die Gläser. Schielst du?«

»Und deine Schnitte?«

Ich hatte weder ihn noch seine Familie beleidigt. Dass er es seinerseits tat, missfiel mir. Ich machte einen Schritt auf ihn zu, drohte ihm mit meiner linken Faust einen Schlag zwischen seine Beine an, auf dessen Ausübung ich verzichten konnte, da er reflexartig sofort beide Hände schützend über die empfindliche Stelle legte, und ich ihm mit der rechten seine Brille wegnehmen konnte. Ich zerbrach sie in der Mitte und ließ sie fallen.

»Sie hat den Test nicht bestanden. Kauf dir eine andere.«

Der Typ richtete sich auf.

»Hör mal, was denkst du dir?«

»Dass, wenn ich mich jetzt umdrehe und verschwinde, du den Schwanz einziehst und nichts unternimmst.«

»Ich zeige dich an.«

»Nur zu. Mein Name ist Bond. James Bond. Meine Adresse kann dir hier jeder sagen«, rief ich ihm zu, während ich ging.

Chamorro hatte sich etwa vierzig Meter weit draußen postiert, wo das Meer schon so tief war, dass nur noch ihr Kopf aus dem Wasser ragte und sie so tun konnte, als würde sie schwimmen, Brustschwimmen natürlich, weil man dabei am wenigsten vom Körper zu sehen bekam. Um möglichst schnell bei ihr zu sein, entschied ich mich fürs Kraulen. Später ging ich aus demselben Grund wie meine Assistentin ebenfalls zum Brustschwimmen über. Die meisten Pärchen im Wasser tobten oder schmusten miteinander, aber ich befand es nicht für nötig und gegebenenfalls sogar für kontraproduktiv, unsere Simulation bis zu diesem Punkt zu treiben. Chamorro sah zum Ufer hinüber und gab zu verstehen, dass sie die Arbeit schon aufgenommen hatte.

»Hast du sie gesehen?«

»Noch nicht«, erwiderte sie. »Was hast du mit dem Mann gemacht?«

»Ich habe ihm die Brille zerbrochen. Will er gaffen, soll er seine Augen zeigen. Geht es dir besser?«

»Hier schon.«

»Dann tut es mir Leid, wenn ich dich beunruhigen muss, aber ich glaube, es gibt nur einen Weg, sie zu treffen: Wir müssen am Strand spazieren gehen.«

»Spazieren gehen?«

»Ja, wie die anderen Leute auch.«

Das ganze Ufer entlang sah man Paare, kleinere Gruppen oder Menschen allein, die in beide Richtungen hin und her schlenderten und den Gang über den warmen Sand oder einfach die Landschaft genossen.

»Komm«, forderte ich sie auf.

Ohne zu protestieren schwamm sie geschmeidig hinter mir her. Mit dem nassen Haar hatte sie etwas von Veronika Lake. Mich hat Veronika Lake auf vollkommen irrationale Weise immer schon verstört, und ich bedauerte zutiefst, dass ich mich gerade jetzt daran erinnern musste.

Einmal am Ufer angekommen, entschieden wir uns, Richtung Nordosten zu gehen, also zum anderen Ende des Strandes. Das brachte jedoch mit sich, dass uns die Sonne relativ direkt ins Gesicht schien, und die anderen Badegäste im Gegenlicht mit einem karamelfarbenen Film überzog, der in eher erschreckendem Kontrast zu unserer Blässe stand. Im Gegensatz zu der durchgehenden Bräunung der Frauen hoben sich bestimmte Körperpartien Chamorros, die auch nur zu benennen mir keineswegs ratsam schien, besonders nachhaltig und auffallend ab. Während wir so spazierten, kam mir aus rein pragmatischen Erwägungen heraus der Gedanke, dass es bei jungen, gut gebauten Leuten völlig egal ist, ob sie Badeanzüge tragen oder nicht, die älteren hingegen in jedem Fall auf sie verzichten sollten. Es überkam einen beim Anblick ihrer dicken Bäuche, ihrer welken und schlaffen Haut, die am Körper hin und her schlenkerte, ein ungemein friedvolles Gefühl, zumal wenn man an das von straffen Bündchen und elastischen Bändern tyrannisierte Fleisch an den anderen Stränden dachte.

Wir liefen bis zum Ende und wieder zurück, doch von den Italienern keine Spur. Es war fünf Uhr, und ich fürchtete, dass sie an diesem Tag auf den Strandgang verzichtet hatten. Wir kehrten zu unseren Handtüchern zurück und legten uns in die Sonne. Einmal seines Schutzes beraubt, musterte der Mann mit den verspiegelten Gläsern mich wütend, worauf ich meinen Daumen zwischen Zeige- und Mittelfinger steckte und ihm die so geballte Faust entgegenstreckte. Darauf erhob er sich hastig und ging, ein rätselhaftes Lächeln auf den Lippen. Um mich danach nicht mehr mit ihm aufhalten zu müssen, erwähne ich jetzt, dass ich an jenem Nachmittag, als ich kurz vor unserem Aufbruch in unserer Strandtasche herumkramte, feststellte, dass meine Uhr verschwunden war. Ich meldete Perelló die Angelegenheit, und es dauerte keine zwölf Stunden, bis sie das Individuum gefunden hatten, und keine zwölf Minuten, bis er gestanden hatte, wo er die Uhr weggeworfen hatte.

Er jammerte irgendwas über eine kaputte Brille, aber man riet ihm, sich ohne weitere Beweise eine Anzeige zu schenken und das nächste Mal lieber zuzusehen, mir ordentlich eine zu verpassen. Am Ende würde es ihm gelingen, wer weiß das schon.

Chamorro und ich hatten uns auf den Bauch gelegt, wobei sie ihre Beine wegen der Untiefen eigenwillig verschränkt hielt. Nachdem wir eine Weile gelegen hatten, den Kopf auf die Arme gestützt, um so unser Umfeld besser auskundschaften zu können, schlug ich ein kleines Nickerchen vor. Mir taten schon die Ellbogen weh, und unsere Nachbarn konnten sich durch unseren Voyeurismus langsam gestört fühlen. Also ließ ich mein Haupt auf die Strandmatte sinken und schloss die Augen. Meine Muskeln lockerten sich, die geistige Anspannung ließ nach, und ich dämmerte ein wenig vor mich hin. Es war heiß, und die Sonne brannte, aber nackt der Länge nach auf dem Boden ausgestreckt alles um sich herum vergessen zu können, hatte etwas ausgesprochen Wohltuendes. Ich verlor jedes Zeitgefühl, und schon bald hörte ich nur noch meinen eigenen Atem und wie von ferne die Stimmen der Badenden und das Rauschen der Wellen.

Bis mich plötzlich ein eiskalter Wasserschauer auf meinem Rücken jäh meinem Schlummer entriss. Ich zuckte zusammen. Als ich Chamorro schon ganz unumwunden die finsteren Seiten des Militärs darlegen und sie an die vielen Tausend Toten erinnern wollte, sah ich genauer hin und erkannte Andrea, die ihr nasses braunes Haar über mir auswrang. Um ehrlich zu sein erblickte ich zunächst von unten nach oben aufsteigend Partien ihres Körpers, die mir bis dahin nicht gezeigt worden waren. Aber so oder so, selbst wenn ich sie nicht sofort erkennen konnte, hätten mich der Anblick, den sie mir bot und die Nähe, aus der sie ihn mir bot, wie von selbst dazu verleitet, vorerst auf eine Beschwerde zu verzichten.

»Na so eine Überraschung, dich hier zu treffen«, freute sie sich gut gelaunt.

»Du hast das in Frage gestellt. Ich nicht«, erinnerte ich sie.

»Und du hast Maria mitgebracht. Hallo, Maria.«

Chamorro war aufgestanden und ertrug unter Qualen den Blick, mit dem Enzo, der ebenfalls zu uns gestoßen war und sie per Handschlag begrüßt hatte, beiläufig auch ihren Hintern musterte. Dabei hatte Chamorro einen durchaus knackigen Hintern, der ganz gewiss jede Aufmerksamkeit verdiente, aber ich bezweifelte, dass meine Assistentin aus solchen Erwägungen heraus das Interesse des Italieners entschuldigen würde.

»Wie geht's? Alles in Ordnung bei dir?« Sie hatte sich umgedreht, um Andrea antworten zu können.

»Ob bei mir alles in Ordnung ist, darüber sollen die anderen entscheiden«, entgegnete Andrea. »Bei meiner Arbeit bin ich immer von so überwältigenden Frauen wie dir umringt. Deshalb mache ich mich mit der Frage nicht mehr verrückt. Was denkst du, Luigi?«

Ich verstand die Doppeldeutigkeit und ließ mich auf sie ein.

»Ich denke, dass bei dir alles bestens ist.«

»Ich habe dir ja gesagt, dass mir der Mann gut gefällt, Enzo. Soll ich dir mal etwas verraten, Luigi? Enzo hat gedacht, du würdest nicht herkommen, um mich zu sehen. Und ich habe zu ihm gesagt, entweder verstehe ich gar nichts von Männern, oder Luigi ist einer, der sich mit der Vorspeise nicht zufrieden gibt. Habe ich Recht oder nicht?«

Ehrlich gesagt, nüchtern erschien mir diese Art von Spiel, zu dem Andrea mich einlud, um einiges anstrengender und bedeutend weniger verführerisch. Aber ich konnte jetzt nicht schlappmachen.

»Jedem würde es schwer fallen, sich bei dir mit der Vorspeise zufrieden zu geben.«

»Hörst du das, Enzo? Er ist wirklich ein Schatz. Wart ihr noch gar nicht schwimmen?«

»Doch«, sagte Chamorro knapp.

»Dann kommt noch mal mit.«

»Ich habe ehrlich gesagt keine Lust«, zierte sich meine Assistentin.

»Du doch aber bestimmt, Luigi. Auf. Lassen wir Enzo und Maria allein, damit sie über ihre Angelegenheiten sprechen können.«

Ich weiß, dass Chamorro mir diese Gemeinheit lange nicht verzeihen würde, aber Dienst ist Dienst. Ich stand auf und nahm die Hand, die Andrea mir hinhielt.

»Du bist weiß wie ein Laken«, kommentierte sie, als sie mich in meiner ganzen bescheidenen Nacktheit sah.

»Das ist mein erster Tag am Strand. Ich bin sicher, bei dir sind es schon knapp zwei Wochen.«

Andrea war tiefbraun, und sie zeigte das auch voller Stolz. Im Gegensatz zu Chamorro und mir, die wir aufgrund der fehlenden Erfahrung mehr oder weniger eingeschüchtert über den Strand liefen, bewegte Andrea sich mit aufgerichteter Brust und schwingenden Hüften. Damit kompensierte sie sicher auch, dass sie im Schnitt eher klein war. Sie riss sich von mir los und zwang mich, mit ihr bis zum Wasser zu laufen, eine Aktion, bei der ich mir so albern vorkam, wie man sich in den fünfzehn Sekunden, die es dauerte, bis wir das Meer und damit seine schützende Hülle erreichten, überhaupt nur vorkommen konnte.

Wir schwammen aus der Bucht hinaus. Einen Moment erschreckte mich der Gedanke, dass Andrea mit ähnlich amphibiengleichen Talenten ausgestattet sein könnte, die man auch Eva Heinrich nachsagte. Zum Glück aber gab sie sich mit achtzig Metern zufrieden und schwamm dann sofort zu einer Stelle zurück, an der wir stehen konnten.

»Weißt du, was ich am Meer immer wieder faszinierend finde?«, rief sie mir zu, während sich ihr Haar beim Auftauchen eng an Kopf und Nacken schmiegte.

»Nein.«

»Dass man nie an sein Ende kommt.«

»Sag bloß. Es ist rund, wie alles.«

»Tu doch nicht so blöd. Um es rund wahrnehmen zu können, braucht man ein Hilfsmittel. Ich mag keine Dinge, die man nur mit Hilfsmitteln erkennen kann. Ich meine, so, nackt und nur mit deiner Kraft, kommst du nie an sein Ende.«

»So gesehen hast du Recht. So erreichst du sein Ende sicher nicht.«

Andrea unterbrach die Unterhaltung, um abzutauchen und sich drei-, viermal im Wasser zu drehen. Ihre Dynamik erdrückte mich. Allein aufgrund ihres Verhaltens schienen dynamische Menschen mir meine Passivität vorzuhalten, aber gerade durch meine Passivität habe ich die wenigen Dinge erreicht, für die man mich respektierte.

»Luigi«, wechselte sie das Thema direkt im Anschluss an ihre letzte Unterwasservolte. »Ich habe das Gefühl, dass Maria mich nicht mag.«

»Ach was. Sie ist ein bisschen schüchtern. Es braucht etwas Zeit, bis sie Vertrauen fasst.«

»Weißt du, wie sie ihr normalerweise gefallen?«

»Wie ihr was gefällt?«

»Was wohl? Die Frauen. Wenn sie nicht auf Männer steht, steht sie wohl auf Frauen, oder? Oder ist sie eine Nonne?«

Andrea verlor keine Zeit, also beschloss ich, sie mit ihren eigenen Waffen zu schlagen und keinerlei Zugeständnisse zu machen.

»Wenn du willst, gehe ich zu ihr und bitte sie, dass sie es dir erklärt.«

Andrea zog die Brauen zusammen.

»Hey, nicht sauer werden jetzt, mein Schatz. Das war reine Neugier. Bist du etwa eifersüchtig?«

»Auf Maria? Niemals. Sie ist meine Freundin, und du bist es noch nicht.«

»Du bist sauer«, beharrte sie.

Darauf kam sie ohne jedes weitere Wort auf mich zu und umklammerte mit ihren Beinen meine Hüfte. Die Arme schlang sie mir um den Hals und fesselte meinen Blick mit ihren silbergrauen Augen. Strahlend unter den feuchten Brauen waren sie die zweitschönste und zweitfurchterregendste Sache, die ich je im Leben gesehen habe, direkt folgend auf das Gewitter, das ich einst mit meiner Mutter auf unserem Flug von Montevideo nach Madrid über dem Atlantik beobachten konnte.

»Wenn du willst, dass ich schwöre, dass ich dich für immer lieben werde, schwöre ich es«, erbot sie sich, ein Lachen zurückhaltend.

»Wie oft hast du das schon geschworen?«

»Viermal, und immer hat es gestimmt.« Sie hob ihre Hand wie zum Ehrenwort. »Ich habe noch nie jemanden verlassen. Im Gegenteil: Ich werde immer verlassen. Das wird mir mit dir nicht anders gehen, eines Tages.«

Andrea redete ins Blaue, und trotzdem, wenn ich heute darüber nachdenke, erfüllte sich ihre Prognose, wenn auch vielleicht eher zufällig, mit erschreckender und eigentümlicher Präzision.

»Und Maria?«

Andrea schüttelte mehrfach den Kopf.

»Maria könnte ich nicht so lieben, wie ich dich liebe. Ich verliebe mich normalerweise nicht in Menschen, die mir nicht zugetan sind. Obwohl sie zu schön ist, um sicher zu sein. Hab keine Angst. Ich kann mehr als eine Person auf einmal lieben.«

»Erwarte nicht, dass Maria sich damit zufrieden gibt.«

»Wer sich nicht zufrieden gibt, bist du.«

Die Situation war so absurd (so neu für mich, könnte ich hinzufügen), dass ich nicht die geringste Ahnung hatte, was sie sich wohl für eine Reaktion von mir erhoffte. Ich hatte allein das Gefühl, dass es unangebracht sein könnte, sie in dem Glauben zu bestätigen, dass ich wirklich mit Maria um ihre

Gunst buhlen würde. Das könnte sie womöglich enttäuschen. Also entkräftete ich ihre Anspielung.

»Das glaub mal nicht. Ich habe nur eine Frage, die mich beschäftigt.«

»Welche?«

»Wenn ich gestern allein gekommen wäre, oder wenn ich heute ohne sie hier wäre, hättest du dich trotzdem für mich interessiert?«

»Natürlich. Aber auf eine andere Art.«

»Darf ich dir eine intime Frage stellen?«

»Alle Fragen sind intim. Wir stehen nackt im Wasser.«

»Was hat Maria, das andere nicht haben?«

Andrea überlegte einen Moment.

»Sie ist groß, nicht bloß groß: groß und kräftig«, sagte sie, jedes Wort abwägend. »Sie erinnert mich an jemanden. Sie war auch groß und stark. Die starken, großen Männer sind nichts als Idioten. Die starken, großen Frauen sind hart, sie zwingen dich, sie zu begehren. Aber sie sind auch schwach, denn sie fürchten, dass du sie zu sehr begehren könntest.«

In diesem Moment bemerkte ich, dass Chamorro in einem heroischen Akt der Selbstüberwindung, sei es, um Enzo loszuwerden, oder weil sie lange genug in der Sonne gebraten hatte, alle Kraft zusammennahm und aufstand, um ins Wasser zu gehen. Gefolgt von den methodischen Armzügen des Italieners, schwamm sie zu uns herüber. Es dauerte nicht lange, und sie hatte uns erreicht. Ich glaube, es war allein der Kälte des Wassers geschuldet, dass sie beim Anblick ihres Vorgesetzten, dem eine verspielte Mailänderin um den Hals hing, nicht rot wurde. Allerdings hatte sie sofort auch ihr eigenes Problem. Andrea machte sich von mir los und mit den durchtriebensten Absichten schwamm sie auf meine Assistentin zu.

Sie ging sie von hinten an und hechtete sich auf ihre Schultern, als wollte sie sie untertauchen, worauf Chamorro etwa mit einer ähnlichen Entschiedenheit reagierte wie ein Vollblutpferd, dem gerade ein übermütiger Affe in den Nacken gesprungen ist. Als ich ihnen so zusah, die braun gebrannte Andrea und meine blasse Assistentin, körperlich so unterschiedlich die beiden, dachte ich an Eva Heinrich. Unter dem Einfluss dieses befremdlichen Bildes formierte sich in meinem Kopf ein Gedanke, den ich lange nicht in Worte fassen konnte. Etwas, das mit den Gründen zu tun hatte, weshalb Eva sich dem Leben genauso nah gefühlt haben konnte wie dem Tod.

## 11. Kapitel

Das Geplansche dauerte noch eine ganze Weile, die Chamorro ziemlich lang wurde und in der ich mich, zusehend, wie die Arme sich quälte, kaum beherrschen konnte. Als wir aus dem Wasser stiegen, schlug Andrea eine Partie Strandball vor, doch meine Assistentin lehnte ab. Ich war mir sicher, dass sie einen Horror vor der Vorstellung hatte, sich mit dem Schläger nach Bällen zu verrenken oder in sonstige anatomische Schräglagen zu geraten, aber Andrea vermutete andere Gründe hinter ihrer Zurückweisung, was augenscheinlich ihr Interesse vergrößerte und im Hinblick auf unsere Ermittlung tendenziell bestätigte, dass sie eine Rolle darin spielen sollte. Sobald Andrea sich, von Chamorro abgewiesen, mir zugewandt hatte, wollte ich in aller Vorsicht ein paar Vorstöße wagen, aber die Italienerin war nicht zu stoppen. Zuerst zwang sie mich zu diesem Ballspiel, und dann zerrte sie mich erneut ins Wasser, in dem ich schwimmen, sie auf die Schultern nehmen und mich von ihren überschwänglichen und freimütigen Zärtlichkeiten überschütten lassen musste. Danach nahmen wir wieder unsere Holzschläger und nach hundert oder tausend Ballwechseln wurde uns so heiß, dass wir erneut ins Wasser gingen. Vom Schläger ins Wasser und vom Wasser zum Schläger, dergestalt ging der Nachmittag ins Land, und als die Sonne bereits so tief stand, dass es kaum noch angenehm war, am Strand zu bleiben, fiel mir auf, dass mir Andrea an Qualität zwar Bemerkenswertes enthüllt hat, an Quantität jedoch sehr wenig. Statt dessen hatte ich ein Verhalten an den Tag gelegt, für das ich Chamorros Respekt auf ewig verspielt haben würde.

Sie wiederum musste klaglos Enzos Gesellschaft ertragen. Neben Andrea wirkte er gesichtslos, langweilig, fast wie eine Null. Später am Nachmittag waren Rosina und Fabio hinzugekommen, um ihm Beistand zu leisten. Ein- oder zweimal sind die vier auch zusammen mit Andrea und mir baden gegangen, insgesamt hielten Rosina und Fabio sich aber eher abseits. Irgendwie wirkten sie eigentümlich lethargisch. Bisweilen gab Rosina Fabio einen Kuss, mal auf das Ohr, dann auf die Hüfte, aber es schien eher ein Tick zu sein, nichts von Bedeutung.

Schließlich nahte der Moment des Aufbruchs, und mit einer Erleichterung, die ihr deutlich ins Gesicht geschrieben stand, konnte sich Chamorro wieder anziehen. Auch ich kann nicht gerade behaupten, dass ich es bedauerte, wieder in die Hosen zu schlüpfen, im Gegensatz zu Andrea. Chamorro war ohne Zweifel eine schöne Frau, aber ihre Unsicherheit und meine Pflicht verboten mir, den Anblick ihres nackten Körpers zu genießen. Andrea war anders. Sie stellte ihre Nacktheit wie eine Möwe auf ihrem Flug im Morgengrauen unbeschwert und wohlgefällig zur Schau.

Bevor wir gingen, wollte sich die Italienerin vergewissern, ob wir uns an diesem Abend sehen würden.

»Wir haben keine Zeit.«

»Warum nicht?«

»Wir sind mit jemand anderem verabredet.«

»Mit wem? Wo?«

»Du sollst nicht immer so neugierig sein, Andrea«, sagte ich und küsste sie auf die Stirn. Diese Geste hatte den Vorteil, dass sie sie für einen Moment verwirrte, und als ich Chamorros Hand ergriff und mit ihr zum Auto ging, war das Durcheinander perfekt.

»Dann also morgen wieder hier?«, fragte sie.

»Bestimmt.«

Als Chamorro und ich allein und von der Intimität des Wagens geschützt waren, stieß meine Assistentin einen tiefen Seufzer aus.

»Endlich«, sagte sie. »Dieser Enzo ist nicht ganz normal. Und er hat die Augen nicht von meinem Arsch gelassen.« Da ich grinste, fügte sie hinzu: »Du findest das vielleicht komisch, aber es ist wahrlich kein Vergnügen, jemanden aushalten zu müssen, der sich nur für deinen Arsch interessiert.«

Ich hatte mich nicht verhört. Chamorro hatte *Arsch* gesagt, zweimal hintereinander, vor ihrem Vorgesetzten. Das irritierte mich wirklich. Als der Zeitpunkt gekommen war, griff sie zu anderen Waffen für ihre Verbalattacken, die ich allerdings bereits kannte. »Und wie kommt es, dass du dich heute nicht mit ihr verabredet hast, so Milch und Honig wie sie ist? Mir hat das Mädel wirklich Leid getan.«

»Für heute Abend haben wir andere Pläne, falls du es vergessen haben solltest.« Dann, wieder ernster, fragte ich sie: »Was hast du bei Enzo rausbekommen? Ihr hattet genug Zeit zum Reden.«

»Wenn er nicht betrunken ist, kann man noch weniger mit ihm anfangen. Wir haben vor allem übers Tauchen und Windsurfen gesprochen. Bis heute wusste ich nichts darüber, aber jetzt gehe ich als wahre Expertin durch. Während des gesamten Tages habe ich nur zwei Sachen gehört, die uns interessieren könnten. Erstens: Es muss kürzlich etwas vorgefallen sein, das die Beziehung zu Rosina und Fabio getrübt hat, die von beiden. Ich weiß nicht, wie sie sich verstanden haben, bevor sie in Italien abgefahren sind, aber als Enzo sie heute kommen sah, ließ er durchblicken, dass sie inzwischen bereuen, den Urlaub mit ihnen zu verbringen. Zweitens: Enzo ist in Andrea verliebt, und zwar bis zu dem Punkt, an dem er sogar schluckt, dass sie sich mit jedem sonst vergnügt. Du kannst dir nicht vorstellen, wie er euch beobachtet hat.«

»Gut. Unser Fall nimmt Formen an. Jetzt müssen wir überlegen, wie Eva da hineinpasst. Das heben wir uns für morgen auf. Heute Nacht kümmern wir uns um Lucas. Dass es uns gelang, an zwei Fronten zu eröffnen, zwingt uns dazu, mehr zu arbeiten, denn ich möchte keine von beiden vernachlässigen.«

»So so. Und das ist alles? Willst du mir nicht erzählen, was dein in Leidenschaft entbranntes Abenteuer so gebracht hat?«, fragte meine Assistentin spitz.

Ich versuchte, eine bedeutungsschwere Haltung einzunehmen.

»Das hier ist keine Seifenoper, Chamorro. Wir suchen einen Mörder, keine großen Gefühle oder ein bisschen Tratsch. Wenn dich das interessiert, was dich interessieren sollte, soll heißen, die Fakten, dann kann ich dir sagen, dass wir etwas darüber in der Hand haben, was Andrea und das Opfer miteinander verbunden haben könnte. Und zwar etwas ziemlich Finsteres.«

Ich wiederholte ihr, was Andrea mir gesagt hatte, und ich erläuterte ihr in Teilen, sofern es mir nachvollziehbar erschien, meine Eindrücke. Dabei verschwieg ich nicht, auch nicht an den Stellen, die sie betrafen, was die Italienerin mir über den Reiz von großen, starken Frauen verraten hatte.

»Das Ganze hat etwas Widerliches«, sagte Chamorro.

»Ich weiß nicht, ob ich es so drastisch ausdrücken würde. Dir ist Enzo nicht so in den Rücken gesprungen wie mir Andrea.«

»Das stimmt. Und ich würde lügen, wollte ich sagen, dass

es mir gefallen hätte. Aber ich habe immer gedacht, Frauen hätten in solchen Dingen mehr Verständnis.«

»Ich habe überhaupt kein Verständnis. In solchen Dingen.«

»Das merke ich schon.«

Chamorro schwieg. Nach einer halben Minute redete sie weiter, bedachter jetzt und langsamer.

»Sargento, Sie müssen mir etwas versprechen.«

»Das muss aber ein großes Versprechen sein, wenn du dich dabei an die Umgangsformen erinnerst.«

»Erzählen Sie niemandem, was heute Nachmittag passiert ist.«

Sie wurde rot und wandte sich kurz von mir ab. Niemals hätte ich annehmen können, dass es zwischen Chamorro und mir so etwas wie echte Kumpanei oder ein absolutes Vertrauen hätte geben können, dazu waren wir viel zu unterschiedlich, dazu war es für jemanden wie sie viel zu schwer, sich in meiner Gegenwart zu entspannen, und dazu war es für einen so altmodischen und plumpen Mann wie mich viel zu kompliziert, mit einer derart attraktiven Frau eine unkomplizierte Beziehung zu führen. Und erst recht, nachdem ich sie so am Strand gesehen hatte, wie ich sie heute gesehen hatte. In diesem Moment aber, in dem sie mich darum bat, fast schon aufforderte, dieses für sie schmerzhafte Geheimnis zu hüten wie meinen Augapfel, fühlte ich mich ihr so nah wie nie zuvor. Darum fiel mir die Antwort auch nicht schwer.

»Das verspreche ich dir. Selbst wenn der Richter vor mir stünde und mich für mein Schweigen ins Gefängnis stecken wollte.«

Chamorro drehte sich zu mir, und unsere Blicke kreuzten sich.

»Danke, Sargento. Für das Versprechen und für alles andere. Wo ich das schon tun musste, bin ich froh, dass ich es mit Ihnen getan habe.«

Auf den letzten Satz entgegnete ich gar nichts, weil ich

nicht Gefahr laufen wollte, falsch verstanden zu werden. Also versuchte ich, ihre Aufmerksamkeit, insbesondere allerdings auch meine, auf ein anderes Thema zu lenken.

»Vergiss es, Chamorro. Und hör endlich auf, mich *Sargento* zu nennen. Stattdessen sollten wir uns darüber verständigen, wie wir heute Nacht vorzugehen haben.«

Etwa gegen halb zwölf – wir hatten geduscht, zu Abend gegessen, unser Vorgehen abgesprochen und uns ausführlich noch einmal alle Einzelheiten angesehen, die sich langsam auf unserem Tisch sammelten –, setzte ich Chamorro vor der Tür des *Ardent* ab.

»Ich werde das Auto etwas versteckt parken und die ganze Zeit hier sein, auf der Rückseite des Gebäudes. Zeitweise sehe ich nach dir. Viel Glück und: nur die Ruhe. Er ist lediglich ein Aufschneider vom Dorf, und du hast den Vorteil, dass er nicht weiß, wer du bist.«

Trotz meiner abfälligen Bemerkung über Lucas, mit der ich Chamorro zu ermutigen hoffte, spürte ich, dass es nicht ratsam war, mich häufiger im Innern der Diskothek zu zeigen als unbedingt nötig. So dunkel es drinnen auch sein mochte, hielt ich Lucas doch für jemanden, dem nichts, oder fast nichts entging, was sich in seiner Umgebung regte. Wenn es stimmte, dass er Legionär gewesen war und im Krieg gekämpft hatte, warum sollte er dann die Fähigkeit verloren haben, in jeder Sekunde darauf zu achten, wer hinter, vor oder neben ihm stand, egal, ob nah oder fern?

Während Chamorro zum Eingang ging, parkte ich den Wagen. Eine halbe Stunde wartete ich ab, ohne dass etwas Nennenswertes passierte. Dann entschloss ich mich zu meiner ersten Stippvisite, bei der ich meine Assistentin in Lucas' Nähe vermutete. Sie tanzte, und der Discjockey machte ihr Zeichen, auf die sie immer mal wieder antwortete. Die Situation war entspannt, also kehrte ich an den verabredeten Platz zurück und kaute dort ein weiteres Weilchen an den Nägeln.

Zu dieser Zeit war die Diskothek am besten besucht. Die letzten Jugendlichen, die von ihren Erziehungsberechtigten wenigstens während des Sommers schon die Erlaubnis bekamen, bis nach Mitternacht unterwegs zu sein, mischten sich mit den ersten zügellosen erwachsenen Nachtschwärmern. Andernorts wäre die Koexistenz der beiden Gruppen, ob nun durch selbst gewählte Selektion oder auch aus Gründen der Sozialhygiene, undenkbar gewesen. Aber das *Ardent* war die einzige Diskothek in der Ferienanlage, der Espresso für jedermann. So kam es, dass sich alternde Schürzenjäger, deren Bauchumfang in rasantem Tempo zunahm, und die sich ihrer schwindenden erotischen Ausstrahlung noch nicht bewusst waren, sich bei den jungen Mädchen Hoffnungen machen konnten, die sie nur für den seltenen und wenig schmeichelhaften Fall ertrugen, wenn sie ein besseres Sportboot oder Motorrad besaßen, als die zur Verfügung stehenden Jungs ihres Alters.

Inmitten des Kommens und Gehens der Leute entdeckte ich unverhofft ein bekanntes Gesicht: Es gehörte der spindeldürren, dafür aber erstaunlich vollbusigen Frau aus dem Restaurant; jene, die uns von der zufälligen Begegnung mit Eva erzählt hatte, an dem Abend, als die Österreicherin aus der *Factory* geworfen worden war. Die Frau ging nicht zur Haupttür, sondern zum Lieferanteneingang an der Seite des Gebäudes. Ich konnte mich gerade noch rechtzeitig verstecken, bevor ich mich fragte, was sie wohl herführte, und zwar nicht allein wegen der eigenwilligen Art, mit der sie sich Zutritt verschaffte; auffällig war auch, wie hastig und geduckt sie sich bewegte und dass sie Arbeitskleidung trug. Was auch immer der Grund ihres Kommens war, wer sie danach gefragt hätte, hätte gewiss keine zufrieden stellende Antwort von ihr erhalten.

Als sie im Inneren verschwunden war, rekapitulierte ich im Geiste noch einmal, was sie uns vor ein paar Tagen erzählt hatte. Zwischen den Zeilen war etwas angeklungen, etwas, das mir merkwürdig vorgekommen war und das ich trotzdem übergangen hatte, ohne ihm die nötige Aufmerksamkeit zu schenken. Das Gefühl war sehr intensiv, doch ich konnte die Ursache meiner Verstörung einfach nicht benennen. Vergeblich versuchte ich, ihr in dem Irrgarten meiner Erinnerung auf die Spur zu kommen. Bis meine Gedanken eine andere Richtung einschlugen. Warum konnte sie hier sein? Wir wollten etwas über Lucas herausfinden, also kam er mir als Erster in den Sinn. Da ging mir ein Licht auf. Als sie Evas Verhalten beschrieb, hatte sie gesagt, die Österreicherin hätte ihr Geld angeboten wie einer *Negerin aus dem Tschad*. Hätte sie gesagt, einem Neger aus dem *Kongo*, wäre nichts Auffälliges daran gewesen. Das ist für derlei rassistische Kommentare ein gängiger Bezug, ebenso wie Guinea, Sambia oder Gabun. Das Komische war, von einem Land wie dem Tschad zu sprechen, das erstens nicht unbedingt stellvertretend für Schwarzafrika steht und außerdem bei den Spaniern im Allgemeinen nicht besonders bekannt ist. Außer bei denen, die wie Lucas in der französischen Fremdenlegion in Afrika gedient hatten. Je nach Epoche konnte der Tschad für ihn viel mehr bedeuten als ein Name: Er könnte dort gekämpft haben. Die Spur war dünn, aber sie verwies doch deutlich auf eine mögliche Verbindung zwischen den beiden. Und das Bedenkenswerte war außerdem, dass die Frau von ihrem Mann erzählte, der in der *Factory* arbeitete, nicht im *Ardent*. Zwanzig Minuten nach ihrem Eintreffen kam die dünne Frau zur selben Tür wieder heraus, wesentlich weniger darum bemüht, nicht erkannt zu werden und alles andere als gut gelaunt.

Wenige Stunden später, als Chamorro mir Bericht erstatten konnte, begriff ich, dass in diesen zwanzig Minuten zum Teil vor den Augen meiner Assistentin etwas vorgefallen war, das der Tschad-Spur eine unerwartete und verdächtige Wahrscheinlichkeit verlieh.

Mit fortschreitender Zeit konnte ich mich während meiner turnusmäßigen Besuche davon überzeugen, dass die Vertrautheit zwischen Chamorro und Lucas wuchs. Die beiden letzten Male stand sie schon bei ihm in der Kabine vor dem Plattenteller und teilte sich einen Drink mit ihm. Mich verunsicherte die offene Ausstrahlung des Ex-Legionärs ebenso wie sein Aussehen, das absolut nichts Brutales oder Verschlagenes hatte. Er war ein Mensch von feiner und geschliffener Eleganz, und ob sie ihm nun natürlich gegeben oder das Ergebnis einer Erziehung war, ganz sicher hatte er sie sich nicht bei der kämpfenden Einheit antrainiert. Chamorro zeigte sich ihrerseits deutlich gelöster als in der Nacht zuvor. Vielleicht bildete ich es mir nur ein, aber ich konnte mir vorstellen, dass der Nachmittag am Strand und Andreas übertrieben freizügiges Beispiel wenigstens diesen einen positiven Effekt auf sie ausgeübt hatten.

Sie verließen die Diskothek um halb zwei, einige Stunden vor Schluss also. Obwohl es vermutlich nichts bedeutete, da Lucas sicher einen Ersatz hatte, der in der Kabine ohne weiteres für ihn einspringen konnte, war ich etwas beunruhigt. Die beiden stiegen in den Wagen des Plattenauflegers, ein japanisches Modell, schwarzes Coupé, ziemlich alt und von den sandigen Wegen der Insel verstaubt. Ich ließ ihnen einen vernünftigen Vorsprung und folgte dem roten Lichterpaar durch die Nacht. Zunächst fuhr Lucas ein paar Schleichwege, die mich schon fürchten ließen, dass sie einen abgelegenen Ort ansteuerten, und die mich dazu zwangen, einen derart großen Abstand einzuhalten, bei dem ich sie jederzeit hätte verlieren können. Es stellte sich jedoch heraus, dass der Ex-Legionär sich lediglich seiner Ortskenntnis bediente und den kürzesten Weg zum Sporthafen gewählt hatte. Dort gingen sie in eine eher intime Bar. Ich parkte den Wagen und näherte mich diskret. In dem Lokal wurde typisch deutsche Musik gespielt. Die Melodien waren vielleicht eigenwillig, aber nach all den synthetischen Rhythmen durchaus wohltuend. Ich wagte mich etwas weiter hinein und sah sie im hinteren Teil sitzen, sorglos plaudernd mit zwei Bierkrügen zwischen sich.

Knapp eine Stunde blieben sie dort. Am Ausgang machte Lucas Chamorro offensichtlich einen Vorschlag, aber sie schüttelte wie verabredet den Kopf. Der Mann insistierte nur kurz und überaus höflich. Als er merkte, dass die Absage ernst gemeint war, folgte er Chamorro zum Wagen, öffnete ihr noch immer mit diesem freundlichen, warmen Lächeln die Tür.

Es folgte eine Fahrt über die Schleichwege in umgekehrter Richtung. Lucas beschleunigte nicht unnötig, wie es jeder andere Veteran auf diesem holprigen Gelände getan hätte. Er bewegte sich in einer Geschwindigkeit, die ihm ebenso wie jedem, der mit ihm unterwegs war, ein entspanntes Fahren erlaubte. Bei der Ferienanlage angekommen, bog er in unsere Straße ab, hielt aber eine Kreuzung vor unserem Haus. Es vergingen fünf oder sechs Minuten, bevor Lucas aus dem Auto stieg. Er ging um den Wagen herum und hielt meiner Assistentin die Tür auf. Sie stieg aus, und in dem Moment, wo sie voreinander standen, beantwortete sie zu meiner Überraschung das beidseitige Zögern mit einem flüchtigen Kuss auf die Lippen des Mannes, der für Frankreich gedient hatte. Danach lief sie eilig davon. Lucas wartete, bis sie seinem Blick entschwunden war und stieg erst dann ins Auto.

Inzwischen war es halb vier. Ich achtete darauf, dass Lucas auch tatsächlich wegfuhr und traf mich dann mit Chamorro in unserem Haus. Sie stand in der Küche, Wasser trinkend. Ihre Begrüßung klang ein wenig verstimmt.

»Sind wir fertig für heute?«

»Wenn du damit das Ausgehen meinst, ja.«

»Dann würde ich mich gern umziehen. Ich ertrage diese engen Klamotten nicht länger. Ich kann mich ja kaum bewegen.«

Chamorro zog ihre hochhackigen Schuhe aus, in denen sie

mich an Größe deutlich überragte, und ging in ihr Zimmer. Ich blieb sitzen und grübelte, welche Laus ihr über die Leber gelaufen sein könnte. Als sie zurückkam, trug sie einen Sportanzug. Sie setzte sich aufs Sofa und legte die Beine hoch. Es war das erste Mal, dass sie das tat.

»Du wirst den Bericht wollen«, sagte sie lustlos.

»Wenn es dir nichts ausmacht.«

»Entschuldigung, mir ist ein bisschen schwindelig. Ich trinke normalerweise nicht.«

»Ich vertraue darauf, dass es dir nicht zu Kopf gestiegen ist.«

Chamorro nickte benommen.

»Ich auch.«

Dann berichtete sie mir in allen Einzelheiten von dem Abend, der in etwa wie folgt verlaufen war.

»Zunächst einmal, wer Lucas für den großen Platzhirsch am Strand hält, der jede Gelegenheit beim Schopfe packt, der irrt sich zumindest teilweise. Während der gesamten Nacht hat er absolut nichts versucht, was mich hätte denken lassen können, dass er mehr will, als die Zeit mit mir zu verbringen und ein Glas zu trinken. Sieht man von den Bewegungen ab, die das ständige Plattenwechseln mit sich bringt, tanzt er nicht. Er ist kein Angeber, und er lässt auch kein Kompliment los, das selbst der empfindlichsten Frau noch unangenehm sein könnte. In erster Linie stellt er Fragen und hört zu. Das war für mich ein Problem, denn ich musste mir so viele Dinge ausdenken, dass ich bald nicht mehr wusste, ob die jüngsten Lügen noch zu dem passten, was ich ihm am Anfang erzählt hatte. Während er dir zuhört, sieht er dir ständig in die Augen, ohne zu blinzeln. Gut, ab und zu hat er geblinzelt, wie in Zeitlupe, dass man es gar nicht wahrgenommen hat. Du wirst lachen, aber dabei habe ich ihn mir immer als Siebzigjährigen vorgestellt, weil mein Großvater auch immer so geguckt hat, bevor er starb. Er hatte auch so dunkle Haut und diese breite Stirn, und seine Augen waren karamellfarben, etwas müder vielleicht und mit einem leicht silbrigen Schleier, von dem wir später erfuhren, dass es am Grauen Star lag. Jedenfalls kostete es mich einige Mühe, seinem Blick standzuhalten, mir brannten die Augen von der Anstrengung und ich merkte, dass ich bedeutend schneller blinzelte als er, wenn ich es denn tat. Aber sollte er etwas gemerkt haben, hat er es mich nicht spüren lassen. Doch um von vorne anzufangen: Sobald ich den Laden betreten hatte, fing ich an zu tanzen, bis ich mir sicher war, dass er mich bemerkt hatte. Daraufhin ließ ich ihn noch eine Weile schmoren, während er nichts unternahm, um meine Aufmerksamkeit zu gewinnen. Als ich mich zu ihm umdrehte, hatte er mich voll im Blick und deutete eine Art militärischen Gruß an, aber nur mit zwei Fingern. Ich mag normalerweise keine Leute, die sich im zivilen Leben so begrüßen. Aber seine Geste wirkte irgendwie niedlich, ich weiß nicht, sie hatte Charme. Ich ging zu ihm und erzählte schon bald von unserem angeblichen Streit, dass ich die Nase voll hatte und überlegte, dich zu verlassen und so weiter. Daraufhin lud er mich in sein Gehäuse ein. Doch nur, wenn ich wollte, ohne Hintergedanken. Während er die Musik auflegte, konnte ich mich davon überzeugen, wie die Frauen sich nach ihm verzehrten. Er hat sie kaum beachtet, allerdings ohne jede arrogante Überheblichkeit. Sie flirteten ein wenig, schienen aber zu akzeptieren, dass nichts zu holen war, und gingen, nachdem sie mich gesehen hatten. Alle, bis auf eine. Ich war noch nicht lange in der Kabine, da kam jemand, den du auch kennst: die dünne Frau aus dem Restaurant. Auf ziemlich üble Weise forderte sie ihn auf, zu ihr zu kommen, um einen Moment mit ihr zu reden. Kühl lehnte er ab, worauf sie mit einem Aufstand drohte, und zwar nicht allein mit Worten, sondern durchaus bewaffnet. Darauf lenkte Lucas ein, mit einem Gesicht übrigens, in dem beinahe Hass stand. Er entschuldigte sich bei mir, holte eine Ablösung und ging mit ihr in eine Ecke, die ich nicht einsehen konnte. Nach einer Viertelstunde kehrte er wieder zurück. Lächelnd entschuldigte er sich erneut bei mir, gab mir jedoch keine weitere Erklärung. Von der dünnen Frau keine Spur. Ich habe noch nicht einmal gesehen, wo sie hinausgegangen war. Kurze Zeit später hat er gesagt, dass er für diesen Abend genug hätte und schlug mir vor, woanders etwas zu trinken. *Er* hat es vorgeschlagen, ich konnte mir diesen Schritt also sparen. Du weißt, wo wir waren und was wir dort gemacht haben. Nur geredet. Es könnte schon sein, dass er mit jeder Minute etwas freundlicher geworden ist, aber alles im Rahmen. Und jetzt kommt das Interessante, erst recht, wenn man bedenkt, wie überlegt er sonst ist. Im Sporthafen hat Lucas zwei Fehler gemacht. Als ich merkte, in welcher Gegend wir waren, wollte ich das Schicksal ein ganz klein wenig herausfordern und schlug ihm vor, einen Laden auszusuchen, von dem ich gehört hatte, den ich aber nicht kannte: das *Abrakadabra*. Sein Nein kam wie aus der Pistole geschossen, und ohne Grund begann er, sich konfus dafür zu rechtfertigen. Ich wusste sofort, dass er mich angelogen hatte, und nicht nur, weil er plötzlich so nervös blinzelte. Die zweite Lüge folgte eine halbe Stunde später beim Bier. Auf meine Bemerkung wegen des Zufalls, in derselben Straße zu wohnen, in der auch der Mord stattgefunden hatte, und dass ja niemand weder das Opfer noch die angebliche Täterin gekannt zu haben schien, bestätigte er rundheraus sein eigenes Unwissen, auch er hätte das Gesicht von Eva Heinrich noch nie gesehen.

## 12. Kapitel

Nachdem Chamorro ihren Bericht über die ungeahnte Wendung, mit der Lucas sich in dieser Nacht vor unseren Karren gespannt hat, beendet hatte, hielt ich es für meine Pflicht, sie zu beglückwünschen.

»Sehr gut, Chamorro. Was immer es auch ist, wir haben es.

Im Grunde machen wir nichts anderes, als einen Böller zu bauen. Wir haben das Pulver gepresst, und dir ist es gelungen, die Lunte zu legen. Jetzt brauchen wir bloß noch ein Streichholz, und es knallt. Ich bin sehr gespannt, welche Farbe der Rauch hat.«

»Glaubst du, dass er es war?«

»Ich glaube, dass er es im Gegensatz zu Regina Bolzano gewesen sein *könnte*. Er kann ein guter Schütze sein, ein so guter, dass er einen Menschen aus acht Meter Entfernung mit einer 22er und nur zwei Schüssen, einen in den Hals und einen mitten in die Stirn, umbringen kann. Es stimmt natürlich, wo wir es jetzt für möglich halten, dass sie nicht in ihrem Haus getötet worden ist, dass wir nicht notwendig von nur zwei Schüssen ausgehen dürfen, aber trotzdem ist der in den Kopf zu gezielt. Außerdem hat Lucas genug Kraft, um sie aufzuhängen, wenn nötig auch mit nur einem Arm. Aber da gibt es etwas, das mich nicht wirklich überzeugt, vielleicht nur ein Tick von mir: Trotz des heutigen Ausrutschers scheint mir Lucas nicht zu der Sorte Dummköpfe zu gehören, die ihre Kraft und kostbare Zeit auf eine solche Inszenierung der Leiche verschwenden.«

»Und die Dünne?«

»Die Dünne ist der Beweis dafür, dass das Glück existiert. Als ob ihn seine eigenen Lügen nicht schon genug angeklagt hätten, haben wir jetzt sogar eine Verbindung zwischen ihm und einer Person hergestellt, die uns vor allen anderen eine höchst eindringliche Gratisvorstellung über Eva Heinrich vorgespielt hat.«

»Vorgespielt?«

»Nachdem wir herausbekommen haben, in welchem Verhältnis sie zu Lucas steht, denn *dass* sie eins haben, beweist wohl der kleine Zwischenfall, den du beobachten durftest, würde ich meine Hand dafür ins Feuer halten, dass die Erinnerung an Eva vielleicht nicht nur furchtbar war.«

Chamorro verzog angewidert das Gesicht.

»Ich glaube, ich weiß, worauf du hinauswillst. Du gibst auch wirklich niemandem eine Chance, was?«

»In Verbindung mit Eva Heinrich, sehr wenigen. Und selbstverständlich ist die Kellnerin nicht meine erste Kandidatin. Es ist wahrscheinlicher, dass sie auf sie eifersüchtig war. Vielleicht auch auf Lucas. Wer weiß das schon, Chamorro, vielleicht hättest selbst du dich in sie verliebt. Das Leben ist kompliziert.«

»Spekuliere nicht über meine Verliebtheiten. Sprich für dich.«

»Ich habe schon vor einiger Zeit akzeptiert, dass es mich Mühe gekostet hätte, ihr zu widerstehen. Ich meine sogar, dass ich dir das auch gestanden habe. Aber ein Detektiv sollte leidenschaftslos sein. Und übrigens: Was war das denn für ein Kuss zum Abschied?«

Chamorro errötete, wenn auch nur leicht. Für einen Moment liebäugelte sie mit der Möglichkeit, meine Indiskretion unbeantwortet zu lassen. Dann aber entschied sie sich doch dagegen.

»Soll ich dir die Wahrheit sagen?«

»Ich bitte darum.«

»Ich habe es in erster Linie gemacht, weil ich Lust dazu hatte. In zweiter, und nur in zweiter Linie, um sein Interesse wach zu halten, weil ich davon ausgehe, dass du mich noch mal losschickst, um etwas aus ihm herauszubekommen.«

»Gute Antwort. Würdest du sagen, Chamorro, dass Lucas ein attraktiver Mann ist?«

»Das habe ich doch schon gesagt. Du weißt genau, wann eine Spanierin Küsse verteilt.«

»Wie attraktiv?«

»Sehr. Attraktiver als Enzo, attraktiver als du. Ich weiß nicht, wie man das messen soll. Sehr.«

In diesem Moment, in dem mir meine Assistentin direkt ins

Gesicht sagte, dass sie einem anderen Mann den Vorzug geben würde, noch dazu einem Mordverdächtigen, wenn nicht gar dem Mörder selbst, erschien sie mir liebenswerter denn je, und die Kontrolle über meine Widerstände versagte auf einem mir bis dahin unbekannten und erschreckend hohen Niveau. Erst in allerletzter Sekunde gelang es mir, mich zu sammeln, aber ganz tief unten, in einem kleinen Winkel meiner Seele, zerbrach endgültig ein gläserner Stab, der das Licht nie wieder einfangen würde.

»Und Andrea?« Chamorro riss mich aus meinen Gedanken. »Ist sie attraktiv?«

»Wenn der Spanier küsst, kann er das aus einer Million hinterhältiger Gründe tun.«

»Das ist keine Antwort.«

»Ja, sie ist attraktiv. Weniger, als Eva es offensichtlich war. Und wo wir die Dinge schon beim Namen nennen, weniger als du es sein könntest. Aber sie strengt sich an, und das macht einiges wett. Trotzdem hatte ich eigentlich nicht vor, einen Schönheitswettbewerb zu veranstalten. Bis zu einem gewissen Punkt ist das auch eine Marginalie.«

Wir schwiegen beide für ein paar Minuten. Chamorro bekam den Mund vor Gähnen kaum noch zu, und ich konnte die Augen nicht mehr aufhalten. Den Salon durchströmte ein Licht, in dem es plötzlich besonders bedauerlich war, dass wir, der Vorgesetzte mit seiner Untergebenen, mehr oder weniger im Dienst waren. Wenngleich mir schien, dass sie die Erinnerung an den Ex-Legionär mehr beschäftigte als meine Gegenwart.

»Und jetzt?«, durchbrach Chamorro das Schweigen. »Glaubst du nicht, wir sollten die Italiener fallen lassen und uns ganz ihm widmen?«

»Auf gar keinen Fall. Wir haben keine Zeit für einen Irrtum. Wir sind auf zwei gute Fährten gestoßen. Keine von beiden können wir aufgeben. Mehr noch. Mir ist gerade eine brillante Idee gekommen, die wir in die Tat umsetzen können, wenn der richtige Zeitpunkt gekommen ist.«

»Was für eine Idee?«

»Genug für heute, Chamorro. Lass uns schlafen gehen.«

»Du willst sie mir nicht erzählen?«

»Nein. Aber ich lasse dich selbst darauf kommen.«

Am nächsten Morgen, besser gesagt, am selben Morgen, allerdings um halb zwölf, wurden wir auf ungewöhnliche Weise geweckt. Jemand drückte ununterbrochen auf die Klingel. Als ich ging, um die Tür aufzumachen, die Augen noch voller Schlaf, glaubte ich, ein in vielerlei Farben fluoreszierendes Marsmännchen vor mir zu haben. Als ich meinen Blick etwas schärfen konnte, sah ich, dass es sich um eine Person in grellbunter Radfahrerkluft und Visier mit verspiegelten Gläsern handelte. Dem Erwachen meiner Augen schloss sich bald auch mein Gehirn an, so dass ich die Person identifizieren konnte, die sich hinter der Verkleidung versteckte. Es war kein Geringerer und niemand Bedeutenderer als Satrústegui.

»Mein Gott, Satrústegui. Komm rein.«

»Zu Befehl.«

Das Haus hatte, wie fast alle in der Anlage, kein Telefon. Wenige der Eigentümer wollen das Risiko eingehen, dass ein Mieter, aus der Fremde kommend und schnell wieder verschwindend, sich dieses Apparates bedienen kann und zum Abschied eine unvergessliche Rechnung zurücklässt. Uns war auch nicht in den Sinn gekommen, diesen Mangel mit einem Handy überbrücken zu müssen. Ich persönlich habe mich mit der Bitte darum zurückgehalten, weil ich der Meinung bin, dass das Mobiltelefon der rücksichtsloseste und schändlichste Anschlag ist, den der technische Forschritt auf eine der wenigen spirituellen Kostbarkeiten des Menschen verübt hat: die Einsamkeit. Sicher ist es manchmal unbequem, allein zu sein, zum Beispiel, wenn einem bestimmte Stellen am Rücken jucken. Aber alles, was wirklich wertvoll ist, hat auch seine

Schattenseiten. Der Niedergang der westlichen Zivilisation ist zu einem guten Maße der Tatsache geschuldet, dass für gewisse Probleme viel zu überstürzt bestimmte Lösungen angeboten werden. Gleichwohl ist hier wohl weder der Ort noch die Zeit, sich mit solchen Angelegenheiten zu befassen, vielmehr sollte schlicht klargestellt werden, dass sich Perelló in Ermangelung eines anderen Mediums und eingedenk der fortgeschrittenen Stunde gezwungen sah, auf seinen Erfindungsreichtum zu setzen und einen verkleideten Herold zu senden.

So stand Satrústegui also vor mir, eifrig bemüht, sich zu erklären und vielleicht auch begierig darauf, seine Sportkluft schnellstmöglich gegen die stets respektablere Uniform einzutauschen.

»Perelló schickt mich«, sagte er, während er sich die Sonnenbrille abnahm. »Wir haben einen Anruf aus Palma erhalten. Zaplana will, dass Sie sofort zu ihm kommen.«

»Weißt du, warum?«

»Nein.«

»Gut, danke. Sag deinem Vorgesetzten, dass wir uns auf den Weg machen. Sofern ich Chamorro dazu bringe aufzustehen.«

Der letzte Kommentar musste Satrústeguis beflissenen Geist verwirren, obwohl sich hinter all seiner Disziplin auch eine gewisse Rastlosigkeit verbarg. Wenn er sich nicht für die grüne Uniform entschieden hätte, wäre er vermutlich Biochemiker oder Philosoph geworden. Bevor er ging, konnte er sich die kleine Schwäche nicht verkneifen.

»Sind Sie gut vorangekommen?«

»Das wissen wir, wenn wir fertig sind, Satrústgeui.« Um ihn nicht allein damit abzuspeisen, fügte ich noch hinzu: »Um ehrlich zu sein, es könnte schlechter laufen.«

»Sie haben ihn also bald.«

»Offiziell ist die Verdächtige eine Frau«, wehrte ich ab.

»Wenn es Ihnen hilft, ich habe von Anfang an so einen Verdacht.«

»Welchen?«

»Dass sie niemand von außerhalb umgebracht hat. Es war jemand von hier. Kein Ausländer.«

»Und wie kommen Sie darauf?«

»Die Touristen kommen nur für das eine, sie wollen den Strand, die Diskotheken und sich ordentlich betrinken. Sind die vierzehn Tage um, verschwinden sie wieder. Die Leute von der Insel halten das ganze Leben in ihren Händen, mit allem Guten und Schlechten. Das eröffnet mehr Möglichkeiten.«

»Ein neuer Ansatz. Nicht besonders zwingend, aber ich wäre der Letzte, der ihn sofort ausschließen wollte.«

»Denken Sie darüber nach.«

»Das werde ich«, versprach ich, noch immer perplex über Satrústeguis seltsame Gedankenwindungen.

Ich ging, um Chamorro zu wecken, stellte aber fest, dass sie bereits auf war und ihr Bett machte.

»Guten Morgen. Was gibt es?«, fragte sie, ohne mich anzusehen.

»Wir müssen nach Palma. Zaplana erinnert uns daran, dass es ihn noch gibt.«

Chamorro richtete sich auf.

»Es ist wegen der Sache mit Estrada, nicht?«

»Das bezweifle ich sehr. Du solltest dich nicht so schnell verunsichern lassen – und Lucas mehr fürchten als den Capitán. Die Sterne, die das Leben der Seele eines Menschen verleiht, wiegen schwerer als die, mit denen der König oder jemand von seinen Gnaden unsere Schultern schmückt.«

Bevor wir nach Palma aufbrachen, fuhren wir noch an der Wache vorbei. Perelló empfing uns gelassen wie immer.

»Ich an deiner Stelle würde mich nicht verrückt machen«, beschwichtigte er mich. »Soweit ich weiß, haben sie was über die Schweizerin und das Mädchen herausgefunden. Und vermutlich drückt Zaplana auch deswegen so auf die Tube, weil du es bisher nicht für nötig befunden hast, ihn zu informieren.«

»Das ist aber ein ganz schlechter Zeitpunkt, um die Sache ruhen zu lassen. Ich habe den schweren Verdacht, dass wir den ganzen Tag verlieren, wenn wir jetzt losfahren. Ich werde Zaplana anrufen.«

»Darf ich dir einen Rat geben?«

»Natürlich.«

»Ruf ihn nicht an. Fahr hin, hör ihm zu und behaupte dich in der Arena, so gut du kannst. Aber zeig ihm nicht die Zähne. Zaplana ist nicht Estrada. Wenn er dich, aus welchem Grund auch immer, erst auf dem Kieker hat, wird er noch den letzten Tropfen seines Blutes geben, um dich zu ersäufen. Er fühlt sich gern als Chef, und wenn du ihn anrufst, um seine Entscheidung anzuzweifeln, wird er glauben, dass du seine Autorität in Frage stellen willst. Heutzutage sind fast alle Führungsoffiziere so, das sage ich dir, und ich kannte noch die von vor dreißig Jahren; das Andenken an den einen oder anderen kann ich dir heute noch zeigen. Aber auf Zaplana muss man ein Auge haben.«

»Schon gut, schon gut. Trotzdem haben wir im Moment keine Zeit zu verlieren.«

»Bloß nicht nervös werden, mein Lieber. Du hast noch das ganze Leben vor dir.«

Den Weg nach Palma, besser gesagt bis in Zaplanas Büro, haben wir in weniger als einer Stunde hinter uns gebracht. Die Straße war gefährlich, und Chamorro kommentierte meine waghalsigen Überholmanöver bei durchgezogener Linie, bei denen entgegenkommende Fahrer fast gezwungen wurden, die Leitplanke zu polieren, mit unwilligem Räuspern.

»Wenn das gegen deine Prinzipien verstößt, solltest du vielleicht deine Versetzung zum Verkehr beantragen«, schnauzte ich sie nach einem meiner abenteuerlichen Schlenker vielleicht etwas zu scharf an. Ich war ziemlich wütend. Wie jedem Menschen stößt auch mir manchmal sauer auf, dass es irgendwo einen Kretin gibt, der einen dazu zwingen kann, den Hintern von dem Fleck zu rühren, an dem man ihn selbst für bestens platziert hält. Diese Anfälle sind nicht besonders tragisch, man muss sie nur zu nehmen wissen. Chamorro wusste das. Sie hat die Zähne auf der ganzen Fahrt kein einziges Mal mehr auseinander genommen. Im Gegensatz zu Chamorros Prophezeiung und teilweise auch zu meinem Erstaunen war Zaplana bester Laune. Er empfing uns mit einem Grinsen, das einmal rund um seinen Kopf reichte.

»Kommen Sie rein, kommen Sie rein. Fühlen Sie sich wie zu Hause.«

Als wir Platz genommen hatten, lüftete er sein Geheimnis. »Es gibt Neuigkeiten. Und zwar gute. Bevor ich Ihnen aber verrate, was die Provinzbeamten herausgefunden haben, brenne ich darauf zu erfahren, mit welchen Pfunden die Spezialisten wuchern können.«

»Nun, sehen Sie«, zögerte ich, »wir sind in mancher Hinsicht schon sehr weit fortgeschritten, aber noch fehlt uns die Feinjustierung, um Schlüsse ziehen zu können. Wir sind in einer kritischen Phase. Wir stehen kurz vor einer sehr guten und ziemlich wasserdichten Vermutung über den Tathergang. Derzeit fügen wir noch die Einzelheiten zusammen, die ich gern erzähle, wenn Sie möchten.«

»Nur zu«, ermunterte Zaplana mich mit einer Ungeduld, die ein gutes aber auch ein schlechtes Omen sein konnte.

Ich berichtete ihm ausführlich von einem Strang unserer Ermittlungen, den ich für den klarsten hielt. Für mich behielt ich meine eigenen Schlussfolgerungen und ein paar Einzelheiten, die ich selbst noch nicht ausreichend gegen das Licht gehalten hatte, um mich von ihrer Glaubwürdigkeit zu überzeugen. Außerdem verschwieg ich jedes Detail, das die Ehre meiner Assistentin, die neben mir wachsam jedes Wort verfolgte, in irgendeiner Form untergraben könnte. Zu dem, was ich verschwieg, zählten auch einige Schlüsseldaten, von denen ich mir schon bald mehr versprach, aber allein mit dem, was ich ihm anvertraute, sollte der Verdacht gegen Bolzano – erstens wegen faktischer Unstimmigkeiten und zweitens schlicht wegen der höheren Wahrscheinlichkeit anderer Thesen – hinreichend entkräftet sein. Ich will damit sagen, dass ich Zaplana nicht einfach seine Theorie nahm, ohne ihm eine gute Alternative anzubieten. Ich hatte gehofft, dass dies die angemessene und richtige Strategie war, aber ich hatte von Anfang an falsch gelegen, und es gab keinen Weg mehr, diesen Irrtum zu beheben. Genau das gab mir auch Zaplana zu verstehen, kaum dass ich meinen Bericht beendet hatte.

»Sie ahnen ja gar nicht, wie sehr es mich freut, dass Sie unseren Strand kennen lernen konnten und ein munteres Nachtleben mit Italienern und Italienerinnen, ja sogar mit ehemaligen Legionären führen. Das beweist, wie ausgesprochen kontaktfreudig Sie sind. Vielleicht sollten Sie sich aber etwas mehr auf die Fakten und auf Regina Bolzano konzentrieren, denn auch wenn es vielleicht nicht so aufregend ist, könnten wir diesen Fall endlich einmal abschließen, mit dem wir unverzeihlicherweise versucht haben, Sie von Ihrem Vergnügen abzuhalten. Ich sehe schon ein, dass wir auf der einen Seite nur ein paar Dutzend dieser komischen Fingerabdrücke haben und eine Unschuldige, die verschwunden ist, auf der anderen aber Ihre fast schon an Wunder grenzende psychologische Scharfsicht. Wenn Sie mir aber kurz Ihre Aufmerksamkeit schenken wollen, dann würde ich Ihnen gern etwas zeigen, von dem ich ganz bescheiden glaube, dass es die Waage wieder ins Gleichgewicht bringen könnte.«

Nicht in dem verrücktesten meiner Alpträume hätte ich mir einen Zaplana je ironisch vorstellen können. Aber da saß er vor mir, aufgeblasen, Pereiras größtes Talent in den Schatten stellend, denn auch Zaplana war begnadet darin, nach außen kontrolliert zu wirken, obwohl er kurz davor stand, irgendeinem Einfaltspinsel alle Gräten zu brechen. In diesem Fall waren die Gräten meine. Ich machte mich auf das Schlimmste gefasst. Chamorro neben mir verlor sichtbar das Vertrauen in meine Überlebenschancen.

»Während Sie in die tückischen Gewässer einer auf wahrhaft wissenschaftlichem Niveau geführten Untersuchung abgetaucht sind«, hob er an, »haben wir mit unserem täglichen Einerlei weitergemacht. Darum und dank unserer bürokratischen Beziehung zum österreichischen Konsulat sind wir auf etwas aufmerksam geworden, das zunächst nicht von Bedeutung schien. Auf Anordnung eines Gerichts in Wien hat die österreichische Vertretung uns um den Totenschein und alle sonstigen Unterlagen gebeten, die mit dem Mord des Opfers in Verbindung stehen. Ein Beamter reiste persönlich mit dem Antrag an. Einer unserer Männer aus der Schreibstube hat sich mit ihm unterhalten, und dabei kam heraus, dass Eva Heinrichs Papa ein gerichtliches Eilverfahren zur Erbschaftsfreigabe angestrengt hat. Ohne Testament oder weitere Angehörige, ist er der einzige Erbe seiner Tochter. Seine Frau, Evas Mutter, ist schon vor einigen Jahren an Krebs gestorben. Aber was könnte Eva schon besitzen außer Kleidung und Schmuck? Nun, neben anderen Kleinigkeiten gehörte ihr zum Beispiel die Firma, in der ihr emsiger Vater als Geschäftsführer angestellt ist. Es stellte sich also heraus, dass unser Señor Heinrich kein brillanter Unternehmer ist, der es von sich aus zu etwas gebracht hat, es sei denn, man akzeptiert, dass man auch die Tochter des Firmeninhabers schwängern und heiraten kann, um es von sich aus zu etwas zu bringen. Sie wurde zu Frau Heinrich, als sie Eva empfing. Diese kleinen Geheimnisse wurden bei der österreichischen Polizei gegengecheckt. Außerdem haben wir erfahren, dass die arme Eva neben ihren Handelsgeschäften auch noch Inhaberin einer unverschämt gut laufenden Immobilienfirma war. Und dann finden wir sie, aufgehängt wie ein roher Schinken am Ende dieser Insel. Erster Einwand: Ob die eigene Tochter nun sehr reich oder nicht ganz so reich war und man selbst als einziger Erbe zurückbleibt, heißt noch nicht zwangsläufig, dass man sie auch umbringen wollte. Die Erbschaftsregelung formal schnell in die Wege zu leiten ist, wenn man richtig hinschaut, ein kluger und notwendiger Schritt, den man durchaus tun sollte, selbst wenn man den jüngsten Verlust noch betrauert. Zweiter Einwand: Uns ist bis jetzt noch nicht ganz klar, welche Rolle eine Schweizerin namens Regina Bolzano in dieser unglücklichen Familiengeschichte spielen könnte, auf deren Verwicklung anfangs einiges hindeutete. Wir haben es also wieder mit einer ominösen Sachlage zu tun, und ich bin überzeugt davon, dass einer unserer Männer eine vollkommen überraschende Erklärung für die beiden Einwände finden wird, die zweifellos von Bedeutung und sachdienlich sind. Wir haben von der Fluggesellschaft eine komplette Liste mit den Namen aller Passagiere erhalten, die mit Regina Bolzano in dem Flug von Mailand auf die Insel kamen. Nach dem derzeitigen Ermittlungsstand sagte uns keiner etwas, außer einem. Der dann allerdings auch besonders viel: Heinrich, Klaus. Und, siehe da, was für ein Zufall: Regina hatte den Platz 7A und Heinrich, Klaus saß auf 7B. Sie werden mir nicht widersprechen wollen, dass es doch sehr rücksichtsvoll von ihm ist, der Dame den Fensterplatz zu überlassen. Klaus muss ein echter Kavalier sein. Und trotzdem fragt man sich, wie sie einen Fehler von diesem Kaliber begehen konnten? Aber jetzt, wo der Fehler einmal gemacht wurde, wage ich eine These: Klaus und Regina haben sich ein Land ausgesucht, das sie bekloppt genug fanden, um davon überzeugt zu sein, dass sie von der dortigen Polizei nichts zu fürchten hatten. Regina wird die Beamten gesehen haben, die mit einer gewissen Trägheit an dem Ort patrouillierten, wo sie ihre Ferien verbringen wollte. Doch die Ausländer verwechseln die Form ja oft mit dem, was dahinter steckt. Sie hatte Klaus eingeladen, damit er sich selbst überzeugen konnte, vielleicht kamen sie auch für die letzten Vorbereitungen zusammen hierher. Dann lud sie Eva ein, oder sie haben sich etwas anderes ausgedacht, um sie auf die Insel zu locken. Vielleicht waren die Leute vom Boot sogar eingeweiht, wenn bestenfalls als Komplizen, um die man sich auch später noch kümmern konnte. Ich persönlich glaube ja eher, dass sie nichts damit zu tun haben. Unter anderem deswegen, weil Regina Eva so gut kannte, dass sie auf sie verzichten konnte. Das letzte halbe Jahr haben die beiden zusammen in Mailand gelebt. Sechs Monate, unter derselben Adresse. Woher kannte Regina Papa Heinrich? Nun, eine Hand voll Provinzbeamte wie wir können ja nicht auf allen Hochzeiten tanzen. Aber ich vertraue darauf, dass Ihre diversen sozialen Verpflichtungen es Ihnen gestatten, die eine oder andere Lücke von unseren bruchstückhaften Ermittlungen zu schließen.«

Ich habe mich in meinem Leben mehr als einmal lächerlich gemacht, nie aber war es aus einer Vielzahl von Gründen so erniedrigend gewesen: Chamorros Gesicht, die Leichtfertigkeit, mit der ich Zaplana unterschätzt hatte, den süßen Gefallen, den er daran fand, sich für meine Fehleinschätzung zu rächen, wie unbedeutend und grotesk meine Nachforschungen zu Eva Heinrichs sentimentalen Abenteuern und ihrer verschlungenen Persönlichkeit angesichts der nüchternen Tatsachen wirkten, plötzlich von prosperierenden Handelsbeziehungen und jeder Menge Immobilien zu sprechen. Mir blieb kaum ein anderer Ausweg, als mich möglichst elegant auf die Seite meines Feindes zu schlagen.

»Ich sehe nicht, was ich dem noch entgegensetzen könnte«, murmelte ich. »Alles ist schlüssig und klug zusammengefügt. Ganz im Gegensatz zu dem, was die Beamtin Chamorro und ich bis jetzt herausgefunden haben.«

Ich atmete einmal tief durch und traute mich dann hinzuzufügen: »Trotzdem glaube ich, dass Regina es nicht getan haben kann, zumindest nicht allein. Und so, wie es sich jetzt darstellt, überrascht mich der Versuch einmal mehr, mit dem sie uns glauben machen wollte, dass der Mord im Haus stattgefunden hat. Wenn Sie nichts dagegen haben, sollten wir als Nächstes denjenigen finden, der Regina geholfen hat, und herausfinden, warum sie die Leiche so inszeniert haben. Das dürfte uns nicht allzu schwer fallen, und es müsste schon sehr schlecht laufen, wenn wir den Fall damit nicht auch bald abschließen könnten.«

Zaplana konnte verzeihen. »Was Sie sagen, klingt sehr vernünftig. Und, unsere Meinungsverschiedenheit mal beiseite lassend, halte ich Ihre Beobachtungen zu dem Fall übrigens für hervorragend.«

In diesem Moment klingelte das Telefon. Zaplana tauschte mit der Person am anderen Ende der Leitung eine atemberaubende Abfolge von Einsilbigkeiten aus und erhob sich. Bevor er auflegte, ordnete er an, dass sich niemand vom Fleck rührte und sprach seine Glückwünsche aus. Als er den Hörer auf die Gabel gelegt hatte, rundete er seinen beeindruckenden Triumph vor uns ab: »Wir haben sie. Die Schweizerin. Kommen Sie mit.«

## 13. Kapitel

Regina Bolzano hatte sich in einem Apartmentkomplex im Süden der Insel einquartiert. Alle Indizien wiesen darauf hin, dass sie dort Zeit gewinnen wollte, bis die Kontrollen auf den Flughäfen und Häfen gelockert wurden. Nachbarn hatten ihr Foto in der Zeitung gesehen und sie erkannt. Nicht besonders ruhmreich für die Kräfte, die die ganze Insel auf der Suche nach ihr durchgekämmt hatten, aber wie man im Fußball immer zur Rechtfertigung der Mittelstürmer zu sagen pflegt, dass er ein Tor schießen kann, setzt voraus, dass er da ist.

Die Operation wurde von einem noch sehr jungen Beamten mit klaren blauen Augen geleitet. Sein Name war Baena, und ich tippte auf einen Andalusier, einen von jenen eher etwas zurückgenommeneren und steiferen Andalusiern, die die Ausnahme von der Regel bilden.

»Wie geht es der Verdächtigen?«, erkundigte sich Zaplana, nachdem man sich dem Protokoll gemäß vorgestellt hatte.

»Gut«, antwortete Baena. »Man merkt ihr die Erschöpfung an, aber sie verhält sich, als hätte man ihr eine riesige Last von den Schultern genommen. Resigniert.«

»Haben Sie sie schon befragt?«

»Flüchtig. Sie will keinen Anwalt. Sie bestreitet, in die Sache verwickelt zu sein. Auf jede andere Frage zuckt sie nur mit den Achseln. Und sie hat nicht erklärt, warum sie verschwunden ist.«

»Wunderbar. Gehen wir rein, Vila.«

Wir kamen an die Tür, hinter der die festgenommene Schweizerin wartete. Zaplana blieb stehen und fasste mich am Arm.

»Ich nehme an, es ist ratsam, sie nicht im Pulk zu bestürmen.«

»Je entspannter sie ist, desto besser.«

»Dann gehen nur Sie und Ihre Assistentin.«

»Aber ich …«

»Sie führen die Ermittlungen. Sollte es Ihnen vorhin anders vorgekommen sein: Ich vertraue in Ihre Fähigkeiten. Sie arbeiten sauber, so wie es Ihnen für richtig erscheint. Das ist mir genug. Sie gehört Ihnen, Bevilacqua.«

Allein dass Zaplana mein Nachname so glatt über die Lippen ging, hätte mich nachdenklich stimmen müssen. Ich will nicht sagen, dass ich all meine Zurückhaltung bezüglich seines Charakters und seiner Kompetenz über Bord geworfen hätte, zumal auch das Glück bei dem, was wir hier in der Hand hatten, eine Rolle gespielt hat. Sicher ist aber, dass ich ihm mit dem vorschnellen Urteil, das ich nach unserem ersten Treffen über ihn als Menschen und Vorgesetzten getroffen hatte, nicht mehr gerecht wurde. Selbiges ging mir durch den Kopf, als ich die Formel aussprach, die beim Militär so viele Facetten hatte: »Zu Befehl, Comandante.«

Regina Bolzano war weniger eine alte, als eine gealterte Frau. Vielleicht spielte in diesen Eindruck auch die Tatsache mit hinein, dass sie ungeschminkt war und ihr gefärbtes, sprödes Haar seit geraumer Zeit nicht mehr in die pflegende Obhut eines Friseurs gekommen war. Zudem trug sie eine Brille mit einem wenig vorteilhaften Gestell. Sie war nicht korpulenter als andere Frauen ihres Alters, aber ihr Teint wirkte gelblich, und auf ihrem Handrücken begannen sich die Sommersprossen aus der Kindheit mit jenen Flecken zu mischen, die unerwünschter Ausdruck des Alters sind. Sie trug ein paar ausgewaschene Jeans und ein weites Baumwollhemd, dessen Ärmel ihr bis über die Ellbogen reichten. Sie erwartete uns mit müdem Blick.

»Guten Tag, Señora Bolzano. Das ist die Beamtin Chamorro, ich bin Sargento Bevilacqua.«

»Sind Sie Italiener?«, fragte sie, überrascht und auf Italienisch.

»Nein. Ich spreche die Sprache auch nicht.«

»Ich spreche Spanisch, mehr oder weniger.«

»Sie können ruhig auf Italienisch antworten, wenn Ihnen das lieber ist. Wir werden Sie schon verstehen. Und mit dem Spanischen gibt es für Sie keine Probleme?«

»Nein. Das geht.«

Ich versuchte, alles, was wir wussten, in meinem Kopf zu sortieren. Chamorro schlug ihren Block auf, um sich Notizen machen zu können.

»Sie wissen, warum wir Sie festgenommen haben?«

»Ja. Wegen des Mordes an Eva. Aber ich war es nicht.«

»Man hat uns gesagt, dass Sie von dem Recht auf einen Anwalt keinen Gebrauch machen. Trotzdem muss ich Sie darüber aufklären, dass wir Ihnen kein offizielles Geständnis abnehmen können, solange der Pflichtverteidiger noch nicht da ist. Was wir hier machen, ist nichts anderes als ein Gedankenaustausch ohne juristische Bedeutung.«

»Ich brauche keinen Anwalt. Oder wollen Sie mich schlagen?«

Regina war kalt und sarkastisch, zumindest tat sie so. Nichts hatte Ähnlichkeit mit der angeblichen leidenschaftlichen Mörderin, für die sie anfangs fast jeder gehalten hatte.

»Ich glaube, dass Sie sehr wohl einen brauchen. Wo waren Sie in der Nacht vom zwanzigsten auf den einundzwanzigsten August?«

»Um welche Zeit?«

»Um jede.«

»Bis um zwölf war ich zu Hause. Von zwölf bis halb eins spazieren am Sporthafen. Von eins bis acht habe ich am Strand geschlafen. Dann ging ich wieder nach Hause und habe Eva gefunden.«

»Kann das jemand bestätigen?«

»Dass ich bis um zwölf im Haus war, höchstens ein Nachbar, der mich gesehen hat, als ich ging. Am Hafen habe ich mit einem Kellner aus dem *Abrakadabra* geredet; das war so gegen halb eins. Am Strand war ich allein. Später jedenfalls.«

»Können Sie uns das etwas genauer erklären?«

»Das werden Sie mir nicht glauben.«

»Täuschen Sie sich nicht. Es gibt nichts, das ich unbedingt glauben wollte.«

»Das wundert mich. Ich ging zum Strand, um Eva zu suchen. Im Club haben sie mir gesagt, dass sie mit ein paar Leuten dorthin wollte.«

»Mit was für Leuten?«

»Das wussten sie nicht genau. Ich habe sie später gesehen.«

»Und warum haben Sie Eva Heinrich gesucht?«

»Wir waren Freundinnen. Ich hatte etwas mit ihr zu besprechen.«

»Etwas Besonderes? Unserer Information zufolge lebten Sie im selben Haus. Konnten Sie nicht warten, bis sie zurückkam?«

»Ich war mir nicht sicher, ob sie zurückkommen würde.«

»Haben Sie sich gestritten?«

»So kann man das nicht nennen.«

»Gab es ein Problem zwischen Ihnen?«

»Das hängt davon ab, was Sie unter einem Problem verstehen. Wahrscheinlich, ja.«

»Welcher Art war dieses Problem?«

»Es ist schwierig, das einem Fremden verständlich zu machen. Vereinfacht gesprochen hat Eva mir gesagt, dass sie ihre Zeit lieber ohne mich verbringt, was mich nicht besonders glücklich gemacht hat.«

»Und was wollten Sie von ihr, als Sie sie gesucht haben?«

»Keine Ahnung. Nichts Spezielles. Ich wollte mit ihr reden, weiter nichts.«

Reginas Antworten kamen sicher. Und sie kamen schnell, als interessierte es sie nicht, dass ich sie in die Enge treiben konnte. Diese Tatsache schien sie wie etwas Unausweichliches akzeptiert zu haben.

»Gut. Und weiter?«

»Als ich zum Strand kam, war sie mit zwei Personen dort, die ich noch nie zuvor gesehen hatte.«

»Freunde von Eva?«

Regina zuckte mit den Schultern und lachte bitter auf.

»Es war unmöglich, alle ihre Freunde zu kennen.«

»Könnten Sie die beiden Personen beschreiben?«

»Das Mädel war jung, na ja, etwas älter als Eva, schlank, nichts Besonderes, dunkle Haare. Mehr fällt mir nicht ein. Ich konnte sie nicht so gut sehen, zu weit weg. Der Typ war ungefähr so alt wie sie, ebenfalls dunkelhaarig, mittelgroß, ziemlich unauffällig. Das einzig Außergewöhnliche war, dass er sich vielleicht seit sieben, acht Tagen nicht mehr rasiert hatte.«

»Wirkte er abgerissen?«

»Nein. Er war gut gekleidet. Er wollte sich vielleicht einfach einen Bart stehen lassen.«

»Woher kamen die beiden Ihrer Meinung nach?«

»Das waren Spanier, ganz sicher. Sie haben wenig gesagt, aber man merkt sehr schnell, ob es sich um einen Einheimischen handelt, wenn jemand Spanisch spricht.«

»Woran merkt man das?«

»Am J, am R und am Z.«

»Und was passierte dann?«

»Ich wollte einen Moment mit Eva sprechen. Sie hat sich geweigert. Ich beharrte, und sie hat mich weggejagt, oder mir gesagt, dass ich abhauen soll, wie Sie wollen. Während ich sie zu überzeugen versuchte, haben die anderen beiden angefangen zu tuscheln und auf irgendetwas hinter meinem Rücken gezeigt. Ich wollte mich umdrehen, und das war's dann.«

Chamorro setzte ihren Stift ab, und ich versuchte, aus dem spöttischen Lächeln, zu dem sich Reginas wissende Lippen verzogen hatten, schlau zu werden.

»Was heißt das, ›das war's dann‹?«

»Na gut, um genau zu sein, folgte noch etwas: ein Schlag nämlich. Hier. Sie können die Beule fühlen.«

Regina beugte sich vor. Ich berührte die Stelle vorsichtig. Sie war geschwollen, auf der Wunde hatte sich Schorf gebildet.

»Sechs oder sieben Stunden später bin ich im Sand wieder aufgewacht«, fuhr sie fort. »Eva, die anderen und wer auch immer mir den Schlag verpasst hat, waren verschwunden. Zum Glück haben sie mir das Auto nicht geklaut. Ich fuhr nach Hause, und als ich dort ankam, habe ich sie gefunden, Eva, an der Decke aufgehängt. Zuerst glaubte ich noch, das hätte mit dem Schlag auf den Kopf zu tun, also ging ich zu ihr und stellte fest, dass sie ganz kalt war, und mir wurde klar, dass es sich nicht um eine Erscheinung handelte.«

»Warum sind Sie verschwunden?«

Regina straffte ihre Schultern, bevor sie antwortete. »Ich weiß es nicht. Ich hatte Angst, oder ich wollte der Polizei nicht erklären, was ich ihr hätte erklären müssen. Vielleicht fürchtete ich auch, dass man mich in jedem Fall beschuldigen würde, wegen der Beziehung, die wir hatten, weil sie bei mir im Haus auftauchte, weil sie sehr schön und jung war und ich fast eine alte Frau bin. Ich weiß es einfach nicht, und mehr kann ich Ihnen dazu auch nicht sagen. Wissen Sie immer, warum Sie handeln, wie Sie handeln, Sargento?«

»Ich versuch's, wie alle. Sie haben sich mehrere Tage versteckt gehalten. Ist es Ihnen nie in den Sinn gekommen, dass Sie mit Ihrem Verschwinden den Verdacht erst recht auf sich selbst lenken würden?«

»Natürlich. Aber ich hatte das Gefühl, es nicht mehr ändern zu können. Besser, ich bleibe verschwunden, und Sie haben Zeit herauszufinden, dass es jemand anders getan hat.«

»Glauben Sie, mich würde Ihr Verhalten überzeugen? Und ich meine nicht allein mich persönlich, sondern jeden, der mit den Tatsachen konfrontiert wird.«

Regina machte eine einladende Geste. »Wohl eher nicht, nehme ich an.«

»Sind Sie nicht daran interessiert, dass sich das ändert?«

»Doch, sicher. Früher oder später werden Sie den Schuldigen finden, das habe ich bereits gesagt. Dann werden Sie es glauben müssen. Aber so lange wird mir wohl nichts anderes übrig bleiben, als mich mit meinem Schicksal abzufinden.«

»Ich glaube, Sie verstehen nicht. Solange wir Sie haben und es Ihnen nicht gelingt, uns von Ihrer Unschuld zu überzeugen, gibt es für uns keine Notwendigkeit, nach jemand anderem zu suchen.«

»Geht man in diesem Land nicht zunächst von der Unschuld eines Menschen aus?«

»Doch. Aber wir haben den Revolver gefunden. Der, mit dem man sie umgebracht hat.«

»Und?«

»Es waren Ihre Fingerabdrücke darauf.«

Diese Information überraschte sie, oder ihr Erstaunen war ausgezeichnet gespielt. Nach einem Moment sprachloser Bestürzung fing sie ruhig und lange nicht mehr so ungezwungen wie zuvor zu sprechen an. »Sieh mal an. Stimmt, ich hatte einen Revolver im Haus, um mich zu verteidigen. Die meiste Zeit war ich allein dort, und obwohl mir durchaus bewusst ist, dass es illegal ist, fühlte ich mich sicherer damit. Somit ist es logisch, dass meine Fingerabdrücke darauf waren. Sie müssen ihn im Haus gefunden und ihn mit Handschuhen oder dergleichen benutzt haben. Als ich ging und ihn mitnehmen wollte, habe ich bemerkt, dass die Schachtel leer war.«

»Warum haben Sie uns dieses Detail vorher verschwiegen?«

»Sie haben mich nicht danach gefragt.«

»Und Sie kamen nicht auf die Idee, dass es wichtig sein könnte? Haben Sie nicht darüber nachgedacht, ob die Schüsse, die dem Leben Eva Heinrichs ein Ende gemacht haben, eventuell aus der Waffe abgefeuert wurden, die Ihnen offensichtlich gestohlen worden ist?«

»Natürlich habe ich darüber nachgedacht. Was ich nicht gedacht habe war, dass meine Fingerabdrücke darauf sein könnten. Das war dumm von mir, denn ich sagte ja bereits, dass es mir logisch erscheint.«

Das war alles. Regina Bolzano war an einem haarigen Punkt, der nichts Geringeres als die Tatwaffe in einem Mordfall betraf, ins Schleudern gekommen. Ein Fehler dieser Größenordnung pflegte den Befragten meiner Erfahrung nach mindestens nervös zu machen. Sie aber hatte sich zum richtigen Zeitpunkt wieder gefangen. Zusammen mit den sonstigen Informationen, die wir in dem Fall hatten, verwirrte mich diese Mischung aus Kaltblütigkeit und Naivität eher, als dass sie mir größere Klarheit verschaffte.

»In welcher Beziehung genau standen Sie zu Eva Heinrich?«

Regina hob den Blick zur Decke.

»Haben Sie noch keine Idee?«

»Nein. Bringen Sie mich auf eine.«

Regina wandte sich daraufhin an Chamorro und musterte sie mit einem Blick, der zwischen unverschämt und geheimnisvoll lag. Meine Assistentin hielt der Prüfung, ohne mit der Wimper zu zucken, stand.

»Wie heißt du?«, fragte die Schweizerin nach einer Weile.

»Sie heißt Chamorro. Machen Sie von dem Recht der Aussageverweigerung Gebrauch?«

»Ich meine mit Vornamen«, ignorierte sie meine Frage.

»Virginia«, erwiderte Chamorro selbstbewusst.

»Virginia. Wie Virginia Woolf. Hast du etwas von ihr gelesen, meine Liebe?« In anderen Zeiten, als sich noch nicht die Schmach des Alters in ihren Körper und ihr Gesicht eingeschrieben hatte, hätte man die Haltung, mit der sie für Chamorro ihre Gedanken sammelte und zu rezitieren begann, verführerisch nennen können.

»›Der Tiger sprang, und die Schwalbe tauchte ihre Flügel in dunkle Seen am anderen Ende der Welt.‹ Eine schöne Metapher, nicht wahr? Sie hat es um 1930 geschrieben, kurz bevor ich geboren wurde.«

Ich versuchte, die Situation wieder unter meine Kontrolle zu bringen.

»Señora Bolzano, das hier ist keine Teestunde. Wenn Sie möchten, sagen wir uns später ein paar Gedichte auf und spielen Backgammon, jetzt aber würde ich lieber versuchen zu klären, ob wir Sie des Mordes anklagen müssen, und falls Sie es noch nicht begriffen haben, wir sind auf dem besten Weg dahin.«

»Scheint, als ob dein Chef nichts für Virginia Woolf übrig hat«, sagte sie zu Chamorro.

»Darf ich daraus schlussfolgern, dass Sie wenig Lust haben, uns die Beschaffenheit Ihrer Beziehung zu Eva Heinrich anzuvertrauen?« Langsam wurde ich der Sache überdrüssig.

Regina wandte sich wieder mir zu und gewann ihre alte Kälte zurück.

»Wenn Sie es aus meinem Mund hören wollen, werde ich Ihnen den Gefallen tun. Unsere Beziehung sah so aus, dass ich mit Eva schlief, sooft ich konnte, und dass sie es mit sich machen ließ, sooft sie Lust hatte. Reicht Ihnen das, oder möchten Sie auch noch wissen, ob Liebe im Spiel war?«

»War sie es?«

»Was mich betrifft, ja. Was sie betrifft, naturgemäß nicht. Was mich nicht störte, obwohl es mir wehtat. Vor dreißig Jahren hätte Eva mich lieben können, weil ich eine andere war, viel attraktiver. Heute ertrug sie mich bloß, wenn überhaupt. Mehr hatte ich ihr auch nicht abverlangt. Ab einem bestimmten Moment muss man so etwas akzeptieren und Schlimmeres.«

»Wo haben Sie sich kennen gelernt?«

»In Mailand, wo ich lebe, oder gelebt habe.«

»Hat sie auch dort gelebt? Seit wann?«

»Soweit ich weiß seit einem Jahr.«

»Bei Ihnen?«

»Nicht mehr. Sie ist vor dem Sommer ausgezogen.«

Ich nutzte ihr momentanes Einlenken für einen Angriff von anderer Seite: »Kennen Sie Klaus Heinrich?«

»So hieß oder heißt ihr Vater, glaube ich.«

»Kennen Sie ihn?«

»Ich habe ihn nie gesehen. Noch nicht mal auf Fotos. Eva hat mir nie welche gezeigt.«

»Sind Sie sicher?«

»Warum sollte ich es nicht sein?«

Obwohl ich bei dieser Lüge so vehement nachhakte, der ersten, die ich wirklich als solche erkennen konnte, hatte Regina Bolzano nicht ein einziges Mal die Stimme gezittert. Welche Rolle sie in diesem Fall auch immer spielte, sie war weit davon entfernt, sie schlecht zu spielen. Ich versuchte, sie zu überraschen: »Wer hat Ihnen geholfen, sie zu beseitigen?«

»Was?«

»Wer war Ihr Komplize? Wer hat Eva an den Balken gehängt?«

»Sie irren sich.«

»War er von hier? Wie viel haben Sie ihm gezahlt?«

»Ich habe keine Ahnung, wovon Sie sprechen. Das schwöre ich Ihnen.«

Ich ließ ihr einige Sekunden zum Überlegen. Die Frau blieb standhaft. Wenn sie uns etwas vormachte, hatte sie sich minutiös darauf vorbereitet. Weder verriet sie sich noch wurde sie unruhig.

»In Ordnung. Bleiben wir einen Augenblick bei Ihrer Version. Sie hatten mit der Sache nichts zu tun. Wer hat es dann getan?«

»Ich habe absolut keine Ahnung. Vielleicht waren es die vom Strand, aber ich hatte sie weder vorher noch jemals danach wieder gesehen.«

»Warum hat man sie Ihrer Meinung nach umgebracht?«

Die Schweizerin nahm sich Zeit für diese Frage.

»Darüber habe ich viel nachgedacht in den letzten Tagen«, sagte sie ernst. »Ich verstehe diesen Hass nicht, den es braucht, sie dort aufzuhängen, obwohl ich nicht leugnen kann, dass sie die Leute manchmal regelrecht zur Weißglut treiben konnte. Das war ein Teil ihres Spiels, aber sie beherrschte noch viele andere. Sie war ein ziemlich seltenes Geschöpf. Immer war sie mit jemandem liiert, und doch war ihr

Herz stets woanders. Oft gab sie sich leidenschaftlich, aber im Grunde machte sie den Eindruck, als fühlte sie nichts. So gesehen ist der Satz der guten alten Virginia, den ich vorhin zitiert habe, bestens geeignet, um sie zu beschreiben. Einerseits ist da der Tiger, der über seine Beute herfällt. Andererseits die Schwalbe, die ihre Flügel in den See taucht, immer am anderen Ende der Welt. Obwohl die meisten sich von dem trügerischen Bild des Tigers einfangen ließen, glaube ich, dass sie eher der Vogel war. Sie lebte unter uns, aber ihre Seele war dort, verloren in den ruhigen und dunklen Gewässern eines fernen Landes. Wenn ich eine Wette abgeben sollte, würde ich wetten, dass jemand sie nicht so annehmen konnte oder wollte, wie sie war, und darauf ist ihm nichts Idiotischeres eingefallen, als sie umzubringen. Wenn Sie mich fragen, ob ich mir sicher bin, dass es so war oder wer es getan haben könnte, kann ich nur sagen, nein, ich bin mir nicht sicher und habe auch keinen Verdacht.«

Regina Bolzano hatte lyrisches Talent. Obwohl sie ihren Monolog auf Italienisch vorgetragen hatte, einer Sprache, in der sie sowohl an Geschwindigkeit als auch an Überzeugungskraft gewann, waren Chamorro und ich ihr gefolgt, als hätte sie unsere Muttersprache gesprochen. Zum ersten Mal schien die Verdächtige emotional ergriffen. Für mich war das der Zeitpunkt, ihr ein paar konkrete Angaben zu entlocken.

»Señora Bolzano, ich will ehrlich mit Ihnen sein. Für heute gibt es nur eine einzige Möglichkeit, Sie nicht anzuklagen, und die besteht darin, dass wir mit anderen Verdächtigen nach Hause kommen, die wir schlüssiger mit dem Verbrechen in Verbindung bringen können als Sie. Sagt Ihnen der Name Lucas etwas?«

Reginas Haltung schlug sofort um. Alle Weichheit war verschwunden.

»Absolut gar nichts.«

»Und Andrea?«

»Der schon. Eva hat mir jemanden mit diesem Namen vorgestellt, ein paar Tage bevor sie umgebracht wurde. Eine Frau aus Mailand, nicht sehr groß, mit hellen Augen. Haben Sie sie in Verdacht?«

»Im Moment verdächtigen wir ausschließlich Sie, Señora Bolzano. Ich kann Ihnen nur empfehlen, dass Sie gut nachdenken. Wir reden ein andermal weiter.«

Ich machte Anstalten aufzustehen, doch Regina fasste mich am Arm und sah mich mit einem Blick an, der flehentlich und fordernd zugleich war.

»Ich war es nicht«, versicherte sie mir. »Hören Sie, ich bin kein feiger Mensch. Als ich mir die Waffe kaufte, war ich bereit, sie zu benutzen, und wenn nötig auch jemandem damit das Leben zu nehmen. Aber ich will, dass Sie mir eines glauben, denn es ist die reine Wahrheit: Niemals hätte ich den nötigen Mut gefunden, Eva Heinrich in den Kopf zu schießen.«

## 14. Kapitel

Nachdem wir Regina Bolzano allein gelassen hatten, die nun auf ihren Anwalt wartete, damit sie ihre Aussage in der notwendigen Form wiederholen konnte – ein Arbeitsgang, um den sich Baena und seine Leute kümmerten –, trafen wir uns mit Zaplana.

»Und? Gut?«, war seine knappe Begrüßung.

»Sie streitet alles ab.«

»Dann lügt sie.«

»Soweit ich sehe, hat sie in ein paar Punkten ganz zweifelsfrei gelogen. Ohne mit der Wimper zu zucken, muss man vielleicht hinzufügen.«

»Glauben Sie, sie ist vom Typ her ein Mensch, der in so etwas verwickelt sein könnte?«

»Durchaus. Sie ist beileibe keine bedauernswerte, trauernde alte Frau, falls jemand das vermutet haben sollte. Die andere Frage ist, inwiefern sie mit dem Mord zu tun hat und bis zu welchem Punkt. Wir haben noch ein gutes Stück Arbeit vor uns, bis wir das beweisen oder hoffen können, dass sie einknickt. Mit dem, was wir bislang in den Händen haben, bezweifle ich, dass wir ihr ein Geständnis abringen können.«

»Haben Sie ihr alles gesagt?«

»Ich habe ihr die Sache mit dem Flugzeug verschwiegen, in dem sie zusammen mit Klaus saß, und das, was wir über ein mögliches Tatmotiv herausgefunden haben. Ebenso haben wir nichts von Evas unterschiedlichen Beziehungen gesagt, von denen Chamorro und ich erfahren haben. Ich schätze, wir sollten unsere Vermutungen erst besser untermauern, bevor wir unser Wissen einsetzen, um Regina in die Knie zu zwingen. Es gibt noch zu viele dunkle Flecken bei der Frage nach dem Ablauf der Tat. Und ihr werden wir es meiner Meinung nach nicht entlocken können. Das müssen wir schon auf einem anderen Weg herausfinden. Haben Sie vor, die österreichische Polizei zu bitten, gegen Heinrich zu ermitteln?«

Zaplana stieß einen Seufzer aus.

»Es ist bestätigt, dass er am Tag des Mordes in Wien war«, sagte er. »Seit besagtem Besuch war er laut den uns vorliegenden Unterlagen nur ein weiteres Mal auf der Insel, um die Überführung des Leichnams freizugeben. Damit die Österreicher seinen Motiven ein bisschen genauer auf den Grund gehen, brauchen wir handfestere Hinweise als die, die uns bislang vorliegen.«

»In diesem Fall gibt es nur einen Ort, an dem wir weitermachen können.«

»Nur zu, Bevilacqua. Viel Glück und – keine weiteren Fehler«, ermahnte er mich.

»Keine Sorge.«

Es war fast fünf, und wir hatten noch nichts im Magen. Als

wir uns von Zaplana verabschiedet hatten, schlug ich Chamorro vor, ein Lokal zu suchen und eine Kleinigkeit zu essen. Wir fanden ein nicht zu überlaufenes Restaurant am Meer. Es wehte eine angenehme Brise, und die Fliegen schienen sich nicht besonders für diesen Ort zu interessieren. Eine ganze Weile machte keiner von uns den Mund auf.

»Sieht ganz so aus, als ob unsere Erkenntnisse nicht besonders viel wert sind«, unterbrach meine Assistentin schließlich das Schweigen. »Ich habe den Eindruck, dass wir wieder bei Null anfangen müssen.«

»Defätismus ist ein schweres Vergehen gegen die militärischen Tugenden, Chamorro. Und in diesem Fall ist er noch dazu ein schwerer Irrtum. Wir haben viel mehr, als du denkst.«

»Zum Beispiel?«

»Zum Beispiel, dass Regina verneint, Lucas zu kennen, aber Andreas Name ihr sehr wohl bekannt ist. Vielleicht hast du dem nicht die nötige Aufmerksamkeit geschenkt, aber von allem, was sie uns gesagt hat, war das am entscheidendsten.«

»Ach ja?«

»Lucas ist ein außergewöhnlicher Mensch. Wenn sie, wie sie zugibt, Freunde von Eva kannte, dann wundert es mich, dass ihr jemand, der so nah bei ihnen wohnte und schwer übersehen werden kann, unbekannt blieb. Dahinter steckt eine Lüge.«

»Und Andrea?«

»Erinnere dich mal, mit welchen Worten Regina den Kontext umschrieben hat, in dem sie ihr vorgestellt worden ist: ›ein paar Tage bevor sie sie umgebracht haben‹, und wie sie sich beeilt hat, uns zu fragen, ob wir sie verdächtigen. Eines von beidem: Entweder es stimmt, und sie hat nichts mit dem Mord an Eva zu tun, verdächtigt aber Andrea, dann müssen wir herausfinden, warum; oder sie hat doch etwas mit dem Mord zu tun, glaubt aber, dass es ihr hilft, wenn sie Andrea beschuldigt, und dann möchte ich erst recht wissen, welche Gründe sie dafür haben könnte.«

Chamorro verzog das Gesicht.

»Als du mit Zaplana gesprochen hast, schien es mir, als hättest du keinerlei Zweifel an Reginas Verwicklung in den Fall«, sagte sie. »Und ich hatte den Eindruck, dass Zaplana diese Einstellung durchaus begrüßte.«

»Heute Morgen hatte ich keine Zweifel, weil ich noch nicht mit ihr gesprochen hatte. Und nach dem Verhör hielt ich es nicht für ratsam, Zaplana spüren zu lassen, dass ich meine Meinung geändert habe.«

»Wie bitte?«, ereiferte sich Chamorro ungläubig. »Mal davon abgesehen, dass du der Chef bist und mehr Erfahrung hast, aber ich erinnere dich daran, wie er uns heute Morgen noch zum Erröten gebracht hat. Was passiert, wenn er das nächste Mal nicht so gut gelaunt ist?«

»Lass dich nicht von deiner Panik lenken. Ich habe nicht gesagt, dass ich Regina nicht für schuldig halte. Ich sage nur, dass ich es nicht mit absoluter Gewissheit behaupten kann. Sie hat sich in puncto Waffe ungeschickt angestellt, sie hat gelogen, was Klaus Heinrich betrifft, das Gleiche gilt für Lucas. Aber das reicht noch nicht, um sie zu verurteilen. Heute Morgen habe ich die Bedeutung von Zaplanas Erkenntnissen überschätzt, weil sie mich unvorbereitet trafen. Alles, was er hat, ist eine mögliche Version, relativ plausibel, aber auch nicht wahrscheinlicher als andere. So verdächtig uns die Verbindung zu Klaus auch scheint, es fehlt immer noch derjenige, der Eva aufgehängt hat, und solange wir den nicht finden, haben wir unsere Hausaufgaben nur zur Hälfte erledigt. Zum anderen hat Regina die Beschuldigungen, ohne zu zögern oder sich in Widersprüche zu verwickeln, zurückgewiesen, und sie ging auch nicht in die Knie, als es um die Fingerabdrücke ging. Und noch etwas: Wenn die Fingerabdrücke daher kommen, dass sie den Hahn gespannt und abgedrückt hat, wundert es mich, dass sie nicht die erstbeste Gelegenheit genutzt hat, uns die Geschichte von dem Raub des Revolvers zu erzählen. Spätestens aber in dem Moment, als wir ihr sagten, dass die Waffe in unserem Besitz ist, hätte sie es tun müssen. Es ist nicht vollkommen abwegig, dass es ihr durchgerutscht ist, aber ich würde auch nicht ausschließen wollen, dass ihr die Spuren egal waren. Zumindest glaube ich, dass jemand, dem es egal wäre, genauso reagiert hätte wie sie. Wenn das aber stimmt, dann würde sich doch ein beträchtlicher Riss durch Zaplanas Theorie ziehen.«

»Und jetzt?«

»Das liegt auf der Hand, Chamorro. In Wahrheit hat sich an dem Ziel, das wir bis jetzt verfolgt haben, nichts geändert. Wir suchen weiter nach jemandem, der in der Lage ist zu tun, was bewiesenermaßen feststeht: Eva eine ordentliche Kugel in den Kopf zu jagen, sie aus unbestimmter Entfernung in das Haus zu bringen und sie dort an einem Balken aufzuknüpfen. Jemand, der das Haus nicht durch die Tür betreten konnte oder es doch konnte, aber aus irgendeinem Grund das Fenster bevorzugte. Jemand, der etwas davon hatte oder glaubte, etwas davon zu haben, sie dorthin zu bringen und aufzuhängen, und zwar, wenn du dich an den Bericht der Gerichtsmedizin erinnerst, *mindestens einige Stunden nach Eintreten des Todes*. Jemand, der die Mordwaffe mit Regina Bolzanos Fingerabdrücken in den Mülleimer warf, damit wir sie dort finden. Ein paar dieser Dinge konnte Regina erledigen, mit Unterstützung. Andere konnten ihr aus Nachlässigkeit unterlaufen sein. Bei einigen aber scheint mir ihre Beteiligung schlicht unmöglich.«

»Aber Zaplans Theorie ist sehr stimmig. Sie hat ein Motiv, die Gelegenheit passt, die Beziehungen der Verdächtigen untereinander sind berücksichtigt ...«

»Hör auf mit den Requisiten und analysiere, was du in den Händen hast. Die Theorie Zaplanas ist kohärent in sich, aber nicht in Bezug auf die Fakten. Wenn eine Theorie richtig erscheint und die Tatsachen trotzdem nicht in eine Reihe zu bringen sind, dann ist die Theorie nichts wert. Tatsachen stimmen schon per Definition. Hier fehlt jemand, Chamorro, jemand, der der Schlüssel zum Ganzen ist. Er ist nicht unbedingt der Täter, Ideengeber oder der Hauptschuldige. Vielleicht ist er sogar unschuldig. Wir führen hier eine Untersuchung, keinen Prozess. Es zählt nicht so sehr, denjenigen zu finden, der verurteilt werden muss, sondern vielmehr den, der uns erlaubt, die Zusammenhänge zu verstehen und zu erklären. Wenn wir den haben, bringen wir auch alle anderen zu Fall. Vielleicht stellt sich ja sogar heraus, dass sich mit des Rätsels Lösung alle meine Vorbehalte blitzartig in Wohlgefallen auflösen und Regina am Ende doch ins Gefängnis muss. Ich würde auch jetzt nicht beschwören wollen, dass wir sie nicht bald anklagen müssen, aber ich wehre mich dagegen, es vor der Zeit zu tun. Für den konkreten Moment heißt das, ich wehre mich dagegen, so lange ich nicht weiß, ob die beiden Spanier vom Strand, deren Beschreibung auf niemanden passt, den wir bislang kennen gelernt haben, wirklich existieren oder ein Hirngespinst sind.«

Chamorro wirkte bedrückt, obwohl ich mit Sicherheit behaupten durfte, dass es weniger aus der Furcht war, ich könnte mich irren, als wegen der Vorstellung, was passierte, wenn Zaplana bemerkte, dass wir seinen Anweisungen nicht folgten. Auch mich beunruhigte das, besonders auf die Gefahr hin, dass er davon erfuhr, bevor wir Schlussfolgerungen ziehen konnten, die unser eigenmächtiges Handeln rechtfertigten. Trotzdem, ich war optimistisch, weil ich einen Plan hatte, den ich – sofern man das in irgendeiner Form von den Einfällen des eigenen Genius sagen kann – für sehr gut hielt.

Meine Assistentin gab mir wie aufs Stichwort die Möglichkeit, sie einzuweihen.

»Und was machen wir jetzt?«, fragte sie mit dünner Stimme.

»Heute Nacht treffen wir Andrea. Ich glaube, so langsam können wir auf das Getue verzichten und zur Sache kommen. Und morgen fährst du mit Lucas ins *Abrakadabra*. Du wirst dir etwas einfallen lassen müssen, aber das kriegst du schon hin. Den Rest kannst du mir überlassen.«

»Na, hoffentlich weißt du auch wirklich, was du tust«, meinte Chamorro düster.

Über das, was wir an dem Nachmittag gegessen haben, erübrigt sich jede Bemerkung. Nachdem wir die viel zu hohe Rechnung beglichen hatten, gingen wir zu unserem Auto. In unserer Bucht angekommen, setzte ich Chamorro vor unserem Haus ab, damit sie sich eifrig über ihre Zukunft den Kopf zerbrechen konnte, und ich entschloss mich zu einem Ausflug, über dessen Anlass ich mich ihr gegenüber ausschwieg. Seit ich Regina vor mir gehabt hatte, hatten die Zusammenhänge in so rasantem Tempo an Sinn verloren, dass ich ein bisschen Ruhe brauchte, um Ordnung in meine Gedanken zu bringen. Was in meinem Kopf Gestalt annahm, war ein so gewagter Spielzug, dass ich mir zunächst selbst über alle möglichen, nicht sofort offensichtlichen Konsequenzen klar werden musste. Chamorro war keine schlechte Partnerin, auf jeden Fall hat sie sich als hundertmal besser herausgestellt, als ich vorher vermutet hätte, für gewisse Härteprüfungen im Leben gibt es jedoch keine angemessene Begleitung.

Ich parkte den Wagen neben dem Restaurant, in dem sie um diese Zeit Bier, Häppchen und das erste Abendessen für die Touristen servierten. Ich bestellte ein Bier, das mir von einem lustlosen Kellner gebracht wurde, einer von den vielen, die sich in den gastronomischen Einrichtungen eines Landes tummeln, das paradoxerweise genau von diesem Industriezweig lebt. Geduldig wartete ich auf meine Beute, die in dem Moment auftauchte, als der erste Gast zahlen wollte und man ihm seine Rechnung brachte. Mit ihrem aus den Fugen geratenen Vorbau, der nur mühsam von ihrer über dem Bauch zusammengebundenen Bluse gehalten wurde, schlug sich die dünne Frau eine Bresche. Die Hüftknochen standen wie Axtschneiden ein Stück oberhalb ihrer ein oder zwei Nummern zu großen Hosen hervor. Als sie an meinem Tisch vorüberging, griff ich nach ihr, so wie es jeder Goldkettchentyp getan hätte. Ich legte ihr den Arm um die Hüften und begrüßte sie mit einer Vertrautheit, die wir nicht hatten. Meiner Einschätzung nach konnte sie mir daraufhin eine verpassen oder es genauso gut lassen, und obwohl ich mir für beide Fälle eine Taktik ausgedacht hatte, verhehle ich nicht, dass ich die gewaltlose Variante bevorzugt hätte, erst recht bei all den Leuten.

»Hallo«, sagte ich.

Erstens: Die dünne Frau verpasste mir keine. Zweitens: Sie widersetzte sich meiner Annäherung nicht. Drittens: Sie verharrte vielmehr ein paar Sekunden an meiner Seite und ihr Gesichtsausdruck verriet, dass sie keineswegs empört auf meine Anzüglichkeit reagierte, sondern mit einer schwer zu definierenden Neugier. Das war mehr, als ich gebraucht hätte, um mich mit Verve in die zweite Etappe meiner Lieblingsvariante zu stürzen.

»Erinnerst du dich an mich? Wir haben neulich miteinander geplaudert. Ich glaube, du hattest mir deinen Namen noch nicht verraten.«

Die Frau antwortete nicht sofort. Stück für Stück rückte sie von mir ab. Sie verzog ihr einziges sinnliches Körperteil, ihre Lippen, zu einer weichen Kurve und fragte: »Warst du nicht mit einer großen Blonden unterwegs?«

»Ich war. Vielleicht sollte ich mich zuerst vorstellen. Ich heiße Luis.«

»Nun, ich heiße Candela, wie die Kerze, und deine Vorstellung wird dir auch nicht weiterhelfen.«

»Candela. Und, fängst du oft Feuer?«

»Ich bin verheiratet. Er fängt bei mir Feuer. Mit dem, was er vor sich her trägt, und mit noch so manchem anderen.«

»Mir machst du keine Angst, Candela. Du bist zu heiß für mich, als dass dein Mann mich abschrecken könnte. Arbeitest du die ganze Zeit, oder lässt du es dir auch manchmal gut gehen?«

Candela schüttelte den Kopf. Ich sah ihr abwechselnd in die Augen und auf den Bauch, diese tiefe Mulde zwischen den Knochen, über der, hoch oben, jenes von dem Knoten ihrer Bluse erdrückte Gebirge gipfelte.

»Du bist aber auch einer, der scharf um die Kurve biegt, was?«

»Um deine vielleicht.«

»Du bist ganz schön dreist, mein Lieber. Aber weißt du was, ich finde dich lustig. So Gott will, könntest du sogar Erfolg haben.«

»Was wird Gott denn wohl wollen?«

In diesem Moment fing ein Kellner an, uns mehr Beachtung zu schenken, als Candela lieb sein konnte, um ihre Ungezwungenheit nicht zu verlieren.

»Gott will, dass du dir einen Zeitpunkt und einen Ort und eine Frau suchst, die zur Verfügung steht. Ich kann nicht.« Und bevor sie in das Restaurant zurückging, zeigte sie mir ihren Ring.

Ich trank mein Bier aus und verließ die Terrasse, ging aber nicht zu unserem Haus. Auch auf die Gefahr hin, dass Chamorro sich Sorgen machen könnte, setzte ich mich ins Auto und wartete darauf, dass sie Feierabend hatte. Es wurde elf, bis sie aus dem Restaurant kam, und wohin auch immer ihr Weg sie nach der Schicht führte, sie legte ihn zu Fuß zurück. Ich startete den Motor und wartete, bis sie die halbe Straße hinuntergelaufen war, bevor ich sie abfing. Neben ihr drückte ich einmal kurz auf die Hupe und hielt an. Candela drehte sich langsam um, als wären ihr solche Manöver nicht unbekannt.

»Hast du es weit?«, fragte ich.

»Zu weit für dein Auto.«

»Der Tank ist voll. Wie weit denn genau?«

Candela beugte sich zum Fenster hinunter.

»Wie voll genau?«

»Voll genug, um bis zum richtigen Moment und zum richtigen Ort zu warten.«

»Dann fehlt dir aber noch die Frau.«

»Die Frau habe ich schon, und die nimmt mir so schnell auch keiner mehr weg.«

»Du gibst nicht auf, hm? Was ist denn mit deiner Blonden passiert?«

»Keine Ahnung. Läuft hier irgendwo rum und entdeckt die Welt. Mir egal. Sollen sich andere daran erfreuen. Bei ihr gibt es für mich nichts mehr zu entdecken.«

»Ich glaube, ich habe sie einmal gesehen, als sie auf Entdeckungsreise war.« Sie wartete ab, ob die Anspielung irgendeine Wirkung bei mir zeigte.

»Vergiss die Blonde. Wenn du willst, gebe ich dir Zeit, damit du nicht glaubst, ich will mich aufdrängen. Für heute lasse ich dich in Ruhe, um dich morgen wieder abzuholen, um die gleiche Zeit. Mach dich hübsch, und sei ausgeschlafen.«

»Ich habe nicht ja gesagt.«

»Ich habe dich auch heute um keine Antwort gebeten. Gib sie mir morgen.«

Bevor sie etwas erwidern konnte, legte ich einen Gang ein und löste die Handbremse. Im Rückspiegel beobachtete ich, dass sie noch eine Weile stehen blieb und mir nachsah. Eilig fuhr ich zu unserem Domizil zurück. Chamorro wirkte in der Tat etwas beunruhigt.

»Wo bist du gewesen?«

»Ich habe zwei Enden zusammengebunden.«

»Was denn für Enden?«

»Alles zu seiner Zeit. Zieh dich an. Wir fahren zum Hafen.«

Wir machten einen ausgiebigen Spaziergang an den Kais

und besuchten die ein oder andere Bar, bevor wir ins *Abrakadabra* gingen. Ich nutzte die Zeit, um Chamorro genau zu instruieren, wie sie sich in dieser Nacht und in der nächsten zu verhalten hatte. Gegen Viertel vor zwei betraten wir den Club.

Aus den Lautsprechern tönte schwerfällig ein Blues, zu dem einige Paare auf der Tanzfläche vergeblich ihr Glück versuchten. Nach kurzer Beobachtung bemerkte ich, dass eines von ihnen Enzo und Andrea waren. Ich wartete, bis sie zu mir rübersah, um ihr ein Zeichen zu geben. Sobald sie mich entdeckt hatte, ließ sie Enzo los und forderte mich mit deutlichen Gesten auf, zu ihr zu kommen. Gefügig räumte Enzo den Platz neben ihr und ging seinerseits auf uns zu. Chamorro wusste genau, was sie jetzt erwartete. Auf halbem Weg kreuzte ich mich mit dem Italiener, der mich anlächelte und mir zur Begrüßung kurz an den Arm fasste. Trotz seiner freundlichen Art hatte er etwas Deprimierendes an sich.

Andrea warf sich mir an den Hals. Sie tat das mit einem solchen Schwung, dass wir fast umgefallen wären.

»Ich habe den ganzen Nachmittag auf dich gewartet, am Strand«, maulte sie.

»Wir konnten nicht. Es ist was dazwischengekommen.«

»Du hättest jemanden schicken sollen, der mich benachrichtigt. Ich habe mir sämtliche Nägel abgekaut und ein paar Finger auch. Küss mich, Luigi.«

Da ich ein Interesse daran hatte, sie möglichst unbeschwert zu wissen, kam ich ihrem Befehl gern nach. Eine ganze Weile blieb die Musik unverändert, und Andrea und ich wiegten uns zu den sanften Klängen. Bis dem Plattenaufleger in den Sinn kam, dass der Waffenstillstand lang genug gedauert hatte, und er uns in einem Überraschungsangriff mit den härtesten Rhythmen dieses Sommers bombardierte. Aus diesem Grund und weil Andrea mich für diesen Tanz auch schon nicht mehr brauchte, ging ich los, um mir etwas Alkohol zu besorgen. Das erste Glas leerte ich in wenigen Zügen, bei dem zweiten beschloss ich, an einem der Tische am Rand der Tanzfläche etwas methodischer vorzugehen. Chamorro hatte in Enzo ihren Partner gefunden, und Andrea wirbelte inmitten der wachsenden Besucherschar allein vor sich hin. In dem Maße, in dem mein Organismus die betäubende Flüssigkeit in sich aufnahm, wurde auch die Atmosphäre mitsamt ihrer Leute angenehm leicht. Als Andrea mich schließlich zu sich winkte, hatte ich bereits einen Zustand erreicht, in dem mir die Aussicht, mich diesen lärmenden Sequenzen zu unterwerfen, regelrecht wünschenswert erschien. Ich gab mich den ritualisierten Bewegungen des Tanzes hin, bis mein Hemd nass geschwitzt war – vielleicht ging es am Ende um nichts anderes. Andrea war ebenfalls schweißgebadet. Ich nahm sie in den Arm und lenkte sie an einen etwas ruhigeren Ort.

In dieser Nacht führte ich Andrea erneut an den Rand, und auch ich näherte mich haarscharf dem Abgrund, an dem ich aufhörte, ein ermittelnder Polizist zu sein, um mich in einen hungrigen Wolf zu verwandeln.

»Bring mich hier weg«, bat sie.

Ich suchte Chamorro. Sie war wieder mit Enzo auf der Tanzfläche. Es machte ihr sichtlich Spaß, und die Steifheit von einst hatte sich vollständig verflüchtigt. Enzo sekundierte ihr devot.

»Ich kann nicht mit dir verschwinden. Nicht heute Nacht«, bedauerte ich.

»Ihretwegen?«

»Sie mag dich nicht. Die Leute haben ihr ein paar Flausen in den Kopf gesetzt.«

»Was denn für Flausen?«

»Enzo hat ihr erzählt, dass du mit der Frau unterwegs warst, die sie umgebracht haben. Das, zusammen mit der Art, wie du dich ihr gegenüber verhalten hast, hat ihr, glaube ich, Angst eingeflößt.«

Andreas graue Augen gefroren einen Moment zu Eis.

»Das hat ihr Enzo erzählt?«

»Gleich in der ersten Nacht, als er so betrunken war.«

»Was für ein Dummkopf«, murmelte Andrea voller Hass.

»Stimmt es denn? Warst du mit ihr zusammen? Sag die Wahrheit«, drängte ich. »Wenn du mich anlügst, gehe ich und bleibe für immer verschwunden.«

Andreas Mimik entspannte sich.

»Wie sollte ich dich anlügen?«, protestierte sie. »Du weißt, dass es stimmt. Ich habe dir von ihr erzählt, ohne ihren Namen zu nennen. Hast du es nicht erraten?«

»Doch.«

»Und was jetzt?«

»Keine Ahnung.« Ich zuckte mit den Schultern. »Ich habe keine Angst vor dir. Wir könnten Maria ein bisschen zur Seite stehen. Ich möchte nicht, dass sie leidet.«

»Willst du mich nicht fragen?«

»Was?«

»Was zwischen uns war, wie lange es gedauert hat, alles Mögliche; ob ich sie umgebracht habe oder den Täter kenne.«

»Sag es, wenn du Lust hast, aber fragen werde ich dich nicht. Ich möchte es mir nicht unnötig schwer machen. Denk dran: Das ist mein letzter Sommer.«

»Ich habe sie geliebt; obwohl es so traurig und so kurz war, habe ich sie mehr geliebt als jeden anderen zuvor«, erklärte sie stolz, aber nicht mir, sondern sich oder einem Dritten. »Von dem Augenblick an, in dem ich sie kennen lernte. Sie hat mich auch geliebt. Da bin ich sicher, obwohl sie mir so gern wehgetan hat. Ich sage nicht, dass sie mich in jeder Sekunde geliebt hätte. Ich meine, dass ich ihr die Tränen abgewischt habe und gefühlt habe, wie sie zitterte wie ein kleines Mädchen. Ich bezweifle, dass das außer mir noch jemand erzählen kann. Ich habe sie nicht ermordet und könnte auch niemals die gleiche Luft atmen wie das Schwein, das es getan hat. Sie ist gegangen, und ich weine nicht um sie, weil sie auch nicht um mich geweint hätte. Mir bleiben noch drei Tage auf der Insel, bevor der Winter kommt. Verlass mich nicht, Luigi. Ich kann für dich nicht dasselbe empfinden, was ich für sie gefühlt habe, aber ich bin im Moment zu schwach, um zu ertragen, dass mich irgendjemand verlässt.«

## 15. Kapitel

Halb eins war durch, als Chamorro und ich am nächsten Tag nach einem erholsam ausgiebigen und erfrischenden Schlaf aufstanden. Wir aßen am Sporthafen und gingen dann an den Strand. Den Nachmittag verbrachten wir zu Hause, Chamorro lesend und ich, indem ich meine Gedanken auf die für mich einzige wirklich effektive Art sortierte: Ich malte Bleifiguren an. Ich gehe nie ohne mein Mäppchen mit Pinseln, Farben und mindestens ein oder zwei Figuren auf Reisen. Sie nehmen im Koffer kaum mehr Platz ein als ein Rasierapparat, sind aber bedeutend nützlicher. An jenem Nachmittag widmete ich mich einem besonders interessanten Stück: einem spanischen Soldat aus der Zeit des Kubakrieges mit einer längs gestreiften Uniform, selbst für den feinsten meiner Pinsel eine echte Herausforderung, ganz zu schweigen von meinem Puls, für den ich mich rühmen könnte, verstieße es nicht gegen das Gesetz der Höflichkeit. Der Soldat war nicht aus patriotischen Gründen ein Spanier. Meine Prinzipien untersagten mir, einen Infanteristen aus der Schlacht von Saint Quentin zu bemalen, nicht aber einen Seemann der Spanischen Armada. Unabdingbare Voraussetzung für die Wahl einer Bleifigur war, dass sie kein Mitglied einer siegreichen Armee repräsentierte. Wenn Kunst sich in den Dienst des Sieges stellt, wird sie obszön.

Das Buch, das Chamorro las – und ich achtete aus dem gleichen Grund darauf, aus dem ich auch von den Figuren spreche, weil nämlich Gepäckstücke, die jemand außer Kleidung in seinem Koffer herumzutragen pflegt, viel über sein Wesen aussagen –, war aus einer dieser Reihen, in denen die Literaturnobelpreisträger veröffentlicht wurden. Als ich auf den Titel sah, begriff ich, was sich hinter ihrer gerunzelten Stirn abspielen musste: Sie las *Absalom, Absalom.* Ich unterstellte ihr, vielleicht zu Unrecht, dass die wechselhaften Schicksalsfälle der teuflischen Familie Sutpen nicht eben leicht mit einem Charakter wie Chamorros in Einklang zu bringen waren, der, harmonieorientiert, neben anderen Gesetzmäßigkeiten auch die kalte himmlische Ordnung verfocht. So oder so war es ein Grund mehr, die Verdienste um ihre selbstlose Lektüre zu schätzen.

Gegen neun stieg ich ins Auto und fuhr ins Dorf. Von dem Restaurant aus, in dem wir gegessen hatten, hatte ich Perelló angerufen, und wir hatten uns für halb zehn auf der Wache verabredet. Er erwartete mich mit Satrústegui, Barreiro und Quintero, der Cordobese, der gegen brutalere polizeiliche Maßnahmen nichts einzuwenden hatte. Die Details aber besprachen Perelló und ich unter vier Augen. Ich hörte von ihm kein kritisches Wort zu meinem Plan. Ich hatte das Vertrauen unserer Vorgesetzten, und die Kehrseite der Medaille bestand darin, dass ich im Falle des Scheiterns die Verantwortung allein übernehmen musste. Jeder Einwand von seiner Seite hätte das unnötig unter Beweis gestellt, und so hielt er sich auch ohne Not zurück. Nur eines sagte er mir, als ich abgeschlossen hatte.

»Es gibt eine Sache, auf die sollte man vorbereitet sein. Und das erwähne ich nicht, um dich zu kritisieren«, fügte er schnell hinzu.

»Bitte, nur zu. Du hast das Kommando.«

»Es könnte sein, dass sie sich nicht provozieren lassen.«

»Das könnte sein. Sicher weiß man es vorher nie.«

»Und dann?«

»Dann müssen wir sie trotzdem auf jeden Fall festnehmen. Selbst wenn wir sie am nächsten Tag wieder laufen lassen und eine gute Rechtfertigung finden müssen. Was ich will, ist, dass sie den Atem der Polizei im Nacken spüren und die falschen Schlussfolgerungen ziehen. Die Reihenfolge ist mir dabei fast egal.«

»Ich weiß nicht«, zweifelte Perelló. »Wenn sie nicht in die Falle tappen, wird es schwer sein, Zaplana eine plausible Erklärung zu liefern. Er könnte glauben, dass du die Prioritäten aus den Augen verloren hast und in alte Gewohnheiten zurückverfällst. Das Risiko musst du selbst einschätzen.«

»Ich werde mir schon etwas einfallen lassen. Für den Moment habe ich ein gutes Gefühl.«

Perelló nickte und betrachtete das Porträt des Königs, als hätte er es zum ersten Mal vor sich.

»Es ist merkwürdig, wie wenig Gedanken du dir um dich selbst machst«, sagte er schließlich. »Ohne zu wissen, wie das Spiel ausgeht, setzt du auf Zahl und bist dabei.«

»Ich rechne mit dir. Ich springe, weil unten ein Netz hängt, und das Netz bist du. Bei jemand anderem würde mir das nicht so leicht einfallen.«

Perelló zeigte auf dieses Kompliment hin keinerlei Reaktion. Er entzog sich, als hätte es nichts mit ihm zu tun. Als ich zum Haus zurückkehrte, machte Chamorro sich bereits fertig. Sie hatte sich wieder für das enge Kleid entschieden, das, das sie auch in der zweiten Nacht mit Lucas anhatte. Wir gingen zum letzten Mal den vorgesehenen Zeitplan durch. Bevor ich sie gehen ließ, machte ich noch eine aufmunternde Bemerkung: »Viel Glück, Virginia. Mach einfach weiter wie bisher.«

Ich strich ihr über den Kopf und schwöre, dass diese Geste sauber war. Ich spürte einfach den Drang, ihr durch die körperliche Berührung meine Unterstützung zu vermitteln, und ich glaube nicht, dass sie sie mir übel nahm. Danach verschwand sie, und ich bereitete mich auf meinen Part vor. Wenn alles glatt lief, würden wir uns drei Stunden später im *Abrakadabra* wieder treffen, und zwar nicht um eine, sondern um eine ganze Hand voll Böller anzuzünden und zu hoffen, dass sie uns nicht in den Fingern explodierten.

Candela stand zu der Stunde, die wir am Vorabend verabredet hatten, nicht an der vereinbarten Ecke, aber das Restaurant hatte sie auch noch nicht verlassen. Etwa zwanzig Minuten hielt ich in der Nähe Wache, bis sie schließlich auftauchte. Sie war auffällig zurechtgemacht und ließ keinen Zweifel an meinen Möglichkeiten. Ohne dass sie es merkte, folgte ich ihr im Auto bis zu unserem Treffpunkt. Als sie dort ankam und mich nicht sah, schüttelte sie bloß den Kopf und ging weiter. Das war mein Einsatz. Sobald sie hörte, dass sich der Wagen näherte, blieb sie stehen.

»Ich dachte schon, du hättest aufgegeben«, sagte sie.

»So schnell gebe ich nicht auf«, antwortete ich und hielt dabei ihrem skeptischen Blick stand.

»Hier bin ich also und habe mich hübsch gemacht, fast so hübsch wie ich kann. Und was hast du dir zur Belohnung ausgedacht?«

»Möchtest du essen gehen? Oder hast du schon gegessen?«

»Ich esse nie im Restaurant. Ich sehe, wo sie die Zutaten herholen und was sie da reinmischen. Wenn du ein anständiges Lokal kennst, lasse ich mich einladen.«

»Sag du, wohin du willst, und ich bringe dich hin.«

Wie ich spekuliert hatte (wenngleich dazu nicht viel gehörte, das stimmt schon), schlug Candela den Sporthafen vor und führte mich, als wir dort waren, zu einem italienischen Restaurant. Nichts Außergewöhnliches und vom Angebot eher bescheiden, aber wenigstens roch es dort nicht nach altem Bratfett wie in dem Restaurant, in dem sie sich ihren Lebensunterhalt verdiente.

Candelas Aufmachung verdient eine nähere Beschreibung.

Doch bevor ich damit beginne: Vielleicht hatte ich noch nicht erwähnt, wie groß sie war. Obwohl sie mehr oder weniger meine Statur hatte, wirkte sie aufgrund ihres drahtigen Körpers doch ungewöhnlich hoch aufgeschossen. Sie trug einen außerordentlich knappen Rock, unter dem ihre erschreckend hageren Oberschenkel zum Vorschein kamen, die aus nichts anderem zu bestehen schienen als aus faserigen Muskelsträngen und Haut zur Ummantelung ihrer Knochen, die andernfalls offen liegen würden. Von den Knien abwärts war die Fleischlosigkeit ihrer Körpers beinahe alarmierend, aber ihr missfiel das offensichtlich nicht im Geringsten. Im Gegenteil. Ihre Beine waren ständig in Bewegung, und ihre Füße wippten nach einer einstudierten Technik verführerisch vor und zurück. Oben hatte sie sich an diesem Abend für ein Baumwollfähnchen entschieden, das lediglich ihre Schultern und den Teil verhüllte, der sehr wohl die Aufmerksamkeit eines jeden auf sich zog, der vor ihr stand. Die nackten, mit Sommersprossen und Leberflecken übersäten Arme zischten während sie sprach wie Lanzen durch die Luft. Geschminkt hatte sie sich auf eine Art, die ihre Gesichtszüge stark betonte und sie fast feindlich wirken ließ. Wenn ihr viel zu roter Mund sich öffnete, hatte man den Eindruck, man schaute auf eine klaffende Wunde.

Während des Essens gab Candela eine relativ wirre Lügengeschichte über die Beziehung zu ihrem Ehemann zum Besten. Sie tat das aus einer gewissen Ehrliebe heraus, obwohl ich ihr mehrfach beharrlich zu verstehen gab, dass mich dieses Thema nicht sonderlich kümmerte. Eine durchaus ehrlich gemeinte Beharrlichkeit, da mein ganzes Interesse an ihr doch nur den Verbindungen galt, die sie zu anderen Personen unterhielt. Zumindest fast mein ganzes. Candela trank widerspruchslos den Wein, mit dem ich regelmäßig ihr Glas füllte, und je häufiger ich ihr nachschenkte, desto unverblümter verhielt sie sich, und die anfängliche Zurückhaltung verflog, bis sie sie ganz aufgab. Damals und auch heute bleibe ich bei meiner Theorie, dass ich sie keinen Deut interessierte, aber dass es ihr ein Triumph war, so schnell und ohne sich anzustrengen die Möglichkeit zu finden, Lucas ins Gesicht zu spucken. Sie selbst bestätigte es mir, als sie mir nach dem Essen vorschlug, in die Bucht zurückzufahren und die Diskothek zu besuchen, in der der Ex-Legionär am Plattenteller saß. Ich lehnte, ohne einen besonderen Grund anzugeben, ab, ließ aber durchblicken, dass diese Entscheidung nicht endgültig sein musste. Stattdessen bot ich ihr an, erst einmal woanders hinzugehen, um uns ein bisschen einzuschwingen. Candela folgte mir, und so kam es, dass wir vor der Tür des *Abrakadabra* standen.

»Hier?«, fragte sie panisch, als hätte ich sie in ein Bordell oder an einen sonst wie abschreckenden Ort geführt.

»Mir gefällt die Musik, die sie hier spielen«, betonte ich. »Hast du was gegen den Laden?«

»Das ist der letzte Schuppen. Für Schwuchteln und solche Leute.«

»Warst du mal drin?«

»Manchmal«, sagte sie unwillig. »Um mich davon zu überzeugen, dass man besser nie wieder einen Fuß da reinsetzt.«

»Das Publikum ist mir egal. Ich höre gern Blues-Musik, und hier haben sie ein Händchen für die richtigen Stücke. Meinst du nicht?«

»Ich weiß nicht. Komm schon, lass uns woandershin gehen.«

Ihr nachdrücklicher Widerstand führte schließlich zu der Entscheidung, dass ich meinen Plan um jeden Preis durchsetzen wollte. Ich zog sie an mich, und in dem Versuch, unwiderstehlich zu klingen, murmelte ich ihr ins Ohr: »Wir gehen hier rein, trinken jeder einen Gin-Fizz, tanzen ein Weilchen und machen den Rest der Nacht dann, worauf du Lust hast.«

»Einen Gin-Fizz?«

»Kennst du nicht?«

»Doch. Ist mir zu bitter. Außerdem habe ich meinen letzten aus dem Glas von jemand getrunken, mit dem es schlecht endete. Ich bin abergläubisch.«

»Dann trink was anderes. Komm.«

Ich zog sie mit und lenkte sie zum Eingang. Es schien so, als wenn die Aussicht auf einen kurzen Besuch ihr half, ihre Bedenken dem Club gegenüber aufzugeben, aber es war auch bemerkenswert, wie genau sie sich umsah. Wir traten an die Bar, wo ich meinen angekündigten Gin-Fizz bestellte und sie etwas, das ungefähr von genau so schlechtem Geschmack zeugte wie eine Cola mit Whiskey. Danach gingen wir zur Tanzfläche. Sie spielten nicht gerade einen Blues, sondern eher einen dieser uralten Discohits aus der Mottenkiste der späten siebziger Jahre, die im Laufe der Zeit einen schmalzigen und zu naiven Beigeschmack angenommen hatten. Candela wollte tanzen, vielleicht, um dadurch zu vergessen, dass sie an einem Ort war, an dem sie nicht sein wollte. Um ihr die Bewegungen zu erleichtern, nahm ich ihr Glas und schlug vor, es auf einem Tisch abzustellen, während wir tanzten. Candela reichte mir ihren klebrigen Saft, und ich ließ sie auf dem Parkett wie eine Verrückte ihre Brüste hin und her schaukeln. Um den mehr oder weniger enthusiastischen Tänzern aus dem Weg zu gehen, zog ich mich in den hinteren Teil des Raumes zurück. Vor gut fünf Minuten hatte ich dort jemanden entdeckt, und dieser Jemand hatte auch mich gesehen.

Andrea verfolgte meine Wandlungen sehr genau. Sie war mit Enzo dort, der mich zum ersten Mal, seit wir uns kannten, auffällig reserviert musterte. Ich tat so, als wäre nichts vorgefallen, und nachdem ich mich versichert hatte, dass Candela noch beschäftigt war, setzte ich mich zwischen die beiden.

»Da habe ich euch ja endlich gefunden«, begrüßte ich sie erfreut, und streckte Enzo eine Hand hin, die er kraftlos schüttelte, während ich Andrea einen Kuss auf die Wange zu geben versuchte, der aufgrund einer abrupten Drehung ihres Halses auf dem Nacken landete.

»Du hast uns genau in dem Moment gefunden, in dem du angefangen hast, uns zu suchen«, sagte Andrea vorwurfsvoll.

»Du wirst dich doch nicht wegen meiner Freundin ärgern, was?«

»Wo hast du die denn aufgegabelt?«, fragte sie mit Nachdruck.

»He, Andrea«, versuchte ich sie zu beschwichtigen.

»Ich habe gefragt, wo du sie aufgegabelt hast.«

»In der Diskothek bei uns im Dorf. Ihr Begleiter hat sich in Maria verliebt, und ich musste sie ein bisschen trösten. Irgendjemand muss sich ja um sie kümmern.«

»Wie fürsorglich.«

»Ich habe es für Maria getan, um ihr die Bahn freizuräumen. Na ja, nicht nur deswegen. Jetzt ist sie abgelenkt, und das ist mir nur recht.«

»Was war das für ein Typ, mit dem sie unterwegs war?«, bohrte Andrea, als ob sie schon wüsste, was ich darauf antworten würde.

»Ziemlich groß.«

»Nur groß?«, hakte sie nach.

»Groß und dunkelhaarig, mit einem Pferdeschwanz und einem ziemlich verwegenen Ohrring. Hör mal, warum interessiert dich das so?«

Die Italienerin richtete ihren Blick ins Nichts und sagte: »Ich kenne sie. Die Frau und den Typ. Sie waren mit Eva hier in der letzten Nacht, bevor sie sie umgebracht haben.«

Ich tat besorgt.

»Du willst doch wohl nicht sagen, dass Maria in Gefahr ist. Abgesehen von seinem Zopf und dem Ring an seinem Ohr wirkte er auf mich wie ein ganz gewöhnlicher Typ.«

Andrea hätte darauf schweigen oder meine Bemerkung

entkräften können. Aber sie entschied sich, mich beeindrucken zu wollen und bestätigte damit meinen Verdacht.

»Nicht ganz so gewöhnlich«, entgegnete sie. »Ebenso wenig wie sie. Ich weiß nicht genau, was zwischen den beiden lief, aber Eva hatte mir später verraten, dass er nicht locker gelassen hatte, bis er sie mit diesem Busenwunder verkuppelt hatte, was Eva selbst mehr oder weniger kalt ließ.«

Von heute aus betrachtet war das der Moment, in dem mein Gehirn jenen Fehlschluss zog, der mich in dieser Nacht so fatal in die Irre geleitet hat. Ein Fehlschluss, für den es keine Entschuldigung gibt, weil er die Konsequenz meines übermäßigen Vertrauens war. Indem ich meine ersten Vermutungen bestätigt sah, ließ ich meine Deckung fallen und war mir meiner Scharfsichtigkeit sicher. Das ist ein angenehmes Gefühl, und es gibt wohl niemanden, der das nicht mit großer Selbstsicherheit genießt, zumal es der Eitelkeit schmeichelt. Das Problem ist nur, dass man nicht immer scharfsichtig genug ist, um unbesorgt weiterzumachen, und das Gefühl, das man hat, wenn man merkt, dass man sich geirrt hat, was eigentlich immer passiert, wenn man unbesorgt voranschreitet, ist weitaus weniger angenehm und ohne einen Funken Eitelkeit kostet es viel mehr, die Selbstsicherheit zu bewahren, weil man plötzlich sieht, wie angreifbar und reduziert die eigene Existenz doch ist. Mit der Zeit lernt man dann, aus der Beschämung seinen Nutzen zu ziehen, weil die Scham viel wegweisender ist als der Ruhm, aber in der Situation, noch dazu umstellt von einer Menge Schwierigkeiten, ist es schwer, die Vorteile zu schätzen, die es hat, sich zum Idioten zu machen.

Wo ich jetzt schon an die verfluchte Frechheit erinnern muss, in der meine Vorstellung in dieser Nacht gipfelte, tue ich das auch auf die Gefahr hin, dass an meiner unterstellten Gewitztheit berechtigte Zweifel aufkommen. Aus Respekt vor der Wahrheit ziehe ich es vor zu bekennen, dass ich vom richtigen Weg abkam, obwohl sich erst später herausstellte, wie und bis zu welchem Punkt, und zu meiner Schande war es das Schicksal, das mir die Möglichkeit gab, den Fehler zu korrigieren.

Nach Andreas Bekenntnis, das den Kreis meiner Vermutungen schloss, war ich, ohne zu zögern, bereit, die Sache abzuschließen.

»Warte hier«, bat ich sie. »Wollen wir doch mal sehen, aus welchem Holz die Frau geschnitzt ist.«

Ich ging zu Candela und sagte ihr, dass ich sie ein paar Freunden vorstellen wollte. Das Programm begeisterte sie nicht gerade, aber sie ließ sich doch zu Andrea und Enzo an den Platz führen.

»Wir kennen uns«, empfing Andrea sie unterkühlt.

»Stimmt, irgendwie kommst du mir bekannt vor«, bestätigte Candela, die sich auf ziemlich plumpe Weise dumm stellte. Der Ausdruck, der sich auf ihrem Gesicht abzeichnete, als sie die beiden Italiener sah, sprach Bände.

»Na so was. Und woher kennt ihr euch?«, fragte ich.

»Wir haben uns hier mal gesehen«, rutschte es Candela heraus.

»Wir haben eine gemeinsame Freundin. Besser: hatten«, berichtigte sich Andrea.

Candela wurde nervös.

Ich nutzte die Chance. »Was soll das heißen, ihr hattet?«

»Inzwischen ist sie die Freundin von niemandem mehr«, erklärte Andrea.

Candela beeilte sich, auf Distanz zu gehen. »Sie war nie meine Freundin. Ich habe sie gekannt, das ist alles.«

»Aber was ist denn passiert? Ist sie gestorben?«

Andrea antwortete nicht. Candela schluckte. Sie erinnerte sich vermutlich daran, dass sie mir ein wenig prahlerisch erzählt hatte, wie sie Eva zum Teufel gejagt hatte. Dieselbe Eva, die sie indirekt jetzt dazu zwang einzugestehen, dass sie über sie Andrea kennen gelernt hatte. Und sie sollte es besser gestehen, denn tat sie es nicht, würde es die Italienerin erzählen, was Candela aus verschiedenen Gründen nicht angenehm sein konnte.

»Es war die Frau, die sie in der Bucht umgebracht haben«, murmelte sie mürrisch.

»Die berühmte Eva«, sagte ich, als würde ich die Zusammenhänge langsam begreifen. »Die ist auch wirklich überall. Aber hast du mir nicht erzählt, dass du dich mit ihr gestritten hast?«, hakte ich nach.

An diesem Punkt der Unterhaltung wurden wir von einem Ereignis unterbrochen, auf das ich schon seit einigen Minuten wartete. Chamorro und Lucas hatten den Club betreten, und sobald sie uns gesehen hatten, was meine Assistentin unauffällig gesteuert hatte, waren sie zu unserem Tisch gekommen. So standen sie nun vor uns, und wir alle schauten von unseren Stühlen zu ihnen hoch. Chamorro tat erstaunt, und zu einem Teil dürfte sie es auch gewesen sein, da ich ihr nicht angekündigt hatte, dass auch Candela bei uns sein würde. Aus Lucas' Miene auch nur die Spur eines Gefühls herauszulesen war unmöglich.

»Hallo«, sagte ich als Erster. »Dann sind wir ja vollzählig. Wollt ihr euch nicht setzen?«

Lucas überging mein Angebot und wandte sich an Candela. »Was machst du hier?«

»Das Gleiche könnte ich dich fragen«, verteidigte sie sich.

»Du bist nicht zu retten.«

»Und du? Du hast angefangen, wenn ich dich daran erinnern darf. Und jetzt bist du hier, genau wie ich.«

»Ich glaube, darüber sollten wir woanders weiterreden«, diktierte der Ex-Legionär.

»Hey, was sind denn das für Diskussionen? Wir lassen nicht zu, dass ihr unsere Feier kaputtmacht«, mischte ich mich ein.

Daraufhin sah Lucas mich an. In seinem Blick lag etwas,

das mich zugleich taxierte und warnte. Seine Ruhe schüchterte ein, noch mehr aber der eisige Glanz in seinen Augen. Und sollte ich den Blick allein nicht verstanden haben, fasste er es in einfachen Worten zusammen: »Ich spreche nicht mit dir, du Clown. Bleib einfach da sitzen, wenn du später alle deine Zähne im Mund mit nach Hause nehmen willst.«

Ich gab nicht klein bei. »Willst du mir drohen?«

»Wie kommt es dir denn vor?«

»Mit Schlägen?«

»Es reicht«, betonte er gelassen. »Komm mit«, befahl er Candela.

»Einen Moment«, wandte ich ein. »Das ist ja wohl ein Versehen. Um die Wahrheit zu sagen ist es sogar schon der zweite Ausrutscher, nachdem du einen gut gemeinten Scherz mit dieser dummen Bemerkung über meine Zähne beantwortet hast. Und jetzt nimmst du dir heraus, eine Frau herumzukommandieren, die mit mir hier ist. Für diese Unhöflichkeit sollte ich aus deinem Zopf einen Schlüsselanhänger flechten.«

Lucas lächelte und legte mir seine Hand auf die Schulter.

Ich darf hinzufügen, dass seine Hand viel größer war als meine Schulter. Dennoch machte ich mich mit einer Armdrehung von ihr frei. Eine Zehntelsekunde zögerte er, aber schließlich gab er sich damit zufrieden, Candela zu packen und sie mit sich zu ziehen. Die Frau leistete keinen Widerstand.

Bevor sie gingen, wandte er sich noch einmal an Chamorro: »Entschuldigung. Es dauert nur eine Minute.«

Während Lucas und Candela Richtung Ausgang verschwanden, richteten sich alle Blicke auf mich.

»Was soll das?«, fragte meine Assistentin und gab damit wieder, was alle dachten.

»Nichts, Maria. Wartet hier. Ich bin sofort wieder da.«

»Was willst du tun?«, rief Andrea aufgebracht.

»Herausfinden, was der Meister taugt.«

»Du bist verrückt. Der pustet dich um.«

»Natürlich. Aber ich will es auch auf einem anderen Feld herausfinden.«

Zunächst blieben sie alle auf ihren Plätzen, doch bevor ich durch die Tür auf die Straße schritt, registrierte ich, dass Andrea aufgestanden war. Sie kamen allerdings nicht rechtzeitig, um beobachten zu können, wie ich von hinten auf Lucas zuging und ihm meinen Zeigefinger dreimal hintereinander in den Rücken bohrte, während der Legionär hitzig mit Candela diskutierte. Sehr wohl aber sahen sie, wie er sich umdrehte, kurz innehielt und sich dann entschied, mir das halbe Gesicht mit einem gut platzierten Fausthieb zu polieren. Es folgten noch zwei Schläge in den Unterleib, bevor Perelló und seine Männer auf der Bildfläche auftauchten. Quintero setzte Lucas mit einem gezielten Angriff auf seine Testikel außer Gefecht, und Satrústegui widmete sich Candela. Mir half Barreiro auf die Beine. Bevor sie uns drei abtransportierten, wurde ich zufrieden gewahr, dass Chamorro die Italiener diskret zurückdrängte.

## 16. Kapitel

Lucas und die Mädchen nahmen sie in dem Jeep mit, mich in dem anderen Auto. Es dauerte knappe zehn Minuten, bis ich wieder sprechen konnte, und den ganzen Weg bis zur Wache, bis meine Nase aufhörte zu bluten. Barreiro fuhr, und er musste sich stärker auf die Straße konzentrieren, konnte es aber trotzdem nicht lassen, mich ab und an von der Seite bewundernd anzusehen.

»Meine Güte, Schwein gehabt. Ich dachte, der bringt Sie um.«

»Und ich erst.«

»Gott sei Dank, dass Quintero auf Zack war. Außer da, wo er ihm eine verpasst hat, hat der vermutlich keine einzige weiche Stelle.«

»Hör mal, Barreiro, glaubst du, dass die Leute, die bei Chamorro standen, Verdacht geschöpft haben, weil ihr so schnell da wart?«

»Ich weiß nur, dass sie sich auf der Stelle mit eingezogenem Schwanz verpisst haben. Glauben Sie, wir haben uns zu sehr beeilt? Der Brigada meinte, dass Sie entweder im Krankenwagen oder gar nicht mehr davongekommen wären, wenn wir noch länger gewartet hätten.«

»Ehrlich gesagt hätte ich nicht gedacht, dass er gleich beim ersten Mal loslegt. Ich habe ihn für einen kühleren Kopf gehalten.«

Auf der Wache erwarteten uns die anderen bereits. Die Männer kümmerten sich um die Festgenommenen, während Perelló und ich uns kurz zurückzogen.

»Jemand muss ein Auge auf die Italiener haben«, sagte ich. »Sie fahren übermorgen. Es sollte nicht schwer sein, ihren Flug herauszubekommen. Und für alle Fälle sollte man sich vergewissern, dass sie nicht versuchen, eher zu verschwinden. Vielleicht brauchen wir sie als Zeugen, im Moment ist es mir allerdings lieber, sie erfahren nichts.«

»Ich werde mit Palma sprechen.«

»Perelló?«

»Was?«

»Erzähl Zaplana nichts davon, noch nicht.«

»Sei unbesorgt.«

»Die beiden anderen werde ich verhören. Wollen sie einen Anwalt?«

»Nur er.«

»Egal. Ich fange mit ihr an und vertraue darauf, ihr Informationen zu entlocken, mit denen ich ihn überzeugen kann, weniger auf den Formalien zu bestehen. Ach übrigens, ich gehe davon aus, dass Chamorro mein Auto genommen hat. Sie wird herkommen. Man soll sie bitte vorlassen, sobald sie hier ist. Möchtest du da drinnen auch dabei sein?«

Perelló zuckte die Schultern. »Nicht unbedingt. Es sei denn, es ist unerlässlich.«

»Du weißt, dass es das nicht ist.«

»Dann mach es allein. Du bist noch jung und kannst noch etwas gewinnen.«

Bevor ich zu Candela ging, steckte ich meinen Kopf in die Zelle, in die sie Lucas gebracht hatten. Dort saß er in Handschellen und starrte auf die gegenüberliegende Wand.

»Wieder ruhiger?«, fragte ich ihn.

»Was geht denn hier ab?«, brüllte er aufgebracht. »Ich hatte keine Ahnung, dass du ein Bulle bist. Dafür, dass ich dich geschlagen habe, verpassen sie mir locker ein Bußgeld von dreißigtausend Peseten. Was also, fragt man sich, spielst du eigentlich für ein Spiel?«

»Alles zu seiner Zeit, *mon ami*, alles zu seiner Zeit.«

Die französische Redewendung machte ihn stutzig. Ich ließ ihn allein und ging zu der Frau. Sie zitterte, einem Nervenzusammenbruch nahe. Vertraulich näherte ich mich ihr.

»Ganz ruhig. Dir wird nichts passieren. Ich bin Sargento Bevilacqua und werde dafür bezahlt, dass die Frauen keine Angst haben müssen.«

»Sargento?« Sie lachte nervös. »Ich bin wirklich blöd, ein dummes Huhn.«

»Warum?«

»Ich dachte, ich hätte dich im Sack.«

»Hättest du vielleicht auch, wenn ich nicht im Dienst gewesen wäre. Quäl dich nicht damit. Die Sache ist die, Candela, dass wir über eine gewisse Angelegenheit reden wollen, von der wir guten Grund haben zu glauben, dass Lucas und du über einige Informationen verfügen.«

»Welche Angelegenheit?«

»Die Österreicherin. Ihr wart intim mit ihr, ist es nicht so?«

»Ich schwöre, dass ich keine Ahnung habe, von wem …«

»Langsam, langsam. Ich beschuldige dich nicht. Ich frage dich lediglich, ob du intim mit ihr gewesen bist.«

Candela senkte den Blick.

»Ich denke schon.«

»Du denkst? Geht es auch etwas präziser? Wie intim?«

»Im Grunde war es Lucas. Er und sie …«

»Nur Lucas? Mir hat man etwas anderes erzählt. Komm schon, Candela. Ich habe eine Tote und suche ihren Mörder. Es gibt kein Gesetz, das mir erlaubte, dir deine sexuellen Neigungen vorzuhalten.«

»Warum sind sie dann wichtig?«

»Sie sind wichtig, damit ich am Ende davon überzeugt bin, dass du mit dem Tod nichts zu tun hast.«

»Wozu stellen Sie diese Fragen? Sie kennen die Antwort.«

»Es kam also zu *dieser* Intimität? Oft?«

»Drei-, viermal. Ich kann mich nicht mehr erinnern.«

»Wann?«

»Das letzte Mal vielleicht vor zehn oder zwölf Tagen.«

»Und wann hast du sie zuletzt gesehen?«

»Genau dann.«

»Sicher?«

»Ja.«

Candela hatte bei dieser Antwort keine Sekunde gezögert. Es fiel mir auf, weil ihre Nervosität bei fast allen anderen Fragen spürbar war.

»Gut, lassen wir das. Weißt du, wer Regina Bolzano ist?«

»Nein«, sagte sie schnell.

Ich stand auf und wanderte eine Weile in dem Raum auf und ab.

»Versuchen wir es noch einmal«, beharrte ich. »Weißt du, wer Regina Bolzano ist?«

»Nein«, antwortete sie, wieder zu schnell. In ihrem Gesicht stand Angst. Ich lächelte.

»Warte, Candela. Bevor du mich weiter verschaukelst, möchte ich eines klarstellen. Du bist nicht hier, weil ich mich langweile oder ein Ratespiel mit dir veranstalten will. Wir haben vorher ein bisschen recherchiert. Und diese Frau, von der ich spreche, hat auch schon in einer dieser Zellen gesessen. Das ist die Situation. Ich spüre das, wenn du mich anlügst, und wenn ich merke, dass du mich anlügst, habe ich Lust, dir dein Glück zu vermasseln. Hast du mich verstanden?«

Sie schwieg.

Im Allgemeinen bin ich nicht besonders begnadet darin, einen harschen Ton in Verhören anzunehmen, aber unter gewissen Umständen konnte ich durchaus Erfolg damit haben.

»Also, ein letztes Mal«, kündigte ich an. »Weißt du, wer Regina Bolzano ist?«

»Lucas«, wimmerte sie. »Ich habe nie mit ihr gesprochen. Das schwöre ich dir.«

»Sehr gut. Das ist doch ein Fortschritt. Und du hast keine Vermutung, worüber Lucas mit dieser Señora Bolzano gesprochen hat?«

»Nein.«

»Von vorne«, seufzte ich. »Sieh mal, Candela, du hast einen Mann, was sich mit einem Blick ins Familienbuch sofort beweisen lässt. Aber um zu beweisen, dass dich mit Lucas ein, sagen wir mal *zärtliches Verhältnis* verbindet, muss man schon Rasierwasser pinkeln. Und wenn du uns nicht weiterhilfst, nennt sich das, was du tust, das Verschweigen von Tatsachen in einem Mordfall, und darauf steht Knast. Kannst du mir folgen?«

Candela fing an zu weinen. Es brach einem das Herz, sie so zittern zu sehen, so zerbrechlich und schutzlos, das Gesicht in ihr ausuferndes Dekolleté vergraben.

»Sag es. Es wird dich erleichtern«, ermunterte ich sie.

Schluchzend, schniefend und mit brüchiger Stimme gab Candela schließlich nach und hauchte: »Ich weiß nur, dass sie ihm Geld gab. Viel Geld.«

»Und wofür, glaubst du, hat sie es ihm gegeben?«

»Das hat er mir nicht gesagt. Wirklich.«

»Was hast du gedacht, als du gehört hast, dass Eva umgebracht worden und Regina verschwunden ist? Dass es Zufall war? Hast du Lucas nicht gebeten, dir die Sache mit dem Geld zu erklären?«

Candela versuchte, eine Haltung anzunehmen, in der sie an Glaubwürdigkeit gewann.

»Er war es nicht, Sargento«, sagte sie.

»Überzeug mich davon. Warst du in der Nacht mit ihm zusammen, hat er Angst vor Pistolen, hat dir sein Schutzengel etwas zugeflüstert?«

»Ich war in der Nacht nicht bei ihm. Ich weiß, dass er es nicht war, weil er sie geliebt hat. Sie hat unsere Beziehung zerstört. Sie konnte nicht genug kriegen, und er hat sich auf jedes ihrer Spielchen eingelassen. Sie hat ihn gezwungen, mich dazuzuholen, als wäre ich ein nettes Accessoire.«

»Und warum hast du akzeptiert?«

»Aus Wut oder aus Angst oder weil ich verrückt wurde. Das, was ich Ihnen von dem Abend erzählt habe, an dem ich sie kennen lernte, war die Wahrheit. Ich habe sie mir vom Hals geschafft wie die Hure, die sie war. Deswegen hat sie sich später gerächt.«

Als Zeichen meiner Missbilligung schüttelte ich den Kopf.

»Nein, nein, meine Liebe. Du denkst, ich schlucke, dass es sich hier um die Verwicklungen mit einem bösen großen Mädchen und entfesselten Leidenschaften handelt? Ich will dir sagen, worum es geht, und versuche jetzt nicht, mich zu täuschen, denn du selbst warst es, die sich zuerst getäuscht hat. Wir haben es mit einer reichen Frau zu tun, die jemand nur zu gern auf die große Reise schicken wollte, mit einer

Mittlerin und einem Schuft, der bereit ist, sich zu verkaufen. Das mischst du, schüttelst ein bisschen, und heraus kommt ein ganz gewöhnlicher Tod, zugekleistert mit einem Haufen Dreck. Das Gedicht, das du dir zurechtgelegt hast, reicht, um sich den Hintern damit abzuwischen und es ins Klo zu werfen. Danach muss man nur noch abziehen.«

»Sie irren sich«, protestierte sie. »Er konnte nicht. Selbst wenn die Frau ihn dafür bezahlte, wenn sie es denn getan hat. Er bereute es. Als er sie kennen lernte, wurde er schwach und war nicht in der Lage weiterzumachen.«

»Ich stelle dir für heute die letzte Frage, überlege dir also gut, was du darauf antwortest. Ist das, was du mir gerade gesagt hast das, was du wirklich glaubst?«

»Ja«, entgegnete sie, beinahe ohne das Echo meiner Worte abzuwarten.

»Sehr gut. Im Moment bleibst du hier, aber es wird bald ein Anwalt kommen, der dich dem Richter vorführt.«

»Warum?«

»Wegen Mittäterschaft in einem Mordfall. Ob du ihn gedeckt hast oder Komplizin warst, das entscheidet sich, wenn wir mit Lucas gesprochen haben.«

»Sie ahnen nicht, welchen Fehler Sie begehen, Sargento. Das schwöre ich Ihnen.«

Ich ließ Candela ein zweites Mal allein. Auf dem Weg zu Lucas' Zelle hörte ich Geräusche aus der Wachstube. Es war Chamorro, die gerade angekommen war.

»Das hat aber gedauert«, begrüßte ich sie. »Wie geht es Andrea und Enzo?«

»Sie sind beunruhigt und sofort in ihre Apartments gefahren. Ich habe ihnen versprochen, sie anzurufen, wenn ich weiß, was mit dir ist. Wie sieht es hier aus?«

Ich versorgte sie mit den neuesten Informationen. Von einem objektiven Standpunkt aus betrachtet war das, was ich aus Candela herausholen konnte, viel und gut. Ausreichend jedenfalls, um Lucas ans Messer zu liefern und eventuell sogar Regina Bolzano, obwohl das wegen der unerklärlichen Spuren auf dem Revolver nicht abschließend gesagt werden konnte. Dennoch, irgendetwas missfiel mir. Es lag in dem Ton und in dem Gesichtsausdruck, mit dem Candela mir meinen Fehler vorwarf.

Chamorro gegenüber ließ ich diesen kleinen Riss unerwähnt.

»Jetzt nehmen wir uns Lucas vor«, schloss ich. »Es ist der Moment gekommen, wo er uns seinen Wert unter Beweis stellen soll, seinen wahren Wert. Jemandem einen Hieb zu versetzen ist zu einfach.«

Für das Verhör mit Lucas nahmen wir Quintero mit. Obwohl Lucas in Handschellen war und ich mich diesmal nicht so gehen lassen würde, war ich mir nicht sicher, ob Chamorro und ich mit ihm fertig würden, sollte er richtig in Rage geraten.

Wir waren kaum bei ihm, polterte er auch schon los: »Die werden euch so kleinkriegen, dass ihr in kein Mauseloch mehr passt. Was ist mit der Habeas-Korpus-Akte? Gilt die hier nicht?«

»Mein lieber Mann, der Typ ist gebildet«, befand Quintero. »Soll ich ihm gleich die Fresse polieren?«

»Nicht nötig. Wenn er unbedingt will, führen wir ihn noch heute dem Richter vor. Ich brauche keine Viertelstunde, um ihn zusammenzufalten.«

»Und der Anwalt? Ohne Anwalt nützt euch das alles gar nichts«, sagte Lucas süffisant.

»Dein Anwalt tröstet gerade Candela«, log ich. »Ihre Zunge ist ganz wund vom vielen Reden.«

»Versuch nicht, mich zu täuschen. Ich kenne sie.«

»Sehr gut, Señor …« Ich sah mir seinen Personalausweis an, der zusammen mit Candelas von einer Büroklammer gehalten wurde. »Valdivia. Ich sehe, dass Sie ein Mann sind, der an den Umgang mit der Polizei gewöhnt ist, also muss ich Ihnen nicht sagen, dass Sie das Recht haben, die Aussage zu verweigern, wenn Ihnen danach ist, und dass man Ihnen sagt, was Ihnen vorgeworfen wird. Der juristische Beistand, nach dem Sie fragen und auf den Sie ebenfalls einen Anspruch haben, wird in wenigen Minuten hier sein. Währenddessen möchte ich mich gern vorstellen. Ich bin Sargento Bevilacqua. Und das ist die Beamtin Chamorro.«

Lucas warf meiner Assistentin einen eindringlichen, hasserfüllten Blick zu.

»Schlimm genug, dass ich das nicht gemerkt habe.«

»Vielleicht bist du doch nicht so schlau, wie du glaubst«, zischte Chamorro, ohne sich einschüchtern zu lassen.

»Machen Sie sich keine Sorgen, Señor Valdivia. Fast alle fallen darauf rein«, entschuldigte ich ihn. »Kein Mensch kommt auf die Idee, dass eine große blonde Frau, an die man sich heranschmeißt, Polizistin ist. Selbst die Intelligentesten ziehen es vor, sich für unwiderstehlich zu halten. Kommen wir zu den Anschuldigungen. Nach den Beweisen und Zeugenaussagen, die uns unter anderem von Doña Regina Bolzano und Doña Candela Yuste vorliegen, hat sich herausgestellt, dass Sie für eine beträchtliche Summe Bargeld von Señora Bolzano eine Tat begingen, die in der Nacht vom zwanzigsten auf den einundzwanzigsten August auf dieser Insel zum Tod von Eva Heinrich führte. Halten Sie diese Beschuldigung für ungenau?«

»Ihr habt nichts in der Hand«, redete er sich heraus. Er versuchte, fest zu wirken, aber es gelang ihm nicht wirklich gut.

Ich schwieg ein paar Sekunden. Lucas wich mir nicht aus, und als er merkte, dass ich ihn gewissermaßen herausfordern wollte, bot er mir noch nachdrücklicher die Stirn. Ich wechselte die Taktik.

»In Ordnung, Lucas, wir sind nicht zum Diskutieren hier. Dich interessiert herauszufinden, was du gewinnen kannst, wenn du dich nicht länger wie ein halbseidener Aufreißer vom Strand aufführst und der Guardia Civil ein bisschen zur Hand gehst, damit wir diesen unerquicklichen Teil bald hinter uns lassen können. Ich nehme an, du kennst den Unterschied zwischen Totschlag und Mord. Aufgerundet, sagen wir mal, zehn Jahre mehr oder weniger. Das, was du gemacht hast, ist so klar wie das Amen in der Kirche, Mord: vorsätzlich, gegen Entschädigung und so weiter. Vielleicht sogar mit Wut. Wir haben keine Zeugen dafür, dass Bolzano dir das Geld gab. Könnte sein, sie ändert im Prozess ihre Meinung und ist nicht mehr bereit, es zuzugeben. Da ihr alle den lieben langen Tag nichts Besseres zu tun hattet, als kreuz und quer durch die Gegend zu vögeln, machen wir eben ein Verbrechen aus Leidenschaft daraus, und wir haben erst Frieden und dann den Sieg. Suchst du dir einen guten Anwalt, findet er irgendwelche strafmildernden Umstände für dich, sagen wir mal, du bist wegen der Sache mit der Fremdenlegion ein bisschen verblödet, und dann kannst du in nur sieben oder acht Jahren wieder Platten auflegen.«

Entgegen meiner Vermutung geriet Lucas nicht in Rage. Zuerst hatte er Mühe, seine Wut zu unterdrücken, dann aber zog er sich stumm in sich selbst zurück.

»Ich bin nicht besonders großzügig, Valdivia«, warnte ich ihn. »Wenn du darauf wartest, dass der Anwalt kommt und dich hier rausholt, ist unser Geschäft geplatzt. Ich verfolge dich bis ans Ende der Welt, um dich zu ruinieren. Vielleicht hast du Glück, aber das weiß man im Vorhinein nie.«

»Ich habe es nicht getan«, sagte er ohne jene Selbstgefälligkeit, die er noch Minuten zuvor an den Tag gelegt hatte.

»Ich höre dich nicht, Valdivia. Aber mir scheint, du wolltest mir gerade ein Märchen deiner Großmutter auftischen. Überleg dir gut, ob du auf diesem Weg weitergehen willst. Uns Beamten wird beigebracht, allein einzuschlafen, ohne Gutenachtgeschichten.«

»Ich war es nicht«, wiederholte er.

»Ah, wunderbar. Wir können gehen, mein Freund. Schickt den jungen Mann nach Hause, und gebt ihm für die Unannehmlichkeiten zehntausend Peseten als Entschädigung mit.«

»Wollen Sie mir zuhören?«

»Wenn du mir verrätst, wo du sie umgebracht, warum du sie aufgehängt und wozu du den Revolver in den Mülleimer geworfen hast, aber selbstverständlich.«

»Ist schon gut«, lenkte er ein. »Die Alte wollte, dass ich es tue. Sie hat mich bezahlt, im Voraus. Aber ich konnte nicht und habe ihr alles zurückgegeben. Mit Ausnahme von dem, was ich schon ausgegeben hatte. Ich schwöre es Ihnen, bei der Ehre meiner Mutter.«

»Die Welt ist merkwürdig«, sagte ich. »Jeder Dreck hat eine Mutter, deren Ehre man beschmutzen könnte.«

Lucas sah mich hasserfüllt an. Genau diesen Blick hatte ich provozieren wollen, quasi um mich zu vergewissern. Von all den Personen, die ich getroffen hatte, seit ich auf der Insel war, war er mit Ausnahme von Quintero, der schlussendlich zu meiner Truppe gehörte, der Erste, dessen Augen bezeugten, dass er in der Lage war, jemand anderem das Leben zu nehmen. Ich verfolgte diese Linie weiter.

»Hast du viele Menschen umgebracht, als du in der Legion warst, Valdivia?«

»Ich gehe damit nicht hausieren. Wenn Sie ein echter Sargento wären, wüssten Sie, was Krieg bedeutet, und würden mir diese Frage nicht stellen.«

Es stand nicht zur Debatte, vor ihm meine Erinnerungen an die zwei Jahre wachzurufen, die ich im Norden verbracht hatte. Ihnen hatte ich es zu verdanken, dass ich die Kaution für die Wohnung bezahlen konnte, aber ich bewahre in meinem Gedächtnis auch ein paar dunkle Stellen, die ich mir geschworen habe, nie wieder näher zu beleuchten. Niemand, der noch alle Tassen im Schrank hat, wünscht sich, in den eigenen vier Wänden eingesperrt zu sein und das Haus nur mit kugelsicherer Weste und entsichertem Gewehr verlassen zu dürfen.

»Verzeihung, Kumpel. Ich ändere die Frage: Warst du ein guter Schütze?«

»So gut wie jeder in der Legion. Besser als der Beste von euch. Was wollen Sie damit beweisen? Jeder kann mit einem 22er-Revolver schießen.«

Ich konnte es nicht glauben. Das war Kindergartenniveau. Diese Chance ließ ich mir nicht entgehen.

»Wer hat gesagt, dass es ein 22er war?«

»Sie selbst, vorhin.«

»Ich habe von einem Revolver gesprochen, nicht vom Kaliber.«

»Dann habe ich es wohl in der Zeitung gelesen.«

»Solche genauen Angaben haben wir nicht an die Presse weitergegeben.«

Lucas fiel in der angemessenen Zeit keine plausible Erklärung ein. Er öffnete und schloss den Mund, ohne einen Ton herauszubringen.

»Hören Sie, Valdivia. Das hier macht absolut keinen Sinn. Ich habe von einem ehemaligen Legionär nicht erwartet, dass er ein praktisch denkender Mensch ist, aber ich hätte auch niemals geglaubt, dass du ein Kretin bist. Du enttäuschst mich maßlos.«

»Einverstanden, ich habe den Revolver gesehen«, gab er zu. »Ich hatte ihn sogar bei mir zu Hause. Die Alte hat ihn mir gegeben, nachdem wir den Deal verabredet hatten. Ich habe ihn ihr mit dem Geld zurückgegeben. Mindestens drei Tage bevor Eva gestorben ist.«

»Wie hast du Regina Bolzano kennen gelernt?«

»Durch einen Typ vom Sporthafen, für den ich ein paar Aufgaben übernommen hatte.«

»Fassaden verputzen, was?«

»Nur Tabak. Ich schwör's.«

»Wenn Menschen so viel und so überzeugt die Wahrheit beschwören, habe ich gern den Verdacht, mit der Lüge fällt es ihnen ähnlich leicht. Aber ich will für eine Minute mal so tun, als ob ich dir glauben würde. Wann hast du Eva Heinrich zum letzten Mal gesehen?«

»Ich bin mir nicht ganz sicher. Am Sechzehnten oder Siebzehnten.«

»Und was habt ihr gemacht?«

»Wir waren am Hafen. Da haben wir auch diese Italiener kennen gelernt. Die, die bei Ihnen und Candela waren, als ich heute Nacht kam. Wir haben viel getrunken, und ich habe sie zu ihrer Bucht gefahren. Vor ihrem Haus habe ich sie abgesetzt und seitdem nie wieder gesehen.«

Ich beobachtete an Lucas eine ungewöhnliche Weichheit. Obwohl ich nicht ausschließen konnte, dass er sie als Mittel einsetzte, um mich auf seine Seite zu ziehen, legte ich den Finger auf die Wunde.

»Hattest du die Pistole dabei?«

»Ja.«

»Wolltest du sie umbringen?«

»Ich habe in dieser Nacht begriffen, dass ich es nicht konnte.«

»Und du bist sicher, dass es der Sechzehnte oder Siebzehnte war?«

»Ja.«

Ich gab ihm eine halbe Minute, um darüber nachzudenken. Chamorros und mein Blick kreuzten sich. Meine Assistentin nickte.

»Sehr gut, Señor Valdivia. Darf ich daraus schließen, dass Sie auf Ihrer Unschuld beharren?«

»Ich war es nicht. Ich habe Männer umgebracht, die sonst mich umgebracht hätten. Aber bei Eva war es etwas anderes. Sie war außerhalb meiner Reichweite.«

»Ich sehe schon, es hat keinen Zweck. Wie Sie wollen«, sagte ich. »Sobald Ihr Anwalt hier ist, führen wir Sie dem Richter vor. Sie werden sich für den Mord an Eva Heinrich verantworten müssen. Sie lassen mir keine andere Wahl.«

## 17. Kapitel

Nachdem wir Perelló informiert und sein Einverständnis eingeholt hatten, brachten wir Lucas und Candela noch in derselben Nacht zum Dienst habenden Richter, der uns ihre Verhaftung bescheinigte. Am nächsten Morgen führten wir sie zusammen mit Regina Bolzano der für den Fall zuständigen Richterin vor, die Untersuchungshaft für sie anordnete und bei Zaplana einen detaillierten Bericht über die Ergebnisse unserer Ermittlungen anforderte, um ihr Vorgehen zu beschleunigen. Die drei Festgenommenen beteuerten weiter ihre Unschuld, was die Rekonstruktion des Tathergangs erschwerte, aber wir alle vertrauten darauf, dass sie innerhalb weniger Tage ihren Widerstand langsam aufgeben würden. Während dieser Zeit wurde die Gerichtsmedizin mit weiteren Gutachten beauftragt, die mögliche Übereinstimmungen der Spuren auf Evas Körper mit der Form von Lucas Valdivias Händen ergeben sollten. An dem gleichen Tag verließ auch, zusammen mit einer Kopie unseres Ermittlungsberichtes, ein offizielles Gesuch an die Wiener Behörden, gegen den Vater von Eva Heinrich vorzugehen, das Haus.

Noch in der Nacht der Verhaftung von Candela und Lucas rief Chamorro bei Andrea und Enzo an, um ihnen zu sagen, dass sie mich freigelassen hatten, die beiden anderen aber noch in Haft waren. Sie haben ihr keine weiteren Fragen gestellt und sich lediglich nach meinem Zustand erkundigt, woraufhin Chamorro sie beruhigt hatte. Es fiel uns nicht leicht zu entscheiden, wie wir mit ihnen verfahren sollten, doch am Ende überwog die Tatsache, dass sie in kaum zwei Tagen die Insel verlassen würden. Wir verfügten über keinerlei Indizien, die uns erlaubten, sie in irgendeiner Form mit dem Verbrechen in Verbindung zu bringen. Gegen Morgen statteten Zaplanas Leute ihnen einen Besuch in ihrem Hotel ab und erklärten ihnen, dass sie bis zur Vernehmung auf der Insel bleiben müssten. Beide beharrten darauf, dass es ihnen kaum möglich sein würde, einen anderen Flug zu bekommen, worauf die Richterin einem außergerichtlichen Verhör sofort zustimmte. Mich irritierte allerdings, dass sie, kaum hatte sie dieses Verfahren autorisiert, eine Unpässlichkeit geltend machte und den Sekretär Coll schickte, um die Zeugenaussagen zu protokollieren. Eindeutig fragwürdig wurde diese Entschuldigung zudem, da sie, noch dazu, ohne auf meine Anwesenheit zu warten, bereits seit ein paar Stunden mit den Gefangenen beschäftigt gewesen war, ohne auch nur mit einem Wort ihre gesundheitlichen Probleme zu erwähnen.

Andrea und Enzo hatten alles bestätigt, was sie bestätigen konnten, was heißt, dass sie Lucas und Candela in Begleitung von Eva Heinrich gesehen hatten und den Umgang der drei untereinander in gewisser Weise befremdlich fanden. An dieser Stelle vermied es Andrea, mich anzusehen. Seit ich vor ihr meine wahre Identität als Sargento der Guardia Civil offen gelegt hatte, war sie sofort auf Distanz gegangen. Ihr rutschte noch nicht mal eine Anspielung oder ein Vorwurf zu der Komödie heraus, die wir ihr vorgespielt hatten. Ich weiß zwar, dass dieses Bekenntnis einen Schatten auf meine berufliche Integrität wirft, aber es verletzte mich, dass sie sich so gleichgültig verhielt. In ihrer wunderschönen grauen Iris war die Gleichgültigkeit eine schmerzhafte Beleidigung.

Bezüglich Regina Bolzano sagten die beiden Italiener aus, dass sie sie ein paarmal mit Eva gesehen, aber nie ein Wort mir ihr gewechselt hatten.

Während sich all das in rasender Geschwindigkeit abspielte, zu schnell für meinen Geschmack, weil ich das Gefühl hatte, dass mir die Kontrolle aus den Händen glitt, kam auch Zaplana dazu, um uns überschwänglich zu beglückwünschen. Die Arbeit, die Chamorro und ich geleistet hatten, habe sich am Ende doch als sinnvoll herausgestellt. Dank unserer Bemühungen hatten wir nun einen Verdächtigen, der in der Lage war, die Handlungen auszuführen, die Regina Bolzanos Möglichkeiten überstiegen, und darüber hinaus hatten wir ohne jeden Zweifel seine Verbindung zu der Schweizerin und dem Opfer herausgefunden. Nicht zu vergessen, dass diese Verbindung in dem ganzen Durcheinander hilfreich war, um den traurigen Ausgang der Geschichte zu erklären. Alles, was Zaplana noch zu fehlen schien, waren in seinen Augen Kleinigkeiten, die sich von allein erledigten, wenn es ihm überhaupt wichtig war, sie zu klären. Ich stimmte teilweise mit ihm überein, obwohl mich Regina Bolzanos Fingerabdrücke auf dem in den Mülleimer geworfenen Revolver nicht in Ruhe ließen. Als ich es wagte, mein Unbehagen zu äußern, stellte Zaplana einmal mehr unter Beweis, dass er sich von Kleinigkeiten nicht unterkriegen ließ.

»Mach dich nicht verrückt deswegen, Bevilacqua. Das waren Amateure. Vielleicht ist die Alte einfach nervös geworden und hat nicht mehr gemerkt, was sie tut. Im Eifer des Gefechts wird sie den Revolver in den Beutel geworfen und nicht daran gedacht haben, dass der Müllwagen nur alle drei Tage kommt.«

»Und warum hat Lucas selbst sich nicht darum gekümmert, ihn wegzuschaffen? Er ist kein Profi, aber ein Dummkopf ist er auch nicht.«

»Von ihm gab es ja keine Fingerabdrücke auf der Waffe. Und sie stammt aus dem Ausland, so dass man die Spuren nicht zurückverfolgen kann. Und wenn es einem doch gelingen sollte, würde ihm diese Spur nicht schaden. Ihm konnte es also egal sein. Er konnte sie überall liegen lassen.«

Zaplana war euphorisch. Es würde mir kaum gelingen, sein Glück zu trüben, was mir schlussendlich auch nicht gut getan hätte. So akzeptierte ich also, dass die Welt sich lieber an Leute vom Schlag Zaplanas hält als an solche wie mich, und ich versteckte mich hinter seiner Gewissheit. Gleichwohl würde ich lügen, wenn ich sagte, dass ich ebenso zufrieden war wie er. Wenn ich die Augen schloss, sah ich die Gesichter von Regina, Candela und Lucas vor mir, die ihre Unschuld beteuerten. Ich hatte schon früher von Kriminellen, die später überführt wurden, solche Beteuerungen gehört, manchmal noch melodramatischere, und am Ende waren sie dann auf ihre Missetaten sogar stolz. Ich bemühte mich, mir ihre Lügen und die Widersprüche ins Gedächtnis zurückzurufen, bei denen ich sie ertappt hatte. Und trotzdem, etwas quälte mich. Der Rausch, dem ich mich in der Nacht, in der ich alle Masken fallen ließ, hingegeben hatte, war längst abgeklungen, und wie gewöhnlich folgte darauf die deutlich ödere und ernüchternde Katerstimmung.

Bei dem derzeitigen Stand der Dinge war unsere Anwesenheit in der Bucht nicht länger erforderlich. Man bat uns, eine Liste mit allen für die weitere Ermittlung eventuell als Zeugen in Frage kommenden Personen anzufertigen. Diese Liste sollten wir Perellós Männern aushändigen, damit sie die nötigen Angaben und Adressen recherchieren konnten, um sie so im Blick zu behalten. Wir wollten sie zur Wache bringen, sobald wir unsere Sachen im Haus zusammengepackt hatten.

Auf dem Heimweg fand Chamorro endlich Gelegenheit, ihre Neugier durch eine Reihe von Fragen zu stillen, die ihr bei dem rasanten Ausgang der Untersuchung gekommen waren, über die ich sie aber im Tumult der Ereignisse nicht gebührend hatte aufklären können.

»Dann hast du deine Schlüsselfigur also gefunden. Und es mir verheimlicht«, beschwerte sie sich.

»Meinst du Candela?«

»Über sie konntest du schließlich die Fäden entwirren. Wie bist du auf sie gekommen?«

»Über etwas, das ich fast schon vergessen hatte. Natürlich fing eigentlich alles mit Lucas an. Uns fehlte jemand, der Eva wegschaffen und aufhängen konnte, jemand mit Treffsicherheit und den nötigen Muskeln. Bei allem, was wir bis dahin hatten, kam er als Einziger für mich in Frage. Aber ich hatte ein Problem. Wie konnten wir ihn zu fassen bekommen? Als ich darüber nachdachte, fiel mir etwas ein.«

»Ich bin sehr gespannt.«

»Dieselbe Person, die uns verraten hat, dass Lucas etwas mit Eva hatte, ließ eine höchst interessante Bemerkung fallen: dass nämlich Lucas selbst ihm erzählt hatte, es gäbe noch jemanden in der Bucht, dem die Tote ihre Gunst erwiesen hatte. Als unser Informant Lucas gefragt hatte, wer der andere Löwe gewesen sei, hatte er geantwortet, dass es sich um eine *Löwin* handelte. Es war ein bisschen wie Lotterie spielen, aber die verbale Präzision und die Tatsache, dass Lucas und Candela insgeheim eine Beziehung unterhielten, schienen mir den Einsatz wert.«

»Du hättest verlieren können.«

»Candela gab mir viele Hinweise, die mein Vorgehen bestätigten. Sie wollte nicht ins *Abrakadabra*, sie kannte jemanden, der ein übles Ende gefunden hatte, und der Gin-Fizz trank. Sie lief, fast jedenfalls, in sämtliche Fallen, die ich ihr stellte. Als du dann aber mit dem Legionär kamst, war die Sache klar. Ich habe Candela Andrea vorgestellt, und Andrea hatte von ihr und Lucas gesprochen. Der Trick mit der Zusammenführung der Puzzleteile hat funktioniert.«

Chamorro seufzte.

»Zum Glück. Hätte er nicht funktioniert, hätten wir uns die einzigen beiden Wege, die wir uns bei dieser Ermittlung freigeräumt hatten, auf einmal selbst verstellt.«

»Ich konnte nicht zimperlich sein, wir hatten keine Zeit.

Zaplana hat uns am Nasenring durch die Arena geführt. Wir mussten rasch etwas Neues herausfinden, oder sie hätten uns den Fall entzogen und mich degradiert. Dabei hatte ich mir die ganze Zeit den Krach mit Pereira vorgestellt, das schärfte meinen Geist.«

»Mich wundert, wie du dich mit ihr arrangieren konntest, mit dieser Candela. Mir kam sie giftig wie ein Skorpion vor.«

»Genau. Ich habe sie dazu eingeladen, ihren Stachel auszufahren und ihn gegen Lucas einzusetzen. Dass sie sich in die Wolle gekriegt haben, war ein Geschenk des Himmels.«

Meine Assistentin zögerte, bevor sie den nächsten Vorstoß wagte.

»Hat sie dir so gut gefallen wie Andrea?«

»Sie hat mir gar nicht gefallen. Wie bei Andrea war ich im Dienst. Täusch dich nicht in mir. Ich bin ernsthafter, als ich wirke. Und ehrlich gesagt habe ich auch kein Interesse daran, dass du durch die Gegend läufst und mich als einen Romeo abstempelst.«

Chamorro wurde rot. Von dem Tag an, an dem sie nicht mehr erröten würde, wäre sie eine zu fürchtende Polizistin, hätte aber auch viel von ihrem Charme verloren.

»Darf ich dir etwas sagen?«, murmelte sie.

»Nutz die Gunst der Stunde, wo sie uns gerade mit Lob überhäuft haben. Meine Eitelkeit wird mir verbieten, dich merken zu lassen, wenn mir der Satz missfällt.«

»Ich hatte gedacht, dir wären die Fäden aus der Hand geglitten.«

»Das ist logisch. Aber du hast mir geholfen. Ich danke dir dafür, und das Korps weiß deine Disziplin zu schätzen.«

»Rubén.«

Die vertrauensvolle Art, mit der sie meinen Namen ausgesprochen hatte sowie die Tatsache, dass sie sich niemals spontan dazu hinreißen lassen würde, alarmierten mich.

»Was?«

»Warum hast du dir das alles ganz allein aufgehalst?«, fragte sie mit fast zärtlichem Unterton. »Hast du mir nicht vertraut?«

Etwas in mir ließ mich träumen, dass sich der plötzlich so weiche Zug nicht auf mein mögliches Scheitern bezog, aber dieser Gedanke führte zu einem gewissen Tumult in meinem Kopf, und um selbigen nicht zu verlieren, zog ich es vor, diesen zarten Moment mit Chamorro auf die am wenigsten komplizierte Art zu interpretieren. Ich machte mich von der Frage los, indem ich die Antwort umdrehte.

»Nein. Nicht dir, mir selbst habe ich nicht vertraut.«

Im Verlauf des Gesprächs konnte ich das Gefühl zurückgewinnen, mit mir und der Untersuchung zufrieden zu sein. Als wir, nachdem wir unsere Koffer aus dem Haus geholt hatten, auf der Wache eintrafen, ging ich frohgemut in Perellós Büro. Ich reichte ihm die Liste möglicher Zeugen zusammen mit den Daten, die ich über sie hatte. Von drei oder vier nicht besonders bedeutsamen Ausnahmen abgesehen nahm ich an, dass die Angaben reichen sollten, um sie ausfindig zu machen. Der altgediente Veteran wirkte eigentümlich abwesend.

»Ist irgendetwas nicht in Ordnung?«

Perelló ließ ein Grummeln hören, als hätte man ihn gerade bei einer nicht besonders rühmlichen Tat ertappt. Mit ein wenig Anstrengung fand er zu seiner üblichen gleichmütigen Laune zurück und beschwichtigte mich: »Nein, alles okay. Aber mir spukt seit gestern etwas durch den Kopf, das ich nicht loswerde. Sicherlich totaler Unsinn.«

»Da frage ich mich sofort, was das sein könnte.«

»Ich überlege die ganze Zeit: Warum haben sie sie woanders umgebracht, wenn Lucas die Leiche ohnehin im Haus lassen wollte und sich darüber mit der Frau auch einig war? Und wo sie es einmal getan hatten, warum hieven sie sie dann durchs Fenster und riskieren damit, von den Nachbarn gesehen zu werden, wenn sie auch die Tür benutzen konnten?«

»Sie könnten sie drinnen getötet haben. Ehrlich gesagt, das andere war auch nur eine Hypothese. Wir können es nicht mit Gewissheit sagen.«

»Aber so wie du es hergeleitet hast, klang es plausibel. Und noch etwas: Die Hülsen der Patronen, die abgefeuert wurden, steckten nicht mehr in der Revolvertrommel. Warum machen sie sich die Mühe, die Hülsen so sorgfältig verschwinden zu lassen, dass wir sie nicht finden, die Waffe aber lassen sie liegen? Weißt du, was ich glaube?«

»Nein.«

»Sie wollten, dass wir den Revolver finden. Mit Reginas Fingerabdrücken. Du selbst hast es angedeutet, als wir im Haus waren.«

»Das hätte Lucas genauso gut beabsichtigen können.«

»Und warum belastet er sie dann nicht?«

Ich war Perelló für seine Spitzfindigkeit nicht gerade dankbar. Permanent bestärkte er die Zweifel, die ich selbst hatte. Aber wo er mich schon direkt damit konfrontierte, beschloss ich resigniert, ihm auf halbem Weg entgegenzukommen.

»Du befürchtest, dass wir aufs falsche Pferd gesetzt haben?«

Perelló überlegte lange und sah mich dabei mit seinen klaren und aufrichtigen Augen, die fast nie blinzelten, offen an.

»Ich bete, dass meine Befürchtungen falsch sind. Du hättest es nicht verdient.«

Wir gingen zu den anderen. Mir stieß diese Mischung aus Abschiedsstimmung und Jubel bitter auf, obwohl Perelló seine Vermutungen für sich behielt und sich rührend um Chamorro bemühte, auf die das Korps, so behauptete er in erster Linie zum Verdruss Barreiros, sehr stolz sein dürfe. Als wir aufbrechen wollten, klingelte das Telefon. Satrústegui nahm ab und kam wenige Sekunden später zu mir herüber. Es war für mich. Vom Bezirksgefängnis. Regina Bolzano wolle mich sprechen, sagte der Direktor der Haftanstalt, ob mich das interessiere. Ich erwiderte, dass ich in einer halben Stunde dort sein würde.

»Mach dir keine Sorgen, Vila«, ermunterte mich Perelló, bevor ich ins Auto stieg. »Egal was passiert, sie müssen deine Verdienste anerkennen.«

Gut dreißig Minuten später traf ich in der Strafanstalt ein. Ich konnte mit Regina in einem grauen, aber sauberen Raum sprechen, in dem ein leicht unangenehmer Geruch hing. In der Gefangenenkleidung, einer Kombination aus Jeanshose und sportlichem Oberteil, sah sie erbärmlich aus. Sie war um zehn Jahre gealtert. Vielleicht wollte sie deswegen nicht, dass Chamorro dabei war.

Ich war ungeduldig und kam direkt zur Sache.

»Warum wollten Sie, dass ich komme?«

Regina musterte mich mit ihren müden blauen Augen. Obwohl sich inzwischen die Patina der Zeit über sie gelegt hatte, mussten sie einmal sehr hübsch gewesen sein.

»Ich möchte Ihnen etwas gestehen, das ich die letzten Tage verheimlicht habe.«

»Und warum erst jetzt?«

»Die Sache sieht langsam nicht mehr gut aus.«

»Und warum haben Sie nicht nach der Richterin gefragt? Der Fall liegt in ihren Händen, nicht mehr in meinen.«

»Sie sind meine einzige Hoffnung«, sagte sie flehend.

»Worum geht es denn?«

»Zunächst einmal darum, dass ich Lucas Valdivia und Klaus Heinrich kenne.«

»Das weiß ich bereits. Lucas haben wir, und Klaus haben wir bald. Teilweise war mir das auch schon klar, als ich Sie gefragt habe und Sie mich angelogen haben.«

»Die Heinrichs kenne ich seit vielen Jahren. Ist Ihnen der Geburtsort von Eva nicht aufgefallen?«

»Zürich«, erinnerte ich mich.

»Ich habe dort gearbeitet. Ihre Mutter war eine gute Freundin von mir. Ich war bei Evas Geburt dabei.«

»Und bei ihrem Tod. Eine makabre Symmetrie.«

»Ich glaube, dass ich genau wegen der Sache von vor fünfundzwanzig Jahren nicht abdrücken konnte.«

»Sie? Haben Sie nicht Lucas dafür bezahlt, dass er es tut?«

»So war es geplant, zuerst, bevor alles aus dem Ruder lief. Das hatte ich mit Klaus verabredet.«

»Klaus kannte Lucas?«

»Lucas nicht. Aber den Mann, der ihn uns vermittelt hat. Genauer gesagt haben wir den Handel mit ihm ausgemacht, und er hat dann Lucas dafür gefunden.«

»Und was verband oder verbindet Sie und Heinrich miteinander?«

»Ich war nicht nur die Freundin von Evas Mutter. Es gab eine Zeit, da verriet ich diese Freundschaft, indem ich mit Klaus eine etwas andere Beziehung unterhielt. Die Geschichte ist Jahre her, aber als er mich vor etwa acht oder zehn Monaten besuchte, waren wir immer noch Komplizen. Das ist ein Band, das sich nie ganz löst. Seit sie volljährig war, hatten Eva und er sich quasi den Krieg erklärt. Ihr machte es Spaß, seine Arbeit zu torpedieren, wo sie konnte, und als Eigentümerin der Firma fielen ihr solche Manöver denkbar leicht. Klaus schilderte mir seine Absichten nicht sofort. Eva war gerade in Mailand, wohin ich mich ebenfalls zurückgezogen hatte, und vergnügte sich ein wenig mit dem Entwerfen von Kleidern, als er mich bat, sie wie eine alte Freundin ihrer Mutter aufzusuchen und ein bisschen auf sie aufzupassen. Außerdem bat er mich, ihn bei seiner Versöhnung mit ihr zu unterstützen. Ich habe Kontakt mit ihr aufgenommen, und sie zog in mein Haus. Das Mädchen hat mich von der ersten Sekunde an völlig fasziniert. Zunächst habe ich mich aus Respekt vor ihrer Mutter gezwungen, meine Gefühle zu unterdrücken. Aber mit jedem Tag, der verstrich, wuchs ihre Anziehungskraft, bis ich sie nicht mehr unter Kontrolle halten konnte. Das hat sie gemerkt und die Initiative ergriffen. Halb aus Mitleid und halb weil es ihr Spaß machte zu sehen, wie bedingungslos ich ihr erlag. Sie hatte Erfolg. Schon nach wenigen Wochen war ich ihr restlos ausgeliefert.«

»Wusste Klaus von Ihrer Vorliebe für junge Frauen?«

»Er wusste, dass ich immer mal wieder mit einer nach Mallorca kam. Den Rest hat er erraten, wie jeder andere auch.«

»Und wie kam es zu dem Mordplan?«

»Klaus wartete, bis Eva mich verlassen hatte. Er vertraute auf meine Schwäche und ihre Härte und behielt Recht. Als er mir von seiner Idee erzählte, wusste er geschickt sowohl meine Wut als auch meine Gier zu schüren. Ich war ziemlich durcheinander. Ehrlich gesagt war ich bis zu dem Augenblick durcheinander, in dem ich mit dem Revolver auf Eva zielte und sich der Nebel in meinem Kopf lichtete. Für Klaus war die Insel der ideale Ort und der Sommer genau die richtige Zeit. Viele Leute um uns herum, und wir waren weit weg von Mailand und Wien. Wir bereiteten alles vor, und dann habe ich Eva für vierzehn Tage eingeladen. Klaus hatte mir vorausgesagt, dass sie zustimmen würde, einfach nur, um mich zu quälen, und sie stimmte zu, ohne sich zeitlich festzulegen. Dann segelten ein paar ihrer Freunde mit dem Boot rüber, und sie schloss sich ihnen an. Sie kam sofort zu mir, um sich ein bisschen beknien zu lassen. Doch dann gefiel ihr die Insel, und als ihre Freunde nach Italien zurückfuhren, mietete sie sich bei mir ein. Vom ersten Tag an hat sie mich erniedrigt. Dann habe ich Lucas auf sie angesetzt.«

»Und danach?«

»Lucas stellte sich als zu weich heraus. Er hat sich Eva genähert, um ihr Vertrauen zu gewinnen und seinen Schlag bequemer ausführen zu können. Aber sie hat ihn wie einen Erstklässler um den Finger gewickelt. Eines Nachts kam er dann mit eingezogenem Schwanz zu mir und gab mir Geld und Revolver zurück. Ich habe ihn angeschrien, aber es half nichts.«

Regina unterbrach sich. Nervös strich sie sich ihre Haare

an den Seiten glatt. Das verbesserte ihr Aussehen allerdings auch nicht wesentlich.

»Ich war blind vor Wut«, fuhr sie fort. »Zwei Tage lang bin ich ihr in jeden Winkel gefolgt. Zuerst hatte sie sich noch dazu herabgelassen, mit mir am Sporthafen auszugehen, aber sobald sie ihre eigenen Bekanntschaften gemacht hatte, ließ sie mich links liegen und verbot mir sogar, mich in ihre Sachen einzumischen. Einmal bin ich dann ins *Abrakadabra* gegangen und habe mich vor ihr aufgebaut, als sie gerade mit diesem Mädel zusammen war, Andrea. Sie hat sie mir vorgestellt, und die beiden haben mich ausgelacht, bis ich irgendwann doch wieder nach Hause gegangen bin.«

»Andrea bestreitet, jemals ein Wort mit Ihnen gewechselt zu haben«, wandte ich ein.

»Sie wird wissen, warum. Meine Situation ist nicht leicht, Sargento. Was ich Ihnen erzählt habe, ist die reine Wahrheit, Wort für Wort. Ich kann nicht mehr darauf hoffen, dass die Lüge mich rettet.

Eine Nacht später suchte ich Eva mit dem Revolver in der Tasche. Lucas hatte versagt. Ich hätte den Plan, sie umzubringen, fallen lassen können, vielleicht hätte ich es sogar tun sollen. Klaus war nicht da. Als ich ihm erzählt habe, dass Lucas kneift, sagte er, er bräuchte Zeit zum Nachdenken. Aber ich fühlte mich von einer Kraft, die stärker war als ich, gleichermaßen in die Ecke gedrängt und zur Flucht nach vorn getrieben. Im Club sagten sie mir, dass Eva am Strand sei. Ich machte mich auf den Weg und traf sie mit zwei Personen an, die ich nicht kannte. Kurz darauf spürte ich diesen Schlag auf den Kopf und wurde bewusstlos, wie ich Ihnen bereits erzählte. Ich habe Ihnen allerdings nicht gesagt, was ich tat, bevor ich zu Boden ging: Ich zielte mit dem Revolver auf Eva und versuchte vergeblich, den nötigen Mut aufzubringen, um abzudrücken.«

»Sieh an«, sagte ich. »Und am Morgen sind Sie dann aufgewacht, der Revolver war verschwunden und Eva war tot. Ich bin mir nicht sicher, ob Sie sich der Konsequenzen Ihrer Worte bewusst sind. Sollte diese Geschichte stimmen, ist Lucas als Erster wieder auf freiem Fuß. Sie stehen schlechter da als vorher, denn das Letzte, was ich sehe, ist, dass Sie auf Eva zielen. Dass Sie nicht abgedrückt haben, ist allein Ihre Behauptung. Die beiden Personen, von denen Sie sprechen, könnten Ihre Aussage unterstützen, aber bis jetzt fehlt von ihnen jede Spur.«

»Fehlte«, sagte Regina lächelnd.

»Das müssen Sie mir erklären.«

»Ich habe die Frau gesehen, heute Morgen.«

»Wo?«

»Jetzt werden Sie verstehen, warum ich mit Ihnen sprechen wollte. Sicher, ich habe sie nur kurz gesehen, und sie war weit weg, aber ich habe keinen Zweifel. Die Frau, die bei Eva war, als man mich niedergeschlagen hat, ist die Richterin, die mich verhört und in dieses Gefängnis geschickt hat.«

## 18. Kapitel

Als wir das Gefängnis verließen, hatten sich am Himmel über der Insel dichte Gewitterwolken gebildet, und die Luft war durch den Nordwind empfindlich abgekühlt. Es regnete nicht, auch später regnete es nicht, aber das plötzliche Verschwinden des Lichts und der Wärme drückte auf mein Gemüt und rundete die Katastrophe auch äußerlich ab, die Regina Bolzanos späte Enthüllungen ausgelöst hatten.

Schon ein paarmal hatte ich mit Ausflüchten Chamorros Bemerkungen über die Glaubwürdigkeit der Schweizerin abgewiegelt. Ich blieb bei der Meinung, dass ich einfach zusammenfügen musste, was ich vorher auseinander genommen hatte, aber unter dem unerträglichen Gewicht des bleischweren Himmels verlor ich plötzlich die Zuversicht, oder ich akzeptierte die Verantwortung für meine Assistentin und sah mich deswegen gezwungen, ein ehrliches Wort zu sprechen.

»Ich weiß nicht, ob dir das, was wir bis hierher unternommen haben, irgendwie nützt. Erst lief es ganz gut für uns. Das kann nie schaden. Aber jetzt haben wir ein ernsthaftes Problem, Virginia. Wir haben es vermasselt, und zwar gründlich. Ich kann noch nicht sagen, ob wir drei Unschuldige eingesperrt haben, aber sollten sie schuldig sein, dann sicher nicht so, wie wir es vermutet hatten.«

Chamorro blieb wie versteinert stehen. Ich wiederholte ihr Reginas Aussage, die so eklatant von ihrer ersten Version abwich und vor allem so perfekt zu den Angaben passte, die Lucas und Candela gemacht hatten, dass es mir schwer fiel, sie als ein neues Märchen vom Tisch zu wischen, mit dem die Schweizerin ihren Hals möglichst schnell aus der Schlinge zu ziehen hoffte. Sie bestätigte zudem die Beteuerungen des Ex-Legionärs, das Geld und die Waffe mehrere Tage vor der Tat zurückgegeben zu haben, was ihn als möglichen Täter zu Gunsten eines unsichtbaren Dritten verdrängte, derselbe Unbekannte, der Regina unbestreitbar den Schlag auf den Kopf verpasst hatte. Nach dem Gespräch mit ihr fiel es mir schwerer anzunehmen, sie könnte sich die Verletzung auch selbst beigebracht oder durch einen unglücklichen Sturz zugezogen haben, den sie flugs für ihre Zwecke nutzte. Wenn es aber etwas gab, das mich neben allem anderen geneigt sein ließ, ihr zu glauben, dann war es der verrückteste Teil ihrer Geschichte: die Gegenwart der Richterin am Strand.

»Warum?«, fragte Chamorro irritiert.

»Einer der schlimmsten Fehler, die ein Detektiv im Laufe seiner Ermittlungen machen kann, liegt in der hochmütigen Ignoranz, mit der er es versäumt, die Handlungen derjenigen zu deuten, denen er während seiner Untersuchung begegnet, und damit sind wirklich alle gemeint, die er trifft, egal, an welchem Ort und in welchem Zusammenhang. Insgeheim haben wir uns bei der Leichenschau alle über den empfindlichen Magen der Richterin lustig gemacht und gelacht, dass sie die Tote so schnell wegschaffen ließ. Schlauer wäre es gewesen, sich zu fragen, warum ein so penibler und ehrgeiziger Mensch, wie es jene zu sein pflegen, die solche Examen bestehen, wie sie die Richterin bestanden hat, derart fahrlässig agieren konnte. Den erfahrenen Richtern ist fast alles egal, die Jungen aber gehen sehr sorgfältig zu Werk. Sie schicken zum Beispiel nicht den Sekretär vor, um die Aussagen von wichtigen Zeugen aufzunehmen, so wie sie es heute getan hat. Und warum? Weil sie sich, man beachte, schlicht nicht in der Verfassung fühlte, nachdem sie Regina Bolzano ins Gefängnis verwiesen hat.«

»Das will mir nicht in den Kopf.«

»Es gibt nur eine Form, die Vorwürfe zu widerlegen. Ich möchte, dass du weißt, dass das, was ich nun vorhabe, so dumm ist wie nichts, was ich bisher getan habe. Sich vor einem Richter aufzubauen und ihn der Mittäterschaft in einem Mordfall zu beschuldigen kommt theoretisch einem Selbstmord gleich.«

»Und warum tust du es dann?«

»Ich habe drei Menschen ins Gefängnis gebracht, die zuständige Richterin hat es, verdächtig genug, sehr eilig damit, sie zu verurteilen, und ebenso eilig haben es meine Vorgesetzten. Ich setze alles auf eine Karte: Die Beziehung der Richterin zu Eva kam eher zufällig zustande, dann hat sie es mit der Angst bekommen, und jetzt versucht sie, die Angelegenheit ziemlich ungeschickt zu vertuschen. Beim Anblick der Leiche musste sie sich übergeben, und nach Reginas Festnahme fühlte sie sich wieder unwohl. Das zeigt mir, dass sie verletzbar ist, und heute kann ich sie in die Knie zwingen. Genauso gut kann ich aber auch falsch liegen. In dieser Situation fühle ich mich nicht in der Verfassung, dir zu befehlen, mein Schicksal zu teilen.«

»Ich habe mich zum Militär berufen gefühlt, Sargento. Sieht man sich an, was die Menschen heute so machen, ist es schon möglich, dass diese Berufung völlig idiotisch ist, aber ein Militär flieht nie vor der Gefahr, und einen Kameraden lässt er schon gar nicht im Stich.«

Es dämmerte bereits, als wir in der Wache eintrafen. Perelló erwartete uns nicht, aber es überraschte ihn auch nicht, uns zu sehen.

»Was ist passiert?«

»Ich werde dich gleich etwas ziemlich Merkwürdiges fragen, und ich bitte dich, dass du mir antwortest, ohne wissen zu wollen, wozu ich diese Antwort benötige.«

»Nur Mut.«

»Ich brauche die Adresse der Richterin.«

»Der Richterin?«

»Ja. Ich möchte, dass du mich zu ihr fährst und zusammen mit Satrústegui vor der Tür wartest. Es könnte sein, dass ich euch brauche. Ich verspreche dir, dass ich euch nur dann hereinrufe, wenn absolut alles geklärt ist. Keine weiteren Fehler.«

»Gibt es keinen anderen Weg?«, fragte Perelló prüfend, ohne mich einengen zu wollen.

»Nein.«

»Ich sage Satrústegui Bescheid.«

Die Richterin wohnte in einem Apartment im Zentrum des Dorfes. Es lag etwa fünf Gehminuten vom Gericht entfernt und war sicherlich bezahlbar. Für die zwei oder drei Jahre, die sie vermutlich mit dieser miserablen Anstellung auskommen musste, war es mehr als ausreichend. In dem Haus wohnten nicht viele Parteien, und man konnte es betreten, ohne dass jemand von oben auf den Türöffner drücken musste. Dank seiner fünfzehn Kilometer bis zum Meer war dieses

Dorf friedlich und sicher. Der Ärger mit den Touristen und ihren unerwünschten Hinterlassenschaften drang nicht bis hierher vor.

Die Richterin selbst öffnete uns die Tür. In den Clogs, der kurzen Hose und einem Top, das NY die Liebe erklärte, wirkte sie wenig Respekt einflößend. Wir kannten uns nicht, also stellte ich mich vor.

»Guten Abend. Mein Name ist Rubén Bevilacqua, vom Morddezernat der Guardia Civil. Das ist die Beamtin Chamorro. Sie arbeitet mit mir zusammen.«

Die Richterin wich meinem Blick aus.

»Was führt Sie zu dieser Stunde zu mir? Ist jemand gestorben? Ich habe heute keine Bereitschaft.«

»Wir würden mit Ihnen gern über den Fall Eva Heinrich reden.«

»Können wir das nicht auch morgen tun? Sagen Sie Ihrem Vorgesetzten Zaplana, dass wir nicht im Krieg sind. Es gibt Bürozeiten. Jeder hat ein Recht auf seinen Feierabend. Und weshalb hat er sich nicht persönlich an mich gewandt?«

»Ich bin auf eigene Faust hier. Zaplana weiß nichts davon.«

Die Richterin fand ein loses Ende, an dem sie sich festhalten und einen Hammer, mit dem sie zuschlagen konnte.

»Wunderbar. Sie glauben wohl, dass ich jederzeit Lust auf ein Schwätzchen mit einem x-beliebigen Beamten habe. Wenn Sie mir das nächste Mal etwas zu sagen haben, lassen Sie es mich über Ihren Vorgesetzten wissen. Gute Nacht.«

Sie wollte die Tür zustoßen, aber ich stellte meinen Fuß hinter die Schwelle.

»Was machen Sie da?«, bellte sie.

»Sie haben sich da mächtig was eingebrockt, Euer Ehren. Ich will Ihnen helfen.«

»Haben Sie den Verstand verloren?«

»Es ist besser, Sie lassen uns erst einmal eintreten. Das ist nichts, was man im Treppenhaus bespricht.«

Sie versuchte erneut, die Tür zu schließen. Ich zog meinen Fuß nicht zurück und kam trotzdem ohne eingeklemmte Zehen davon. Chamorro fing die Tür ab und hielt von außen so lange dagegen, bis die Richterin nachgab. Sie betrat die Wohnung und zwang ihr deutlich schwächeres und um fünf Zentimeter geschrumpftes Gegenüber, in den Flur zurückzuweichen.

»Hören Sie, sagen Sie dieser Verrückten, dass sie gerade einen strafbaren Hausfriedensbruch begangen hat.«

»Das weiß sie«, erwiderte ich, sprachlos über das Eingreifen meiner Assistentin.

»Beruhigen Sie sich, Euer Ehren, und hören Sie zu«, beschwichtigte sie Chamorro und legte den Zeigefinger auf den Mund.

Die Richterin rührte sich nicht von der Stelle. Auch ihre ganze zur Schau gestellte Wut konnte nicht darüber hinwegtäuschen, wie erschrocken sie war. Und es war nicht nur die einschüchternde Nähe zu meiner Untergebenen, die sie paralysierte. Ich folgte den beiden in die Wohnung und schloss die Tür hinter mir.

»Die Vorstellung ist vorbei, Euer Ehren. Andrea, die Italienerin, hat geredet. Sie haben die Wahl. Entweder Sie geben auf, und wir versuchen, die Sache geradezubiegen, oder wir nehmen Sie fest.«

»Sie haben ohne Erlaubnis mein Haus betreten«, wimmerte sie.

»Wenn Sie möchten, besorge ich Ihnen eine, oder ich warte, bis Sie es morgen verlassen«, brüllte ich. »Verstehen Sie eigentlich gar nichts, oder sind Sie am Ende taub?«

Die Richterin war weiß wie die Wand. Chamorro bekam sie noch zu fassen, bevor sie zusammenbrach. Wir brachten sie ins Wohnzimmer und legten sie auf das Sofa. Während Chamorro ihren Kopf mit einem Kissen stützte, drehte sie sich zu mir um: »Was soll denn die Geschichte mit Andrea?«

»Ein Bluff. Und wie du siehst, hat er gewirkt. Aber kümmern wir uns jetzt besser um ihre Lebensgeister.«

Chamorro holte Wasser. Die Richterin konnte kaum ein paar Schluck davon trinken. Also flößten wir es ihr ein, und so langsam kam sie wieder zu sich.

»Wie können Sie glauben, dass ... Was für ein Irrsinn«, stammelte sie.

»Beruhigen Sie sich. Wir finden schon eine Lösung. Wir sind davon überzeugt, dass Sie es nicht waren, aber Sie müssen uns helfen, es zu beweisen, und dabei bleibt Ihnen keine andere Wahl, als uns alles zu erzählen, so gut Sie können.«

»Alles?« Sie lachte wirr. »Ich weiß nicht, wo ich anfangen soll.«

»Fangen Sie von vorne an. Das ist das Einfachste. Wie haben Sie Eva kennen gelernt?«

»Auf einem Fest, auf einer Yacht«, erinnerte sie sich. »Vor drei Wochen, vielleicht ein bisschen mehr.«

»Wer hat das Fest organisiert?«

»Ein paar Italiener, die Besitzer der Yacht.«

»Wie sind Sie dorthin gekommen?«

»Über einen Freund von der Universität, aus Madrid. Er war mit einem von der Yacht in den Vereinigten Staaten gewesen, oder mit jemandem, der mit einem von der Yacht zusammen arbeitet. Ich weiß es nicht mehr genau.«

»Und wer war alles auf dem Fest?«

»Sechs oder sieben Italiener und eine Hand voll Spanier. Sie haben sich dort alle zum ersten Mal gesehen.«

»Und dort haben Sie Enzo und Andrea kennen gelernt?«, riskierte Chamorro zu fragen. Bevor ich ihr einen Vorwurf daraus machen konnte, erinnerte ich mich, dass Enzo ihr in der ersten Nacht, die sie mit ihm gesprochen hatte, anvertraute, dass sie Eva auf einer Art Orgie an Bord einer Yacht getroffen hatten.

»Dort habe ich sie kennen gelernt. Andrea und Enzo.«

Nachdem sie den zweiten Namen ausgesprochen hatte, nickte sie eine Weile stumm mit dem Kopf.

»Hat sich auf dem Schiff etwas Ungewöhnliches ereignet?«

Die Richterin riss ihre Augen weit auf und starrte ins Nichts.

»Etwas Ungewöhnliches? Nun, für mich schon, etwas sehr Ungewöhnliches. Ich war mit solchen Sachen nicht vertraut. Und bin es nach wie vor nicht.«

»Was denn für Sachen?«, zog Chamorro ihr aus der Nase.

»Zuerst das Kokain. Ich hatte es vorher noch nie ausprobiert. Und dann der ganze Rest. Ich hatte vorher auch noch nie eine Frau gesehen, die rittlings auf einer anderen saß. Das war nicht einmal das Originellste von allem. Aber die anderen schienen daran gewöhnt.«

»Und was haben Sie gemacht?«

»Das Letzte, woran ich mich erinnere, ist, dass mir schwindlig war. Danach kommen nur noch Lärm und Gesichter. Ich weiß ehrlich gesagt nicht, was ich gemacht habe. Alles, nehme ich an.«

»Und was wissen Sie noch über Eva Heinrich auf dieser Feier?«

»Ein paar Vorstellungen, fast alle höchst beeindruckend. Am meisten berührt hat mich die mit meinem Freund.«

»Können Sie das näher beschreiben?«

»Ich glaube, das kann niemand beschreiben.«

»Welche Beziehung hatten Sie zu diesem Freund? Waren Sie wirklich nur Freunde? Oder war es irgendwann auch mal mehr?«

»Ja, ich glaube, da war mehr, zumindest hat er den Kontakt zu mir in der Hoffnung gesucht, dass es mehr würde. Er hatte gehört, dass ich hier arbeitete und hat mich angerufen, um mich zu besuchen und in diesem Sommer ein paar Tage mit mir zu verbringen. Dabei ist er normalerweise auf Menorca. Er hat im Norden der Insel ein Haus. Er arbeitet als Anwalt für verschiedene ausländische Banken und ist mit seinen neunundzwanzig Jahren schon Millionär.«

»Millionär?«

»Vielleicht nicht ganz. Er verdient das Drei- oder Vierfache von meinem Gehalt, das meine ich damit. Jedenfalls hatte ich seit seiner Ankunft das Gefühl, dass er etwas von mir wollte. Das war an der Universität schon so gewesen, aber ich bin damals kaum darauf eingegangen. Wenn man allerdings allein in diesem Kaff lebt und noch zwei Jahre vor sich hat, ändert sich das. Man ist verfügbarer. Alles lief auch mehr oder weniger reibungslos, bis Eva kam. Sie schenkte ihm dieselbe Aufmerksamkeit wie jedem anderen auch, aber er war wie verhext. Selbstverständlich war diese Frau eine echte Expertin, mehr, als ich es jemals sein werde. Wahrscheinlich lag es daran.«

In diesem Vergleich lag eine fast kindliche Verbitterung. Die Richterin hatte bereits jeden Widerstand aufgegeben. Sie wollte beschützt werden und vielleicht auch verstehen, warum ihr geordnetes Leben so aus den Fugen geraten war.

»Und nach dem Fest? Wann haben Sie sie wiedergesehen?«

»Raúl, mein Freund, fuhr am nächsten Tag nach Menorca zurück. Er hatte Gäste, auch ein paar Kollegen aus seiner Zeit in den Staaten. Es waren Deutsche, oder so etwas Ähnliches. Ich bin hier geblieben. Wir haben uns fast eine Woche lang nicht gesehen und auch kein einziges Mal telefoniert. Ich wollte die Zeit dafür nutzen, meine Gedanken zu sortieren, aber in Wahrheit sortierte ich gar nichts. Als Raúl mich dann anrief und mir sagte, dass er noch einmal für vier, fünf Tage nach Mallorca kommen wollte, kam es mir überhaupt nicht in den Sinn, nein zu sagen.«

Obwohl ihre Hinweise nicht besonders präzise waren, versuchte ich die Ereignisse in eine ungefähre zeitliche Reihenfolge zu bringen. Nach meinen Schätzungen waren wir nicht weit von der Nacht entfernt, in der Eva umgebracht worden war. Ich bemerkte, dass die Richterin ihren Elan verloren hatte und wiederholte meine Frage.

»Wann haben Sie sie wiedergesehen?«

»Darauf wollte ich hinaus. Das Erste, was Raúl noch in der Nacht tat, in der er angekommen war: Er schleppte mich zum Sporthafen. Wir zogen von Bar zu Bar und ließen uns kaum die Zeit, unsere Drinks in Ruhe auszutrinken. Ich begriff, dass er sie suchte. Und wir fanden sie. Sie brauchte eine Weile, bis sie ihn erkannte, wenn sie ihn überhaupt erkannt hat. Ob zu seinem Schaden oder Nutzen, es gelang ihm, sich ihr anzuschließen. Raúl war schon ziemlich angeschlagen angekommen. Ich glaube, er hatte zu Hause schon etwas getankt, bevor wir losgegangen sind. Trotzdem hörte er nicht auf zu trinken. Irgendwann in dieser Nacht, es war noch nicht besonders spät, stießen dann auch Andrea und Enzo zu uns. Ich hatte bei der Feier auf der Yacht länger mit Andrea gesprochen, vor dem ganzen Durcheinander zum Schluss. Sie hatte etwas Beunruhigendes, aber nichts Unsympathisches an sich. Ich weiß nicht, wer auf die Idee mit dem Strand kam. Raúl hatte darauf bestanden, dass Eva bei uns mitfuhr. Ihr war es egal, sie hat gesehen, dass Raúls Auto besser war als der Mietwagen der Italiener, und da ist sie eben mit uns gefahren. Die anderen wollten noch kurz in ihr Apartment, um etwas zu holen, so dass wir eher am Strand ankamen. Es grenzt übrigens an ein Wunder, dass wir nicht von der Straße abkamen. Raúl war in ziemlich übler Verfassung. Man verstand kaum noch, was er sagte. Sie hatte bald die Nase voll von ihm, aber das merkte er nicht. Er bedrängte sie so lange, bis sie richtig wütend wurde. Einen Moment dachte ich, sie würde ihm eine runterhauen. Doch bevor es dazu kam, tauchte diese Frau auf, diese Schweizerin. Wir brauchten eine Weile, bis uns bewusst wurde, dass sie mit einem Revolver auf Eva zielte.«

Während des restlichen Teils ihrer Geschichte rekonstruierte die Richterin mit methodischer Sorgfalt all die Geschehnisse und Umstände, die endlich die zahllosen Widersprüche lösten, die Chamorro und ich in den letzten Tagen zusammengetragen hatten. Ab einem bestimmten Punkt gewann sie sogar ihre physische Präsenz und ihre Fassung zurück, und ihre Schilderungen bestachen durch einzigartige Schärfe. Weil sie schweigen und darüber nachdenken musste, wie sie den möglichen Konsequenzen aus dem Weg gehen konnte, hatte ihr privilegiertes Wissen über den unglücklichen Unfall, in den sie sich gegen ihren Willen und ihre Absicht verwickelt sah, mehr und mehr an Kontur gewonnen.

Als Euer Ehren ihr Gewissen erst einmal erleichtert hatte, kam sie freiwillig mit uns. Ich öffnete das Fenster und machte Perelló ein Zeichen, dass er reinkommen solle. Ich wollte sie jemandem übergeben, der ihr Vertrauen weckte. Nachdem Chamorro ihr in den Jeep geholfen hatte, verabschiedete sich die Richterin mit einem letzten Bekenntnis.

»Ich bin froh, dass Sie gekommen sind. Ich hätte nicht gewusst, wie ich es zu Ende bringen sollte. Und es hat mich gestört, dass ich ihretwegen etwas erfinden musste. Ich werde es zwar nicht zugeben können, aber wenn ich alles mit kühlem Verstand überdenke, dann tut es mir nicht im mindesten Leid, dass das Mädchen gestorben ist. Ich hatte nicht viel mit ihr zu tun und weiß nur vom Hörensagen, dass sie eine Art Raubtier gewesen sein muss, wild und zerstörerisch.«

»Wie eine Löwin?«, schlug ich vor.

»Wie eine Löwin«, wiederholte sie.

Ich musste auf die Hilfe Perellós zurückgreifen, um Zaplana davon zu überzeugen, dass mein Bericht nicht das Ergebnis übermäßigen Drogenkonsums war und er mir einen Hubschrauber für einen Ausflug nach Menorca genehmigte. Zuerst aber musste er sich noch um einen Richter kümmern, der in diesem Fall die Zügel neu in die Hand nahm und die geeigneten Maßnahmen sowohl in Bezug auf seine Vorgängerin als auch in Verbindung mit dem Rest der in den Mordfall verwickelten Personen ergriff. Wir verließen die Insel im Morgengrauen, einem Ziel entgegen, das nach Angaben der Richterin Raúls Sommersitz war. Das Haus stand isoliert an eine Steilküste geschmiegt, die der tosende Nordwind wild umpeitschte. Der Capitán, der dieser Operation vorstand, hatte sich bereits diskret auf dem Gelände umgesehen und wartete nur noch auf das Zeichen zum Zugriff. Nach unseren Informationen war die Zielperson weder bewaffnet noch machte sie einen besonders gefährlichen Eindruck, aber wir hatten uns schon zu oft die Finger verbrannt, um uns auch nur die kleinste Panne erlauben zu können.

Als wir an der Tür klingelten, dämmerte es bereits. Niemand antwortete. Wir klingelten erneut, wieder keine Reaktion. Wir verschafften uns gewaltsam Zugang und durchkämmten das Haus. In der Küche stapelten sich schmutziges Geschirr sowie jede Menge Fertiggerichte und überall lagen Kleidung und Unrat verstreut. Wir kamen gerade rechtzeitig auf die Terrasse, um zu merken, wie jemand über das Geländer sprang und über den felsigen Grund Richtung Meer rannte. Die Person war aschfahl und musste sich mehrere Tage nicht rasiert haben, der Bart war beinahe schon voll. Sein einziges Kleidungsstück war ein aufgeknöpftes Hemd, und sein Impuls ließ keine Fragen offen. Der Abgrund, auf den er zulief, durfte eine Höhe von etwa sechzig oder siebzig Metern haben, und in der Tiefe brachen sich die tosenden Wellen am Fels, weiße Gischtkronen beim Abfließen zurücklassend.

Als Schnellste von uns allen und als würde sie über die scharfen Steinkanten hinwegfliegen, konnte Chamorro ihn rechtzeitig aufhalten. Beide gingen zu Boden und der Mann begann, mit den Fäusten auf meine Assistentin einzuschlagen, die die Schläge jedoch mit Mühe zu parieren verstand. Drei Sekunden später hatten wir ihn von ihr gerissen und seine Arme in Handschellen auf dem Rücken ruhig gestellt.

»Bist du okay?«, fragte ich Chamorro.

»Bis auf ein paar Kratzer, ja.«

»Wo hat man dir denn so das Laufen beigebracht?«

»Mein Versuch, die Offizierslaufbahn einzuschlagen. Für irgendetwas muss die verschwendete Zeit ja gut gewesen sein.«

Der Festgenommene roch nach Gin und Schweiß, als er uns anschrie: »Lasst mich in Ruhe. Ich erspare euch die Arbeit, ihr Schweine.«

Zaplana ging auf ihn zu und packte ihn an seinem Zopf. Eine Weile sah er so in seine unruhigen, blutunterlaufenen Augen.

»Du hast das Recht auf einen Anwalt, und du wirst beschuldigt, den Mord an der österreichischen Staatsbürgerin Eva Heinrich verübt zu haben«, erklärte er ihm. »Und wenn du nicht sofort die Schnauze hältst, werde ich dir deine beiden niedlichen Eier auf einmal abreißen.«

Raúl verstummte. Der Comandante ließ ihn noch immer nicht aus dem Blick.

»Wenn man sich vorstellt, dass wir nach so einem gesucht haben«, sagte er. »Nach einem Yuppie-Idioten, der nicht verlieren kann.«

»Niemand kann verlieren«, sagte ich entschuldigend.

»Mieses Pack. Es verabscheut jeden, dessen Sohlen staubig sind. Sieh mich an: Seit ich denken kann, sind meine Sohlen staubig, aber jetzt ist er es, der sich unter meiner Würde bewegt.«

»Lassen Sie ihn.«

»Bringt ihn zum Wagen«, befahl Zaplana. »Aber deckt ihn vorher zu. Bei seinem Anblick kann einem ja schlecht werden.«

Zaplanas zorniger Auftritt zeigte einmal mehr, dass er trotz all seiner unbestreitbaren Talente und seines Mutes nie ein guter Polizist werden würde. Nach der Losung des Korps war das Letzte, was sich ein Polizist erlauben durfte, einen Verbrecher zu hassen.

Parallel zu unserem Einsatz wurden auch Andrea und Enzo verhaftet. Sie befanden sich gerade auf dem Weg vom Hotel zum Flughafen.

Wenn auch knapp und trotz so mancher Fahrlässigkeit auf allen Seiten wurde der Mordfall Eva Heinrich mit der Festnahme aller Schuldigen abgeschlossen.

## 19. Kapitel

Neben meiner Zeugenaussage, die Chamorro und ich für den Prozess gegenlasen, rekonstruierte ich den Ablauf der Ereignisse ein weiteres Mal für Perelló. Sobald wir Menorca verlassen und alle Formalitäten innerhalb weniger Stunden erledigt hatten, bat ich Chamorro, unsere Rückkehr aufs Festland vorzubereiten und fuhr selbst mit dem Auto ins Dorf. Als ich auf der Wache ankam, ging die Sonne bereits unter, und außer Barreiro und Quintero war niemand mehr da. Die beiden Männer sagten mir, dass der Brigada in einer Bar auf der Plaza sei, wo er jeden Abend Karten spielte.

Ich fand ihn an einem Tisch mit drei anderen Männern; er hatte die Uniform ausgezogen, und in Zivil kam er mir bedeutend älter vor. Ich wartete, bis sie fertig waren, und trank unterdessen einen starken, aber anständigen spanischen Whiskey. Perelló hatte mich gesehen, und ohne seine Mitspieler zu verärgern, beeilte er sich, die Partie schnell zu beenden. Anschließend kam er zu mir herüber.

»Fertig?«, fragte er.

»Ja. Jetzt ja.«

»Fliegst du nach Madrid zurück?«

»Morgen früh, mit dem ersten Flugzeug. Vielleicht auch

mit dem zweiten. Bevor ich abreise, würde ich gern noch mit jemandem sprechen. Zunächst aber wollte ich dir ein paar Gedanken mitteilen, die mich partout nicht loslassen.«

»Was für Gedanken können das sein?«

»Ich will nicht fahren, ohne dir zu erzählen, weshalb du die Richterin gestern festgenommen hast und dir für alle deine Hinweise danken. Wenn ich mich richtig erinnere, hast du dich nicht nur kein einziges Mal getäuscht, vielmehr gelang es mir, mit deiner Hilfe endlich auf den richtigen Weg zurückzufinden und meine Fehltritte wieder gutzumachen.«

»Du übertreibst.«

»Ich übertreibe nicht. Wir hatten es mit einem sinnlosen Verbrechen zu tun, das jeder hätte verüben können, genau wie du vermutet hast. Sie haben sie nicht im Haus umgebracht, was du auch dann noch vertreten hast, als ich schon einer falschen Fährte folgte. Und sie haben Reginas Fingerabdrücke auf der Waffe hinterlassen, um ihr die Schuld in die Schuhe zu schieben, auch das hast du niemals aus den Augen verloren.

Aber es gibt da noch etwas, wenn du so willst, einen letzten Gefallen, um den ich dich bitten möchte: Vergiss für heute die Dienstgrade und Jahre, die uns trennen, und erweise mir die Ehre, dich anständig mit mir zu besaufen. Ich muss mich von ein paar Gewissensbissen reinwaschen, und für die Absolution fällt mir kein Besserer ein als du.«

»Gewissenbisse, so ein Quatsch«, wandte er ein. »Du allein hast die Dinge ins Reine gebracht. Unsere Vorgesetzten sollen bloß keine dicken Backen machen. Jeder kann mal stolpern, aber sie haben absolut nicht das Recht, dir das vorzuhalten. Im Gegenteil, sie müssen dir gratulieren. Sie hatten doch die ganze Zeit keine Ahnung.«

»Es ist nicht die Meinung der Obrigen, die mich interessiert. Ich habe meine eigenen Grundsätze verraten. Das ist unverzeihlich. Und es verletzt meinen Stolz. Die Wendung in dem Fall war purer Zufall, denn Regina musste mich erst mit der Nase auf die Richterin stoßen. Wäre das nicht passiert, hätten sich Andrea und Enzo auf und davon gemacht, Raúl wäre bei einem Autounfall oder wegen Drogen ums Leben gekommen, die Richterin hätte die Sache mehr oder weniger erfolgreich in ihrem Gedächtnis begraben, und den Prozess hätten sie den Falschen gemacht. So wie unsere Justiz funktioniert, hätten sie sie mit achtzigprozentiger Wahrscheinlichkeit verurteilt. Und weißt du, was mich bald zum Platzen bringt? Dass ich Enzo trotz all der versteckten Anzeichen in keiner Sekunde verdächtigt habe. Nicht nur, dass er kräftig und dumm genug war, um Eva an dem Balken aufzuknüpfen. Er war zudem Unterwasserfischer. Zwar ist eine Harpune nicht dasselbe wie ein Revolver, aber um so etwas Flüchtiges wie einen Fisch zu treffen, braucht man eine ruhige Hand und Treffsicherheit. Außerdem hatte er genau die richtige Persönlichkeit, und er war Andrea auf gefährliche Weise ergeben, erst recht, wenn man sich Andreas Verhalten vor Augen führt. Seine scheinbare Sanftmut war der typische Ausdruck von unterdrückter Wut. Diese Leute sind es, die am Ende zu den brutalsten Gewaltakten in der Lage sind.«

Perelló legte mir seine Hand auf den Arm und drückte ihn ergriffen.

»Ich kann mich nicht betrinken, Vila«, entschuldigte er sich. »Zu hoher Harnsäurespiegel. Aber ich bestelle mir gern einen Cognac, und dann erzählst du mir alles.«

Wir setzten uns an einen abgeschiedeneren Tisch, und mit einem neuen Whiskey in der Hand begann ich mit meiner Zusammenfassung. Zuvor versorgte ich ihn noch mit den Informationen über die zweite Version von Regina Bolzanos Bekenntnissen sowie über die schicksalhaften Fügungen, die die Richterin mit Raúl, den beiden Italienern und Eva Heinrich am Strand zusammengeführt hatten. Damit waren wir mehr oder weniger an dem Punkt angekommen, an dem Regina vor

Raúl und der Richterin auf Eva zielte, ohne jedoch den Mut zu finden, auch abzudrücken.

»Der, der Regina den Schlag versetzt hat«, fuhr ich fort, »war kein anderer als Enzo. Er hatte sich von hinten an sie herangeschlichen, was die Schweizerin nicht merken konnte, weil der Sand die Geräusche seiner Schritte geschluckt hat. Er hatte eine Eisenstange aus dem Auto geholt und keine Sekunde gezögert, sie auch einzusetzen. Zu diesem Zeitpunkt schien das auch das Logischste zu sein: dass Regina nicht schießen würde, wusste nur sie allein. Auf die Tat hin wurde es etwas hektisch. Eva lief zu ihrer Wohnungsgenossin, um zu sehen, in welchem Zustand sie sich befand, die Richterin und Raúl blieben wie angewurzelt stehen, und Andrea und Enzo beugten sich über den leblosen Körper. Der Schlag muss mit großer Wucht ausgeführt worden sein. Regina blutete und kam nicht wieder zu Bewusstsein. Eva wurde panisch und warf dem Italiener seine Überreaktion vor. Andrea war hin und hergerissen, versuchte aber, Eva zu beruhigen. Enzo zuckte mit den Schultern, verteidigte sich und tönte, das nächste Mal würde er dafür sorgen, dass sie gleich tot sei. Währenddessen hatte sich Raúl genähert und sich zu der am Boden liegenden Frau hinuntergebeugt. Bevor es jemand gemerkt hatte, griff er nach dem Revolver. Die anderen begriffen die Situation erst, als er betrunken seine Mätzchen mit der Waffe machte und sich den Lauf an die Stirn hielt. Die Richterin war die Erste gewesen, die es gesehen und den Rest der Truppe gewarnt hatte. Enzo reagierte gar nicht, Andrea zögerte. Nur Eva war nicht ganz so gelassen. Sie beschimpfte ihn und forderte ihn auf, seine lächerliche Vorstellung zu beenden. Das muss Raúl erst recht in Stimmung gebracht haben. Er fing an, sich aufzuspielen und fragte sie, ob sie Angst habe. Sie drehte ihm daraufhin den Rücken zu und sagte, kein Mensch würde vor einem feigen Angeber Angst haben. Das war für Raúl das Stichwort. Er öffnete die Trommel des Revolvers und schüttelte die Patronen in seine Hand. Da seine Koordination nicht mehr die beste war, dauerte das eine ganze Weile, aber komischerweise versuchte niemand, ihn davon abzuhalten. Er warf die Hülsen in den Sand, bis auf eine, die er wieder in die Trommel steckte. Dann setzte er sich die Waffe an die Schläfe und drückte ab. Wie gelähmt sahen die anderen ihm dabei zu. Es fiel kein Schuss. Eva rief, man solle ihm die Waffe wegnehmen, aber es rührte sich niemand vom Fleck. Raúl ging mit ausgestrecktem Arm auf sie zu und fragte, ob sie jetzt Angst hätte. Die Österreicherin antwortete nicht. Betrunken wünschte er ihr Glück und drückte ein zweites Mal ab. Ein Knall durchschlug die Nacht, und mit der Hand am Hals fiel Eva zu Boden. Die Verletzte wälzte sich im Sand, doch weder Andrea noch die Richterin unternahmen etwas. Raúl hatte die Waffe fallen lassen und machte seinen Mund wie gestört auf und zu. Da übernahm Enzo das Kommando. Er hielt den Revolver, der dem anderen aus den Fingern geglitten war, in der Hand und lud ihn mit den Patronen, die er ebenfalls vom Boden aufgesammelt hatte. Er zielte und drückte ein einziges Mal ab. Eva Heinrich rührte sich nicht mehr. Raúl drohte durchzudrehen, und der Italiener beantwortete seine Hysterie mit einem Schlag ins Gesicht. Jetzt gelte es, Ruhe zu bewahren, sagte er.«

»Und dann hatten sie die Idee mit dem Haus.«

»Ja. Das war wohl in erster Linie Enzos Einfall. Die Hilfe von Raúl und der Richterin beschränkte sich auf ein paar Handgriffe. Andrea war geschickter und hatte auch mehr Mumm, stand aber zu sehr neben sich. Alles war so schnell und auf so unerklärliche Weise vonstatten gegangen. Nur jemand, der so gewissenlos war wie Enzo, konnte die Situation in dem notwendigen Tempo meistern. Die anderen folgten seinen Anweisungen und mussten deswegen später schweigen. Letztendlich war Raúl nicht Herr seiner selbst und hatte Eva aus Versehen verletzt. Sie hatte Schaden genommen, aber bis Enzo entschlossen die Initiative ergriff, hatte sich nicht viel mehr als eine große Dummheit abgespielt. Wer weiß, die Schusswunde am Hals war schlimm, aber wenn sie sie sofort in ein Krankenhaus gebracht hätten, wäre Eva noch mit dem Schrecken davongekommen und hätte im Gegenzug eine Narbe geerbt, mit der sie später hätte kokettieren können.«

»Du bist also der Meinung, der einzige Täter war der Italiener.«

»Und die anderen haben mitgewirkt, um die Spuren zu verwischen. Sie haben die Hülsen der beiden abgefeuerten Patronen sowie zwei nicht intakte verschwinden lassen, vermutlich die beiden, die Enzo noch in die Trommel gesteckt hatte. Ein Tourist hatte außerdem eine Patrone im Sand gefunden, und als der Strand heute Morgen durchkämmt wurde, tauchte auch die sechste auf. Weitere Fehler? Während Enzo die Finger der bewusstlosen Regina Bolzano auf die Waffe drückte, hätte jemand zu ihrem Auto gehen und die Haustürschlüssel holen müssen. Dass sie diesen Schritt ausgelassen hatten, merkten sie erst, als sie bei der Ferienwohnung angekommen waren. Ich nehme an, diese Nachlässigkeit sorgte bei unseren ausgebufften Helden für ordentliche Diskussionen, die ich mir umso interessanter vorstelle, wenn man bedenkt, in welch erregter Verfassung sie sich befanden. Ihnen muss wirklich das Glück zugelacht haben, dass keiner der Nachbarn auf sie aufmerksam geworden ist. Die Blutspuren im Sand haben sie hingegen nahezu perfekt verwischt, was insofern Erwähnung verdient, da sie später im Haus nicht mehr ganz so sorgfältig vorgegangen sind, was uns herauszufinden erlaubte, dass Eva nicht im Salon gestorben ist. Ausgesprochen raffiniert – oder ausgesprochen naiv, wie man's nimmt – war es außerdem, davon auszugehen, dass man die Leiche fand, bevor der Müll mit dem Revolver darin geleert würde, denn sie haben die Abfalltüte noch zur Tonne gebracht. Es ist bestimmt richtig, dass es nicht besonders glaubwürdig gewesen wäre, sie im Haus zu lassen, aber noch bin ich mir nicht ganz sicher, wie ich ihre Überlegungen zu diesem Thema zu deuten habe. Vielleicht haben sie wirklich zweimal um die Ecke gedacht, oder sie wollten die Waffe doch loswerden, und man kann sich jeden weiteren Gedanken dazu sparen. Den Transport des Körpers übernahmen Enzo und Raúl, den die ganze Tragödie und der kräftige Faustschlag weitgehend ernüchtert haben dürften. Zu zweit werden sie keine Mühe gehabt haben, Eva durch das Fenster zu hieven und sie an den Balken zu binden. Das Seil hatte Raúl in seinem Auto, so will ich nicht ausschließen, dass es auch seine Idee war. Abgesegnet wurde sie aber ohne Zweifel von dem, der das Kommando hatte, von Enzo also. Spricht man mit den beiden demnächst in Ruhe, finden wir womöglich auch raus, was sie mit der Aktion, die ihr größter Fehler war, eigentlich bezweckt haben. Es war nicht von Anfang an so geplant, vielmehr haben sie sich erst im Haus selbst dafür entschieden, und sie werden sich eine Weile beratschlagt haben. Von ihrem Tod bis zu dem Moment, wo sie sie aufhängten, vergingen jene drei Stunden, die es dem Forensiker möglich machten festzustellen, dass Eva nicht erst an dem Seil hängend gestorben war. Nach den Worten der Richterin wollten die beiden Männer es wie ein sadistisches Ritual aussehen lassen, das die Polizei eingedenk von Evas Charakter und ihrer Lebensweise ohne große Diskussionen schlucken könnte. Dabei haben sie schlicht nicht bedacht, dass sie, statt verschiedene Alternativen ins Spiel zu bringen, sich besser für eine einzige in sich kohärente Version hätten entscheiden und diese entsprechend hätten inszenieren sollen. Die Schuld auf Regina und einen sadistischen Kraftprotz zu lenken konnte im Idealfall dazu führen, dass ein beliebiger Ermittler sich dazu verleitet sah, beide Stränge zusammenzuführen, ohne sie aber unter Umständen sinnvoll miteinander verknüpfen zu können. Sie konnten nicht unbedingt damit rechnen, dass ein Lucas existierte und dass wir alles daransetzten, ihn für unsere

Zwecke zu nutzen, um Licht in diese verworrene Angelegenheit zu bringen. Zwar kannten Andrea und Enzo ihn, aber sie hatten keine Ahnung von der Verbindung zu Regina und erst recht keine von dem, was Evas Vater vorhatte. Als sie zur Zeugenaussage vorgeladen wurden, haben sie Lucas belastet, weil sie damit den Verdacht von sich ablenken und die Zeit gewinnen konnten, die sie bis zu ihrem Verschwinden benötigten.«

»Und wie kam es, dass sie noch so lange nach dem Verbrechen hier waren?«

»Sie haben versucht, vorher abzuhauen. Die Erklärung, weshalb sie es nicht getan haben, ist so einfach wie einleuchtend. Im August ist es nahezu unmöglich, einen Flug von oder nach Mallorca zu erwischen, ohne einen Monat im Voraus reserviert zu haben. Und wo sie schon zum Bleiben gezwungen waren, versuchten sie, ein möglichst normales Leben zu führen und sich unter das Volk zu mischen. So haben Chamorro und ich sie kennen gelernt.«

Perelló schüttelte den Kopf. »Es ist schon verrückt: Nicht genug damit, dass sie hier bleiben mussten, sie haben sogar noch von der Toten gesprochen.«

»Das kann einen Grund, wenn nicht gar eine Erklärung haben. Erstens: Weder Chamorro noch ich haben das Thema in einer Art aufgegriffen, die sie hätte skeptisch machen können. Zweitens ist da die Psychologie der beiden, vor allem die von Enzo. Es wird sich lohnen, den Bericht des Psychiaters zu lesen, der Enzo untersucht. Andrea war vorsichtiger und hat erst gesungen, nachdem er ausgepackt hatte. Aber egal, Eva hinterließ nicht nur tiefe Spuren bei jenen, die mit ihr zu tun hatten. Der Umgang mit ihr war zur Hälfte ein Abenteuer und zur Hälfte eine Katastrophe. Wenn man es sich mal genau überlegt, dann brüsten sich die Leute vor anderen am liebsten mit erlebten Abenteuern, ob sie nun stimmen oder nicht, und mit Katastrophen. Der Drang, in einer Unterhaltung zu beeindrucken, ist einer der schlimmsten Feinde des Menschen, und einer der häufigsten Gründe für schicksalhafte Wendungen. Unabhängig vom Charakter und so gut, schlecht oder neutral die Beurteilung auch ausfiel, wurde keiner von denen, die Eva kennen gelernt hatten, müde, bei passender Gelegenheit von ihr zu sprechen. Für die Leute vom Strand war ihre Extravaganz die Sensation des Sommers. Für viele andere die ihres Lebens. Hätte sie vielleicht einmal darüber nachgedacht, welche Auswirkungen ihr Tun, dem sie selbst keine Bedeutung beimaß, auf andere hatte, wäre sie in einer besseren Position gewesen, um die Ereignisse zum Schluss vielleicht verhindern zu können.«

Perelló nahm einen Schluck aus seinem Glas. Das tat er etwa alle fünfzehn Minuten und genoss den ebenfalls selbstverständlich spanischen Cognac, als wäre es ein fünfzehn Jahre alter französischer.

»Hört sich fast so an, als würdest du ihr die Schuld geben«, sagte er.

»Mit der Schuld ist das so eine Sache. Ich glaube, es passiert nichts, was wir uns nicht auch wenigstens ein bisschen verdienen. Denk an Eva. Sie hätte auf Raúl verzichten können. Ich schwöre, dass sie sich nicht einmal amüsiert hat mit ihm. Sie wäre heute noch am Leben und vielleicht mit jemandem zusammen, mit dem sie sich sehr wohl amüsiert. Andererseits gibt es auch nichts, das man ganz und gar vermeiden kann. Eva hat Enzo keinen Grund gegeben, sie so zu hassen, zumindest nicht bewusst. Und Enzo hat am Ende ihr Schicksal vollstreckt.«

»Nachdem ich nun alles gehört habe, Vila«, meinte Perelló abwägend, »verstehe ich noch weniger, warum du dich so quälst. Das war ein verflixt kompliziertes Rätsel. So viele Zufälle gab es gar nicht, und ohne sie hätte kein Mensch es lösen können. Der Fährte mit Lucas und der Schweizerin wäre jeder gefolgt. Erst recht wenn man sich ansah, wie sie nach der Festnahme reagiert haben.«

»Wie hätten sie denn reagieren sollen? Man beschuldigte sie genau der Tat, die sie begehen wollten. Schon vor Tagen hatten sie jeglichen Kontakt zueinander abgebrochen und konnten nicht wissen, was der andere gebeichtet, geschweige denn getan hat. Vielleicht sind Lucas ein paar Drähte zu viel durchgebrannt, als er Candela an einem Tisch mit Andrea im *Abrakadabra* sitzen gesehen hat. Unerklärlich ist es allerdings auch nicht. Als sie von Evas Tod erfahren hatten, wurde ihnen klar, oder besser, wurde Lucas klar, dass sie mit größter Sorgfalt die Beziehung verschweigen sollten, die sie zu dem Opfer hatten. Candela hat sich kaum daran gehalten, aber er hat sich meines Wissens nach nur zwei Patzer erlaubt: Er war Xesc gegenüber zu geschwätzig, und er hat eingewilligt, Chamorro zum Sporthafen und ins *Abrakadabra* zu begleiten. Ersteres betrachte ich noch nicht mal als besonders gravierenden Ausrutscher. Ich bin nicht sicher, ob diese Vertraulichkeiten nicht schon vor Evas Tod ausgetauscht wurden, aber selbst wenn es so war und es in Anbetracht seiner Geschäfte mit Regina besser gewesen wäre, die Zunge im Zaum zu halten, war es doch etwas anderes, als wenn man die Leiche bereits auf dem Tisch hat. Dennoch war es die Wut über den zweiten Fehltritt, die ihn, zusätzlich geschürt von Candelas Anwesenheit, so aus der Haut fahren ließ. Andrea war Zeugin seiner Verbindung zu Eva. Was die Italienerin unternehmen oder vermuten konnte, ignorierte er, aber das war zu viel. Ich glaube, dass er mich unter anderen Umständen niemals geschlagen hätte, auch nach meinen Provokationen nicht. Mehr noch, ich glaube, er hätte mir noch nicht einmal die Möglichkeit gegeben, ihn zu provozieren.«

»Und die Schweizerin?«

»Ihr Verhalten war relativ logisch. Was hätte sie damit gewinnen können, die Polizei zu verständigen und die Ermittlungen zu unterstützen? Sie hatte mit einem lokalen Killer einen Vertrag abgeschlossen, der im Ergebnis auf genau dasselbe hinauslaufen sollte, und sie hatte keine Idee, wer auf Eva geschossen haben könnte. Es hätte Lucas selbst sein können, der der Toten auf sentimentale Weise erlegen war, aber das Letzte, was sie tun konnte, war, ihn zu beschuldigen, weil früher oder später die eigenen Intrigen ans Licht gekommen wären; genauso gut hätte sie sich gleich selbst einen Strick um den Hals legen können. Sie konnte vermuten, dass der Mörder, ob nun Lucas oder ein anderer, derselbe war, der sie bewusstlos geschlagen und ihr die Waffe geraubt hatte, nur hat sie ihn nicht gesehen. Gesehen hat sie lediglich zwei Personen, die sie nicht kannte und die sie noch dazu kaum erkennen konnte. Als wir sie erwischten, war ihre Lage so prekär, dass sie sich gezwungen sah, einfach eine Geschichte zu erfinden und sich dumm zu stellen. Allein ein paar wenige wahre Details durfte sie unter ihre Lügen mischen, mit denen sie ihre Verbindung zu Evas Vater und dem Ex-Legionär zu verheimlichen suchte. Sie tat einiges dafür, glaubwürdig zu wirken und sich selbst nicht zu verraten. Und um zum Schluss zu kommen, ich muss zugeben, dass sie in einer Hinsicht regelrecht genial war: Sie hat nur in die Luft geschossen, als ich ihr von Andrea erzählte, und weder sie noch ich waren uns dessen bewusst, dass sie mit ihrer Antwort voll ins Schwarze getroffen hat.«

»Sicher, diese Frau ist längst nicht diejenige, für die sie jeder hielt, als wir noch nach einer verschmähten Liebhaberin suchten, die plötzlich die Nerven verlor«, erinnerte sich Perelló. »Aber wenn du mich fragst, bin ich nach wie vor davon überzeugt, dass der Vater der Toten schlecht beraten war, gerade sie für seine Pläne einzuspannen.«

»Ich habe Klaus Heinrich nicht gesehen. Aber wenn ich mich an das halte, was Regina gesagt hat, hat er es auch nicht schlecht eingefädelt. Er ist persönlich hergekommen, um sich davon zu überzeugen, dass die Angelegenheit in den richtigen Händen liegt. Er hat den Kontakt hergestellt und auf einen

Punkt geachtet, der in jedem Verbrecherhandbuch empfohlen werden könnte: die Arbeit weit entfernt von dem Ort zu erledigen, wo sie für entsprechendes Aufsehen sorgen würde. Regina war der Sache solange gewachsen, bis sie eine Rolle spielen musste, die nicht geplant und auf die sie auch nicht vorbereitet war. Bis dahin folgte sie dem Plan des Österreichers, insgeheim womöglich gegen ihr eigenes Gefühl. Wenn der Mord sich wie vorgesehen abgespielt hätte, dann bin ich sicher, dass Regina ihren Part der am Boden zerstörten Frau, die mit dem Ganzen nichts zu tun hat, perfekt gegeben hätte und ohne Probleme das Land hätte verlassen können. Vielleicht hätte Zaplana, einmal seine Antipathie gegenüber dem Lotterleben der Schweizerin schluckend, sie selbst noch bis zur Gangway am Flughafen begleitet und ihr sein Beileid und sein Bedauern darüber ausgesprochen, dass es noch immer keinen ernst zu nehmenden Hinweis auf den Verantwortlichen der tragischen Ereignisse gab. Klaus säße derweil erleichtert in Wien und träte sein Erbe an.«

»So sieht es am Ende aus«, resümierte Perelló sarkastisch.

»Es könnte so kommen. Obwohl es natürlich durchaus möglich wäre, ihn der Verschwörung und des versuchten Mordes anzuklagen. Auch wenn der Tod seiner Tochter nicht auf sein Konto geht, dann nicht deswegen, weil er einen Rückzieher gemacht hat. Lucas und Regina haben aufgegeben und damit ihre Haut gerettet. Nicht aber die von Klaus.«

»Der wird seine Haut auch noch zu retten wissen«, prophezeite Perelló.

»Möglich. So viel Europäische Union wir auch haben, noch stehen die Grenzen, und da der wahre Täter ins Netz gegangen ist, scheint mir nichts unwahrscheinlicher, als Klaus vor einem Gericht zu sehen. Wenn die Geschichte nichts weiter ist als das Vorstrafenregister all der Verbrecher, die nicht verurteilt worden sind, wie, ich weiß nicht mehr wer, gesagt hat, dann sind ein paar anständige Jahre von Klaus gerade Geschichte geworden. So gern man sich auch etwas vormachen würde, die Welt gehört nicht denen, die sie sich verdienen, sondern denen, die im Roulette gewinnen.«

Ich begleitete Perelló bis zu seinem Haus. Er hatte lediglich seinen ehrwürdigen Cognac im Magen, ich hingegen spürte tief in meiner Brust ein Brennen, das einer beträchtlichen Menge Feuerwasser geschuldet war. Bevor wir auseinander gingen, stellte er gleichwohl seine eiserne Haltung unter Beweis, die ihm verlässlich diktierte, was er zu tun hatte. »Kannst du noch den Wagen nehmen und bis Palma fahren? Wenn nicht, biete ich dir gern ein Bett an.«

»Ich habe schon genug von deiner Gastfreundschaft profitiert. Ich werde langsam fahren. Ich hoffe, dass du noch nicht im Ruhestand bist, wenn sie hier das nächste Mal jemanden umbringen.«

»Ich hoffe das Gegenteil. Ich verstehe die Leute von heute nicht mehr. Und ehrlich gesagt, ich möchte nicht mit dir tauschen. Pass auf dich auf.«

Im Licht der Laterne glänzten seine breite Stirn und das glatt nach hinten gekämmte Haar. So ließ ich ihn zurück, diesen Fels in der Brandung, und verabschiedete mich damit unwiderruflich von einem der letzten Männer aus Schrot und Korn.

## 20. Kapitel

Ich kam in Palma bedeutend nüchterner an, als ich im Dorf losgefahren war. Die Luft, die durch das offene Fenster hereinwehte und die nach dem den nahenden Herbst ankündigenden Wetterumschwung frisch und würzig war, tat das Ihrige dazu. In der Kommandantur erwartete mich Chamorro bereits ungeduldig.

»Ich hatte schon befürchtet, du hättest einen Unfall gehabt«, begrüßte sie mich vorwurfsvoll.

»Schön, dass du dir Sorgen machst. Ich hatte noch etwas zu erledigen. Nach den Maßstäben unserer Zeit nichts, dem man Bedeutung beimessen müsste. Gibt's was Neues?«

»Der Richter hat alle Zeugenaussagen eingeholt. Sie bestätigen ohne nennenswerte Abweichungen die Version der Richterin. Morgen werden die weiteren Maßnahmen eingeleitet. Die Richterin wird auf Kaution freigelassen, das Gleiche gilt vermutlich auch für Andrea, wenngleich sie in dem Fall ihren Pass einbehalten.«

»Und die anderen?«

»Wer? Enzo und Raúl?«

»Nein. Regina und das Pärchen.«

»Die lassen sie morgen laufen. Und wenn sie sich zur Zusammenarbeit bereit erklären und keinen Unfug treiben, gehen sie sicher straffrei aus.«

»Ich glaube nicht, dass sie Lust haben, dasselbe ein zweites Mal zu erleben. Das rettet uns, Virginia. Hast du unsere Abreise vorbereitet?«

»Ja. Und bevor ich es vergesse, du hattest einen Anruf, besser mehrere, aber von derselben Person: dem Comandante Pereira. Das letzte Mal hat er gegen zehn angerufen. Danach ging er nach Hause. Es war nicht so einfach, dich zu decken.«

»Keine Sorge. Ich werde ihn sofort zu Hause anrufen. Das wird ihn erst richtig ärgern.«

Ich wählte Pereiras Nummer, und am anderen Ende der Leitung meldete sich eine Mädchenstimme. Ich hatte nie darüber nachgedacht, dass Pereira auch Kinder haben könnte und stellte mir vor, wie er dem Wesen wohl den Bauch rieb, das eben den Hörer abgenommen hatte und das ich jetzt nach ihrem Papa fragte. Mein kindlicher Gesprächspartner bat mich um meinen Namen, den ich ihr der Einfachheit halber in der Kurzform nannte, der bei einem dreijährigen Mädchen normalerweise keine Ausspracheprobleme verursachen dürfte. Nach ein paar Sekunden polterte Pereira los.

»Was für Spielchen treibst du da, Vila?«

»Die, mit denen man mich beauftragt hat, Comandante. Im Rahmen der Möglichkeiten.«

»Zaplana hat mir schon berichtet. Alles ein bisschen bunter, als es zunächst schien. Warum hast du mich nicht selbst angerufen, um mich zu informieren?«

»Ich hatte es vor, aber ich war noch ziemlich beschäftigt.«

»Wir werden später in Ruhe reden. Für den Moment möchte ich dir die Glückwünsche des Coronels und meine eigenen übermitteln. Du hast die Fahne hoch gehalten. Und Chamorro?«

»Es beschämt mich, dass ich versucht habe, sie zu umgehen. Sie ist die Beste.«

»Hoppla, das sind ja Töne.«

»Sie können ihr alles anvertrauen. Eher stirbt sie, als dass sie aufgibt. Sie hat ihre Chance genutzt und mit Auszeichnung bestanden.«

»Ich will einen ausführlichen Bericht. Wir haben so eine Art inoffizielle Anweisung vom Ministerium bekommen. Die Frauen, die was taugen, sollen gefördert werden. Kannst du den Feind nicht besiegen, verbünde dich mit ihm.«

»Ich dachte, wir stünden alle auf derselben Seite, soll heißen, auf der richtigen.«

»Geh mir nicht auf die Nerven, Vila. Gute Nacht.«

Ich ging zu Chamorro zurück.

»Und?«, fragte sie.

»Und nichts, wie immer. Na gut, kann sein, dass sie dich befördern. Ich schreibe das Beste, was mir einfällt, damit es dazu kommt. Der Rest bleibt Sache von Pereira und den Sternen. Ich kann dir nichts versprechen. Aber feiern sollten wir es trotzdem schon. Ich habe nichts im Magen.«

Chamorros Gesicht spiegelte in – wen wundert's? – dunklem Rot wider, wie sehr sie meine Anerkennung berührt hatte. Zaghaft wandte sie ein: »Die Dinge vor der Zeit zu feiern bringt Unglück.«

»Heute nicht. Wir sollten Lotto spielen, Chamorro. Wir haben eine Glückssträhne. Das Ganze hätte auch in einer Katastrophe enden können.«

Unsere Feierlichkeit beschränkte sich dann doch nur auf ein Abendessen. Obwohl ich den Eindruck hatte, dass Chamorro eine Einladung auf einen Drink angenommen hätte, und dieses Mal auf einen echten und nicht auf einen in Ausübung unserer Pflicht, hielt ich mich zurück. Zum einen hatte ich an diesem Abend schon genug getrunken. Zum anderen betrachtete der fanatische Zwerg in mir, der sich manchmal aus den Tiefen meiner Seele meldete, wo auch immer ich diese verborgen hielt, es als eine Art Schande, die voraussichtlich geneigte Haltung Chamorros auszunutzen, nachdem ich ihr von der Beförderung erzählt oder ihr diese zumindest in Aussicht gestellt hatte. Und das war ganz schön dumm, die Sache mit dem Zwerg, denn auch wenn es vielleicht nur am Alkohol lag, aber Chamorro sah genau so gut aus wie Veronika Lake in der Szene mit dem Swimmingpool in *Sullivans Reisen.* Ich weiß nicht, ob ich schon erwähnt habe, dass ich Veronika Lake unwiderstehlich finde.

Ich brachte sie zu ihrem Zimmer im Seitenflügel und wünschte ihr züchtig eine gute Nacht. Chamorro sah sich zu größter Zuvorkommenheit aufgefordert.

»Es wird mir nicht leicht fallen, dich wieder mit Sargento anzusprechen«, sagte sie.

»Ich steck dich hinter Gitter, wenn du es vergisst, dann fällt dir das Erinnern leichter. Danke für alles, Chamorro. Ohne dich wäre es nicht so gelaufen. Jetzt geht das Leben weiter, aber so ist es immer. Das Flugzeug startet um halb zwölf. Wir treffen uns unten um Punkt zehn.«

Nachdem all die denkwürdigen Hindernisse überwunden

waren, die die Bürokratie des Korps verlangt, wurde Chamorro um einen Dienstgrad befördert, und in der Zukunft hat sie mich nicht immer mit Sargento angesprochen. Aber das ist kein Thema, das ich an dieser Stelle aufgreifen möchte; ich hebe es mir lieber für einen späteren Zeitpunkt auf, davon ausgehend, dass es das wert ist.

Obwohl ich in dieser Nacht sieben Stunden hätte schlafen können, entschied ich mich dafür, früh aufzustehen. Um halb acht war ich in der Strafanstalt. Nach ein paar Unterredungen mit den Verwaltungsbeamten wurde mir bestätigt, dass Regina Bolzano um acht freikommen würde. Ich bat den Beamten, bei Lucas und Candela eine halbe Stunde länger zu warten. Wo sie schon im Gefängnis gelandet sind, konnte ich meinen Fehler auch perfekt machen. Aus unterschiedlichen Gründen wollte ich den beiden nicht noch einmal begegnen.

Außer mir wartete niemand auf Regina Bolzano, als sie die Haftanstalt verließ, und allein das konnte Grund genug sein, am Ausgang zu stehen. Die Schweizerin wirkte gezeichnet, schutzlos. Sie hatte um die vier oder fünf Kilo abgenommen, seit ich sie das erste Mal befragt hatte, und ihre Kleider vermittelten einen kaum weniger trostlosen Eindruck als die Gefängniskluft. Ich ging auf sie zu und bot an, ihr die Tasche abzunehmen.

»Señora Bolzano. Ich bin gekommen, um mich bei Ihnen zu entschuldigen.«

Regina sah mich an, als hätte sie sich verhört. In einem Impuls wollte sie die Tasche enger an sich drücken, reichte sie mir dann aber doch.

»Ich habe ein Auto.« Ich zeigte in Richtung des Wagens. »Wenn Sie mir sagen, wohin Sie möchten und es mir gestatten, wäre es mir eine Freude, Sie zu fahren.«

»Warum?«

»Ich bin ein altmodischer Mann, Señora. Ich stehe in Ihrer Schuld.«

»Sie nehmen mich auf den Arm.«

»Absolut nicht.«

»Ich fahre zurück in das Apartment, in dem man mich verhaftet hat. Es ist die nächsten zehn Tage noch bezahlt. Bis ich einen Flug finde, um nach Mailand zurückzukehren.«

»Sie müssen mir bei dem Weg etwas helfen. Ich glaube nicht, dass ich es von allein finde.«

»Sehr freundlich von Ihnen.«

»Ich begleiche meine Schulden.«

Während wir durch die Stadt fuhren, beobachtete Regina mich aus dem Augenwinkel. Nach fünf oder zehn Minuten brach sie das Schweigen.

»Als man mir mitgeteilt hat, dass sie mich freilassen würden«, sagte sie, »und vor wenigen Minuten, als ich mich schon allein an der Gefängnistür hatte stehen sehen, dachte ich, dass mich jeder verabscheut. Fast wäre es mir lieber gewesen, sie hätten mich für den Mord an der armen Eva angeklagt.«

»Ich habe nicht das Recht, Sie zu verabscheuen. Niemand hat es. Sie hätten vielmehr Anlass, uns alle zu hassen.«

»Ich kann einfach nicht glauben, dass Sie es ernst meinen. Ich habe einen Mann dafür bezahlt, dass er es tut. Es gibt etwas, das ich bereuen kann, und Sie hatten alles Recht der Welt, mich festzunehmen.«

»Sie irren. Ich kann Sie nicht verurteilen, Señora Bolzano. Als Sie auf Eva Heinrich zielten und nicht abdrückten, haben Sie mir jeden Grund dafür geraubt, den ich hätte haben können. Wenn das Offensichtliche im Dunkeln lag, dann ist das mein Problem. Ich werde dafür bezahlt, im Dunkeln zu sehen.«

»Sagen Sie mal, ist das Ganze hier nicht doch nur ein Scherz?«

»Es ist kein Scherz. Ich bin bemüht, das, was ich tue, zu respektieren, weil ich bemüht bin, den Respekt vor mir selbst nicht zu verlieren. Also bin ich vorsichtig, und wenn ich über das Ziel hinausschieße, mache ich es wieder gut. In diesem Fall würde ich Sie gern von etwas überzeugen, das Sie sich selbst vielleicht nicht einzugestehen trauen.«

»Wovon möchten Sie mich überzeugen?«

»Davon, dass Sie sich nicht schmutzig gemacht haben. Jemand hat sich Ihres Fehlers erbarmt und Lucas umgestimmt. Danach haben Sie bewiesen, dass Sie keine Mörderin sind. Was dann folgte, war ein dummes Missgeschick, weiter nichts.«

Die Frau sah mich fragend an.

»Sind Sie Prediger oder so etwas?«

»Nicht im Entferntesten. Aber wenn man die Aufgabe hat herauszufinden, wie Menschen andere Menschen töten, muss man sich einer gewissen mentalen Gymnastik unterziehen, um sich vor einem Herz aus Stein zu bewahren. Meine Gymnastik besteht darin, die Latte, über die man stolpern kann, möglichst niedrig zu halten und die Definition für Unrecht möglichst großzügig und vernünftig zu gestalten. In meiner großzügigen und vernünftigen Definition haben Sie niemandem Schaden zugefügt. Eher sogar umgekehrt.«

»Ich bin mir nicht sicher, ob ich Sie verstehe.«

»Das ist egal.«

»Aber ich habe den Eindruck, dass Sie ein guter Mensch sind.«

»In bestimmten Salons dieser Gesellschaft wäre das eine Beleidigung.«

»So sollte es sich nicht anhören. Sie haben mir die Hand gereicht, als ich sie von niemandem erwartete. Danke.«

»Keine Ursache.«

Während ich mich in die Bundesstraße einfädelte, unterbrachen wir unsere Unterhaltung erneut. Der junge Tag war neblig wie der gestrige. Im Stillen dachte ich, dass mit jedem Sommerende ein Teil des Kindes stirbt, das wir einst waren. Ein x-beliebiger Sommer hinterlässt keine Spuren, wir selbst sind es, die langsam sterben. Um diesen grundlegenden

Überlegungen zu entfliehen, die normalerweise den Effekt haben, dass ich jegliches verführerische Talent verliere, unterbrach diesmal ich das Schweigen.

»Ich würde Ihnen aus reiner Neugier gern eine Frage stellen.«

»Wie könnte ich sie Ihnen abschlagen.«

»Wie hieß Evas Mutter?«

»Frieda.«

»Und wie war sie?«

»Das genaue Gegenteil ihrer Tochter. Der Liebreiz in Person.«

»Wie alt war Eva, als sie starb?«

»Zehn Jahre. Versuchen Sie, dem Opfer mit der Psychoanalyse beizukommen?«

»Um Gottes willen, nein«, wehrte ich ab. »Es ist nur der innere Drang, die Geschichte zu vervollständigen. Am Ende ist es doch nicht mehr, was bleibt, ein Strauß Geschichten, die einen besser, die anderen schlechter. Das ist alles. Ich gehe nicht davon aus, dass Sie einem Polizisten in dieser Hinsicht Glauben schenken, aber meiner Meinung nach hatte Freud eine unheilbare Macke: Er wechselte zu häufig die Geschlechtspartner, epistemologisch gesprochen.«

Regina brach in schallendes Gelächter aus, und nebenbei erwähnt war es vielleicht genau das, was ich auf meine Bemerkung hören wollte.

»Haben in diesem Land alle Polizisten Freud gelesen?«

»Bis auf wenige Ausnahmen. Das unterscheidet uns von den Argentiniern.«

»Jetzt begreife ich. Sie sind sarkastisch.«

»Glauben Sie das bloß nicht. Das ist nur ein Trick, um die Schüchternheit zu verbergen. Manchmal funktioniert es auch bei Dummheit oder einem schlechten Gewissen, sollte die Situation sich einstellen.«

Auf der weiteren Fahrt gab mir Regina Bolzano, die sich mit

der Zeit merklich entspannt hatte, Kostproben ihrer Fähigkeit zur anregenden und geistreichen Unterhalterin. Oft beurteilt man die Menschen nach dem Verhalten, zu dem bestimmte Umstände sie zwingen. Es freute mich, dass ich von dieser Frau nicht nur das traurige Bild der zitternden Tatverdächtigen oder der elenden Haftentlassenen im Gedächtnis bewahrte. Vor der Tür ihres Apartmenthauses ließ ich sie aussteigen.

»Viel Glück, Señora Bolzano.«

»Ihnen auch, Sargento. Ihre Zuvorkommenheit war das Einzige, was mir nicht wehtun wird.«

»Seien Sie nachsichtig mit sich selbst. Auf Wiedersehen.«

»Passen Sie auf sich auf.«

Regina beugte sich über ihre Tasche. Sie öffnete sie, kramte darin herum, und wenige Augenblicke später zog sie ein doppelt gefaltetes Blatt Papier heraus.

»Ich weiß nicht, warum ich das geschrieben habe. Ich wollte es wegwerfen. Vielleicht hilft es Ihnen ja, Ihre Geschichte zu vervollständigen.«

Ich nahm das Blatt und steckte es ein. Ich las es erst einige Stunden später, als wir bereits auf dem Weg nach Madrid waren. Die Handschrift war klein und gleichmäßig und erstreckte sich fast über die ganze Breite des Papiers. Der Text war mit wenigen deutschen Einschüben auf Italienisch verfasst. Er wirkte barock, und ich glaube, dieser Ausdruck trifft dann, wenn eine Sache nicht auf Anhieb verstanden wird und man das Publikum auf seine Seite bringen möchte. Trotz meiner Mühen und dem Blut meiner Vorfahren, das durch meine Adern fließt, gelang mir keine bessere Übersetzung als die folgende:

*Meine geliebte Eva,*
*jetzt, wo alles vorbei ist, spüre ich plötzlich, dass ich Frieden gefunden habe. Ein Frieden, der mir verwehrt blieb, als du noch unter uns warst und deine unendliche Schön-*

*heit genutzt hast, um uns zu erniedrigen. Auch ich nehme mich nicht davon aus, dass ich sie bis zum Schluss und bis zu dem Punkt, an dem deine Selbstsucht es zugelassen hat, verehrt habe. Ich habe es von ganzem Herzen getan, und ich weiß, dass es das einzig Wahrhaftige war. Auch ich war vor den Zeiten, in welchen der Verfall einsetzte, eine schöne Frau, und im Gegensatz zu dir kann ich bestätigen, dass die körperliche Schönheit, solange sie währt, eine Geste der Götter ist, mit der sie die Menschen für einen flüchtigen Moment erheben. Es ist unmöglich, die Götter nicht zu lieben, und es war unmöglich, dich nicht zu lieben, selbst unter Schmerzen, bis zur Selbstaufgabe, sogar bis ins Verbrechen hinein.*

*Es stimmt, es war nicht meine Hand, die dein Leben beendet hat, und ich hatte auch nicht gedacht, dass dein Tod mich befreien könnte, als ich demjenigen, der dein Opfer forderte, meine Unterstützung zusagte. Jetzt aber, wo du gegangen bist, spüre ich die Kraft des ersten Menschen, der sein Joch abgeworfen hat, und ich meine nicht den, der den Göttern das Feuer raubte, sondern den, der es ablehnte. Du bist abgelehnt worden durch deinen grausamen Tod, und ohne dass ich es mir verdient hätte, fühle ich mich nun frei. Nie hätte ich vorhersagen können, wie sich das anfühlte.* Der Zeit ihre Freiheit. *Die Freiheit ist für mich, dass ich unter deiner Untreue nicht mehr leiden muss, dass mich dein Ekel nicht länger schmerzt, dass sich im Spiegel deiner Nacktheit die Verkommenheit der eigenen nicht mehr sehnsuchtsvoll reiben muss. Freiheit heißt, mit meinem Niedergang allein zu sein, ihn zu tolerieren, ja, ihn insgeheim sogar wertschätzen zu können.*

*Damals, als du meinen Weg gekreuzt hast, hegte ich die wahnwitzigsten und liebevollsten Hoffnungen. Meiner Eitelkeit hatte ich ein Leben lang vorgespielt, dass die Zeit der Leidenschaft schmerzhaft kurz ist, und der Ehe oder anderen üblichen Trostversprechen begegnete ich mit hochmütiger Ablehnung. Sich nicht über das hinaus zu bemühen, was einem das eigene Begehren diktierte, war leicht, solange ich das Vertrauen in meine Fähigkeit nicht verlor, das Begehren beim anderen zu wecken. Als ich dich kennen lernte, hatte ich diese Fähigkeit verloren, und ich musste sie durch den langwierigen Prozess der Erfahrung ersetzen. Es war der Moment der Angst und folglich der der Torheit. Ich musste das Schiff in einem Hafen vertäuen, war jedoch noch nicht reif für den Landgang. Welcher Fels wäre gelegener gekommen, als der, der in der Bucht der wunderbaren Insel auftauchte, die du warst. Und ich wagte es, dir diesen lächerlichen Handel vorzuschlagen, als ob ich etwas zu geben hätte. Dir habe ich es zu verdanken, Eva, dass ich mich zum ersten Mal in meinem Leben mit der Wahrheit konfrontierte, von Angesicht zu Angesicht. Die Wahrheit, die euch zu Sklaven macht.*

*Jetzt wirst du zu Staub, und ich bin es, die sich an dich erinnert. Dem Schicksal der Besten haftet immer etwas Tragisches an. Man sollte froh darüber sein, zu den Mittelmäßigen zu gehören, oder besser, zu den Verwerflichen. Das Verwerfliche weckt nicht den Neid der Götter und verführt nicht die Rachsucht. In den Momenten der Schwäche habe ich glauben wollen, dass du begünstigt warst, dass du dich für immer aus den Niederungen dieser Welt befreit hattest. Aber das stimmt nicht. Schon jetzt bist du nichts mehr. Deine Schönheit wurde in atemberaubendem Tempo von einer schmutzigen Tragödie verschlungen. Meine Tragödie hat den Vorteil der Langsamkeit. Man darf all den Dummköpfen nicht glauben, die predigen, dass die höchste Form der Gnade im Abkürzen des Leidens liegt. Ich will so lange leiden wie nur möglich und bete allein, dass die Intensität des Leidens in der Zukunft keine zu unvermuteten Steigerungen erfährt, so dass ich mich langsam daran gewöhnen und in entsprechenden Maßen meine Illusionen bewahren kann.*

*An dieser Stelle verabschiede ich mich, meine Liebe. Ich werde deine Spuren in mir bewahren, deines Unglücks würdig gedenken und dich in meine Gebete aufnehmen. Mein Gebet. Nachdem ich alles, was im Laufe der Zeit mein Urteilsvermögen getrübt hat, hinter mir lasse, wage ich nur noch, diesen einen Wunsch auszusprechen, dass nämlich derselbe Friede, der mich heute tröstet, auch immer mit dir sein möge.*

*Immer deine*
*Regina*

Dank dieses Briefes begriff ich, dass meine karitativen Bemühungen um die Schweizerin überflüssig gewesen waren, und ich muss zugeben, dass mir diese Erkenntnis nicht unrecht war. Ich faltete das Blatt zusammen, legte meinen Kopf in den Sitz zurück und lächelte. Ich argwöhnte, dass Chamorro sich sicher fragen würde, warum ich lächelte, aber ich verzichtete darauf, sie in jenen finsteren Dschungel fragiler Gleichgewichte einzuführen.

Nach allem, was geschehen ist, und erst recht jetzt, wo auch Regina selbst sie verlassen hatte, erlaubte ich mir die Schwäche, ein postumes Mitgefühl für Eva Heinrich zu empfinden. Es war kein Gefühl der Herablassung und eher von Zuneigung als von Mitleid getragen. Kein Mensch ist so durch und durch schlecht, dass er nicht die Liebe von jemandem verdient hätte. Sehend, wie alle anderen sie verließen, verspürte ich das dringende Bedürfnis, ihr Gesellschaft zu leisten. Es ist immer dasselbe, und es ist schwer zuzugeben, dass es unabänderlich ist. Früher oder später trocknen die Tränen, man dreht sich um und überlegt sich, was es zum Essen gibt. Den Toten wird keine Mahlzeit mehr angeboten.

Ein paar Monate später fuhr ich in einer anderen Angelegenheit nach Wien. Dennoch konnte ich der Versuchung nicht widerstehen, Klaus Heinrich im Telefonbuch zu suchen. Ich fand einen privaten Eintrag und die Nummer der Firmengruppe, die jetzt ihm gehörte. Ich ging sogar zu seinem Büro und führte eine missglückte Unterhaltung mit der Empfangsdame, einer blassen Frau mit schwarzem Haar, die beunruhigende Bilder in mir heraufbeschwor. Später habe ich gemerkt, dass man häufiger auf diesen Typ Frau traf, dessen Ursprung vielleicht auf die in Wien lebenden Juden zurückging. Während ich mit ihr sprach, bröckelte meine Entschiedenheit. Am Ende würde das, was Klaus Heinrich mir erzählen oder was umgekehrt ich ihm erzählen konnte, auch niemandem mehr helfen. Eva war tot, und er hatte ein Unternehmen zu führen, das er legal in Übereinstimmung mit den Gesetzen einer zivilisierten Nation erworben hat.

Es gibt in Wien in der Nähe eines falschen gotischen Tempels einen kleinen Park, in dem sich ein Denkmal Sigmund Freuds in die Höhe reckt. Trotz unserer Meinungsverschiedenheit hielt ich es für angemessen, es zu besuchen. Wenn ich jetzt nichts verwechsle, gibt es in dem Park auch einen Teich, nicht zu tief, auf dessen Oberfläche Seerosen schwimmen. Ich saß lange dort und versuchte mir die melancholische Seite von Eva Heinrich vorzustellen, die mit Ausnahme von Regina, die es vorgezogen hatte, sie zu vergessen, kaum jemand wahrgenommen hat. Es war Frühling, und die Schwalben tauchten ganz beiläufig ihre Flügelspitzen in die dunklen Wasser im fernen Land der Seen.

Getafe-Madrid, 22. August – 25. September 1995

# PATRICIA CORNWELL

»Die erfolgreichste Thriller-Autorin der Welt.«
*Der Spiegel*

»Patricia Cornwell versetzt uns mit ihrer Kultfigur Kay Scarpetta in Entsetzen und hypnotische Spannung.«
*Cosmopolitan*

44138

44230

43536

43537